归来

——大海小小说精选评点集

大海 著

吉林文史出版社
JILINWENSHICHUBANSHE

图书在版编目（ＣＩＰ）数据

归来 / 大海著 . -- 长春：吉林文史出版社，
2020.6（2022.2）

ISBN 978-7-5472-6956-5

Ⅰ．①归… Ⅱ．①大… Ⅲ．①小小说－小说集－中国
－当代 Ⅳ．①I247.82

中国版本图书馆 CIP 数据核字（2020）第 100893 号

归来
GUILAI

著　　者：大　海	
责任编辑：柳永哲	
封面设计：四川悟阅文化传播有限公司	
出版发行：吉林文史出版社有限责任公司	
地　　址：长春市净月区福祉大路 5788 号	邮编：130118
电　　话：0431-81629363（总编室）　0431-81629372（发行科）	
网　　址：www.jlws.com.cn	
印　　刷：三河市嵩川印刷有限公司	
经　　销：全国新华书店	
开　　本：210mm×145mm　1/32	
印　　张：6.5	
字　　数：175 千字	
版　　次：2020 年 8 月第 1 版　2022 年 2 月第 2 次印刷	
定　　价：39.80 元	
书　　号：ISBN 978-7-5472-6956-5	

印装错误可与印刷厂联系退换。

关于小小说（代序）

何立伟

　　小小说是小说文体中的短制，因其短，故常被人视为小技，壮夫不为也。其实是歧见。大凡为文之事，短而求其精，求其有韵致，求其小中寓大，殊难。孜孜于短制而蔚然成大家者，目前文坛尚付阙如。所谓群雀噪噪，而抬头不见大鹰也。

　　进入移动互联网时代，纸媒迅速萎缩。以手机为终端的阅读平台，碎片化的文字乃成大众口味，皇皇巨著已受冷落，洋洋千言终遭拒斥，而段子王如雨后春笋，贫舌巧语大行其道。这是对传统阅读的反动。反感也好，慨叹也好，人心不古也好，终究现实便是现实。虞兮虞兮奈若何？返回或坚持这个时代之前的那种阅读状态，事实上只是少数精英的事。此种情形之下，我倒是以为小小说有大的用武之地。它的短小精悍，微型景观，正合于当今的阅读节奏跟大众味蕾。坐地铁、乘公交、候车候机、商场外等人……碎碎的时间里可以完成对它的囫囵吞枣。而且这种短制对现实生活的反映，比起其他文学文体，要迅速得多，及时得多。它甚至可以像新闻一样对社会日常作出文学响应。这个年代比以往的年代更具戏剧性、复杂性、生动性，这都给小小说的创作提供了无尽的素材，使它更灵动地与现实保持着密切的关联。

　　当然，小小说首先是文学，绝不是新闻。它有它的文学审美性。它要在螺蛳壳里做道场，其实是要费尽心机的。几百千把字，把一个故事讲得精彩，把一个人物写得生动，岂是易事。它如诗歌一样，进入的门槛低，把握的难度高。它对叙述情节的概括，描情状物的精准，遣词造句的凝练，结构安排的巧妙，都有特别严的要求。小小说实在是一门限制的艺术。它限制你汪洋恣肆，限制你泥沙俱下，限制你头重脚轻，限制你旁枝蔓叶……它如同赵飞燕在台子上跳舞，于最小的空间里演绎最大的精彩。

我以为小小说跟手机阅读平台的结合，会使这种文体比起其他文体得到更加广泛的传播，也更受大众的欢迎。小小说的发展和昌盛，可说是躬逢其时了。

……大海是我的老乡，他发表了数百篇小小说佳作，多次被《小说选刊》等权威选刊转载，还曾两度回湘参加武陵国际微小说节，并取得不俗的成绩。在小说大家族里，精品小小说的含金量其实不小，新时代下的小小说道路也不狭窄，谨以本文作为大海小小说新集《归来》的代序，并祝大海创作丰收、佳作频出！

（何立伟：湖南长沙人，著名作家，中国作家协会全委会委员、湖南省作家协会副主席。出版《小城无故事》《山雨》《大号叫人民》《像那八九点钟的太阳》等小说集。）

世间百态的生动摄像

——读大海的微型小说集《归来》

顾建新

最近，广东作家大海发来他的微型小说集的书稿，希望我写点东西。读了书稿，并了解了他的创作过程，我有两个强烈印象。一是他是硕士，是国内微型小说作者中学历较高者之一，文化底蕴深，事实也如此：他写过长、中、短篇、微型小说，散文，杂文，出版过专集，作品多次获奖，是个写作多面手，在当前的青年作者中，属凤毛麟角。我们期待业界有更多这样的作家出现。二是这本文集，有原作、有评论、有点评，也有创作感想和作者对微型小说的观点及创作理论，是部多方位的集子，新颖别致。我历来主张，小说集应有作者创作过程的记录，这必将对其他作者有启发意义。可惜，这方面资料少而又少。

本小说集共有四个部分：一、真情往昔（写男女情爱）；二、岁月如歌（写社会百态）；三、曾经戎马（写部队生活）；四、乡村短笛（写农村生活）。

首先，谈男女情感。男女情爱，从古至今，都是个永恒的主题。这类作品可谓汗牛充栋，因此，要写出新意，非常不易。作者选了这个题材，可谓是知难而上。这部分小说，我们大致可以分成四个层面：

1. 对出轨的委婉批评。在《红毛衫·白项链》里，男子与初恋正要亲近时，女人的手机响了，一声问候，使她醒悟。这类作品，都是因为突发的事件，而打破了非分的情欲。似乎是偶然的事件，引发瞬间的顿悟，但实际是作者在向我们宣告：年轻男女，应有正确的道德风尚；已婚的男女，应该对自己的家庭负责；作为成年人，理性必须战胜放纵的肉欲。小说不是空洞的道德说教，而是以切实的生活现状给人以教育，引导正确的品德指归，因此是别具一格的。

2. 对迷茫爱情的善意讽刺。《求你送我一把伞》写一个女生，给同时爱恋她的两个男生发了短信：要他们给她送伞。结果，一个回信"雨停再走"，一个驱车七百里送伞。女孩因感动而嫁给了后者。多年后，丈夫出轨。那个憨厚的、只言"雨停再走"的男子，却一直专心地等待着她。被浮面的假象迷惑，是现在许多年轻人在爱情上走弯路的重要原因。

3. 对爱情不专的辛辣抨击。《短信上的情》是一篇让人非常震撼的小说。背叛他的前女友，突然给他发来了短信，说非常想念他。他很感动，于是放弃了怨恨，并到了前女友所在的城市，却突然看见了她在与一个男子亲热，第二天，又与另一个男子亲热。同时，她还在给前男友不停地发着"想念"的短信！一个何等丑陋的，以欺骗别人、玩弄别人感情为快事的女子，蛇蝎般的心肠，让人惊讶不已。也给轻易上当受骗的人，敲了一击响亮的警钟。

4. 对真挚爱情的深情呼唤。社会的主流是美好的，善良的人性是当前社会的主导。特别是文学作品，在抨击邪恶的同时，要使正能量的作品，成为鲁迅所指出的指引大众前行的明灯。在反映情爱的小说中，我们要大力宣传真挚的、崇高的爱情，对金钱至上、肉欲第一、虚伪欺骗进行反拨，以此对当前颓废的一些现象予以匡正！《大难走了不分手》是一篇感人至深的好作品。小说中的女人是产科护士，男人是骨科主治医生，平时聚少离多使女人产生了离婚的想法。男人这次去救灾，待回来就在《离婚协议书》上签字。但女人看到男人在救灾现场奋不顾身，感到了他的崇高和伟大。于是幡然猛醒，把《离婚协议书》撕得粉碎。看到这一幕，不禁让我们潸然泪下！真正的爱情，在我们的心中燃烧起情感的熊熊火焰，让我们读懂怎样去正确经营我们艰难的家庭生活！《手撕包菜》也是一篇让人印象深刻的作品。女人与副总私奔后，男人并没有消沉，而是努力钻研手撕包菜的技艺，成功地成了一名主厨。被副总抛弃后的女人，再次吃到这个鲜美的包菜时，不禁感慨万分！小说昭示我们：分手后的男女，如果仅靠乞怜和回忆旧情挽回破裂的情感，是一种消极、无望的下策；积极进取、自强不息，让对方刮目相看，方为上策。

总之，大海的情感小说可谓独树一帜，不是简单的灵魂拷问，不是空洞的理论说教，也不是平面的道德审判，而是贴近生活，以真情实感打动读者。这类小说也有相当的套路化。写大学生的恋爱故事多是初恋——因异地远离或时间长久发生情感裂变——重逢后又生新故事。当然，这只是大海的早期作品，希望今后再写这类小说的时候，冲决这种"模式化"，以"陌生化"给读者带来惊喜。

其次，说人间世相。普通百姓，芸芸众生，大海的小说如三棱镜，折射出当前社会的光怪陆离，给我们展现出一个丰富的世界。这里有嘴上抹蜜、实事不干的老唐；有自称"大款"，在老同学要借钱时仓皇逃跑，一点儿也不"大壮"的王大壮；有无德文人，一心只想靠骗人赚钱的字画店老板；有丑陋的作品抄袭者……

由于作者拥有广阔的工作、生活阅历，所以视野是广阔的。也写了挚爱儿子的母亲；写了实现进城愿望后却羡慕乡村生活的"城里人"张三，再现了时代沧桑巨变对人的心灵的影响；写了没有背景的小人物生活的艰辛和无奈，能干、热情，把仓库工作搞得风生水起的美女保管员凤茹，因为丰乳肥臀惹人妒忌，在世俗的风言风语中被迫下岗（《仓储中心的女人》）。对生活观察的细腻、对时世的敏感，形成了这部分作品的鲜明特色。

其他，如反映部队生活的作品，多以官兵的感情为切入点，使作品有别于同题材的小说，让我们看到了鲜活的军人，有血有肉，有普通人不具备的隐忍悲情，也有凡人的七情六欲。而写乡村的小说，又多写"爷爷""奶奶""父亲"，字里行间，流露对乡情和亲人的拳拳深情。因篇幅所限，此处不赘述，有待读者自己去品读了。纵观大海的这本微型小说集，有其自己的特色——他的"摄像"，总是对准当代人们的生活，对身边的事物细腻观察，并因他有极强的想象力，使其小说的构思非常巧妙。

作者的才华不容置疑，但在今后的微型小说创作中，我还有两个小小的建议：一要注意简洁，微型小说必须惜墨如金，正如方家所说，这种文体是一种"减法的艺术"。开头、结尾、故事的展开，都讲究"短、平、快"。二要注意叙事方式，微型小说需要的是暗示、留白、跳跃，写得越透，空间越小，回味反而越少。

可能由于作者以前发表了不少中短篇小说，习惯了中短篇小说的创作手法，所以篇幅较长的微型小说作品也有。当然，这些类似作品，只是大海早期写的极少部分，从他现在在全国各地报刊发表的作品来看，他已经深谙微型小说写作之道。如果能注意上述两点，我深信，以作者的学识素养、广阔阅历、丰富经验，在微型小说创作的道路上，将会走得更远。

（顾建新：世界华文微型小说研究会顾问，中国微型小说学会理事，中国矿业大学中文系教授、硕士生导师，著名文学评论家。）

创建立意的诗化细节与情节结构

——大海微型小说作品赏析

刘海涛

与其他微型小说作家相比，大海的工作、生活经历比较丰富，多种岗位的历练，使他的创作题材相当多样。在研读他数量颇丰、系列较多的作品时，我发现他有两个创作经验与微型小说创意写作的方法归纳"对上路"了。他的智慧构思常常落实在一个充盈着艺术底蕴和诗化内涵的核心细节上；落实在一个非常符合微型小说审美规律的情节结构上。换句话说，大海的微型小说核心细节的艺术质量较高；大海的微型小说情节结构能够充分展现这种文体的独特魅力和审美光彩。

《中国式公仔》就是围绕着一个"中国布娃娃"的寻找、制作，展现海外华人的爱国之情，凝结着母亲对女儿的充分理解和炽热关爱。这个"布娃娃"细节既关联着作品人物的情感，还承载着故事情节的跌宕起伏。

《父亲的米粉》里写到的那一碗米粉的细节，让定居在香港的父亲储满了思乡之情，也让在香港开米粉店的情节展现了传统文化和现代文明之间的冲突，让微型小说核心细节承载了境内境外的文明冲突和文化内涵。

《洗面》的核心细节展示了人性的深层意识和伦理道德的冲突

过程。故事细节是那双"带着菜味的手"。妻子用一双沾染菜味的手给男人洗面时，男人感到厌恶；但男人对用白皙细腻、透着淡淡清香的手给自己洗面的女下属却动心了；而当男人到女下属家里，女下属因做了一餐饭给男人吃，所以此刻男人闻到女下属的手也带上菜味时，男人立刻联想到自己的妻子，及时终止了"出轨"行为。这双"带上菜味的手"使整个故事情节发生两次反转，这样的围绕着微型小说细节而智慧地展开多重反转的微型小说故事，写出了人性的深层意识，也写出了人的理性情感与生理欲望之间的冲突，这就是高质量的、哲理化了的微型小说核心细节。

到了《奶奶的燕子》，燕子飞走与回归的事件则使故事型的细节衍变为诗化的、象征型的细节了。奶奶家里的燕子几十年来的筑窝和繁殖，寄托着奶奶对死去了的丈夫的思念，这种象征性的微型小说细节，超越了故事型细节和哲理型细节的形态，这种诗化了的微型小说细节更符合微型小说文体的审美特征，最能够使微型小说细节包涵更多、更美、更具文化内涵的文学信息。

当大海的微型小说细节在展开运思，把一个核心细节材料和若干个一般细节材料有机连接为一个情节结构时，我们发现大海常常会改变故事自然时序的线性状态，而精心设计"折叠＋跳移"式的微型小说。

大海的微型精品小说，相当多的结构均是这种"折叠＋跳移"，正是这样的情节结构，一方面完整地形成了微型小说的情节特色；另一方面人物形象蕴含的文学立意使读者去展开思考和想象。

（原载2019年第23期《微型小说选刊》）

（刘海涛：中国写作学会名誉副会长，广东写作学会会长，湖南科技学院特聘教授，享受政府特殊津贴专家。）

精妙的伦理叙事

——读大海小小说

雪 弟

大海是一个创作自觉性很强的作家，由题材的内在要求和特点出发，他成熟老到地进行着多种文体的写作，可以说在小说、诗歌、散文随笔、杂文等方面都取得了不俗的成绩。他的长篇随笔《萍水相逢慕俊杰》获"长江文艺"散文随笔奖；中短篇小说集《千万别叫我科长》获中山文艺奖一等奖；中短篇小说集《叶落归根》曾获香山文学奖二等奖；中篇小说《狗日的房子》（原载《作品》）、《千万别叫我科长》（原载《芒种》）还被《小说选刊》"佳作搜索"栏目评点。不过，在大海的诸种文体写作中，份额最重的还是小小说，迄今已在国内外报纸杂志发表作品超过 200 篇，数十次入全国年选，部分作品入全国高考语文模拟卷，还获得《小说选刊》"善德武陵"杯全国微小说精品奖二等奖、《羊城晚报》"观音山杯人与自然"全国小小说大赛二等奖、"紫荆花开"世界华文微小说征文大赛三等奖等全国性奖项，并摘取首届广东省优秀小小说"双年奖"一等奖。截至目前，大海已出版《躺在门前打鼾的女人》和《求你揍我一顿》两本小小说集，据悉第三本评点版的小小说集正在酝酿中。

大海把自己的小小说作品分为两类：社会类和情感类。《羊城晚报》编辑张子秋说："他（大海）的情感类小小说言语空灵，情思细腻，流露出淡淡哀伤，但并非阴柔缠绵；而社会类小小说则言语粗犷，犀利明快，尤其是对阴暗现象和卑劣人物极尽嘲弄、夸张的修辞运用，令人读之忍俊不禁。"作为资深小小说编辑，张子秋女士对大海的评价可谓明察秋毫、一语中的。但是，在这篇文章里，我想避开张子秋女士的审美认知，从叙事类型方面对大海的小小说略作探讨。经由《我们一起种菜吧》《打鼾女人》《鱼头茄子煲》《戴口罩的母亲》和《篾匠的端午》等重要作品，我认为，无论是大海的社会类小小说，还是情感类小小说，它们在叙事类型上都呈现出一个较为明显的特点，那就是伦理叙事。

何为伦理叙事？简单地说，就是小说在叙事上以伦理作为情节逻辑的起点和核心，伦理既是故事展开的线索，同时也是作品的主要内容。

在大海小小说的伦理叙事中，父（母）子之间的伦理——"父义母慈子孝"，无疑是被高度强调的。《我们一起种菜吧》以父亲唯恐儿子陷入万劫不复的腐败泥潭为叙事线索，生动地塑造了一位"义"的父亲形象；《戴口罩的母亲》通过母亲偷偷地在儿子工作的城市当清洁工这一情节，深情地传达出一位"慈"母的内心真相；《打鼾女人》从表面上看，写的是"我"与一位跟自己无丝毫关联的女民工的故事，好像与父（母）子伦理扯不上边，但从这位女民工的鼾声里，"我"不禁想起了"上午在地里干活累了，中午休息就会发出一阵一阵的鼾声"的母亲，这样一来，经由联想这条路径，"我"与女民工的故事就又回到了父（母）子关系上，因此，这篇作品的叙事线索依然是"母慈子孝"的父（母）子伦理，它表达了一位儿子对自己的母亲以及天下所有母亲的尊重和崇仰。

夫妇之间的伦理——夫和妻柔，互敬互爱，亦是大海小小说伦理叙事的重点。面对当下社会中的一夜情、婚外恋等情感乱象，大海在小小说创作中并未以人性深度探索为借口而丧失基本的伦理立场。在《篾匠的端午》中，文章以篾匠避免充当民国政府的炮灰、"也为了不离开成为自己女人的女孩"，主动自残右手食指为逻辑主线，对篾匠夫妻二人的生死相依、终生到老给予了无声的赞美。两文虽一褒一贬，但在叙事类型上，都属于典型的伦理叙事，并且文本的指向毫厘不差。

除了父（母）子伦理、夫妻伦理叙事，朋友伦理、兄弟伦理叙事在大海小小说的伦理叙事中也占有一定的比例。如《字画老者》以老者所谓的免费向朋友赠画（实则收钱）为情节主干，淋漓尽致地呈现了一位贪图钱财者的虚情假意。

那么，我们如何评价大海小小说的伦理叙事？对这种有着明显道德判断的叙事类型，我们究竟该持一种什么态度？对这个问题，我的意见是，关键是看它是否用文学的手法来表现的，也就是说，它的这种道德判断是自然而然生发的，还是刻意而为的；是真诚的，还是伪饰的。就大海的大多数小小说而言，我觉得它们是自然的、真诚的，也是精妙的。自然和真诚，从作品中容易看出，如《鱼头茄子煲》以美食为链条，为我们穿起了一个令人心颤的爱情故事。它警示世人，既要学会品尝美食，更要学会体味爱情，因为这道美食里散发出来的味道就是爱情的味道啊。

大海原在河南某应急机动作战部队警卫侦察连、司令部服役，曾在大型企业集团长期从事文化宣传工作，后又在市、镇机关工作，可以说有着丰富的人生阅历，加之他勤于思考，有着清醒的文体意识。最近，他又用手机创作了"亲爱的"系列小小说，如《亲爱的老好人》《亲爱的老男人》《亲爱的老女人》《亲爱的老领导》《亲爱的老同志》《亲爱的李主席》《亲爱的马书记》《亲爱的区主任》《亲爱的红组》《亲爱的红妹》等，关注的多是官场中的小人物，多数已在各大报刊发表，并被权威选刊选载推介。其中，以机关单位为背景，原发《杜湖》《文化中山》"亲爱的"系列大概最为典型，《小小说选刊》"实力方阵"栏选载推介，《微型小说选刊》

选发并在公众号"人海瞭望"栏中加配评论作范文推介。

可以相信，假以时日，大海肯定会在小小说创作上大有作为，期待着他的不断突破。

（原载2018年8月3日《衡阳晚报》）

（雪弟：青年评论家，惠州学院副教授，广东省小小说学会常务副会长，惠州市文艺评论家协会常务副主席。）

情感的工笔图

——读大海的情感小小说

非　鱼

　　在小小说作家中，不乏专写情感类的高手，各色人物，千姿百态的爱情、友情、亲情等，被反复描绘咏叹，可情感的主题却仍是常写常新，让人唏嘘不已。但这些写作情感类小小说的作家中，大多是女作家，男作家只是偶有表现。因此，面对大海的情感类小小说集时，我是很吃惊的。大海曾经在河南某部警卫侦察连、司令部服过役，身体健硕，目光犀利，如此雄性特征明显的男人，我更是惊讶，当然也有疑惑：一位铁骨铮铮的男儿，戎马生涯注定会造就他粗犷、勇武的性格和品质，从他写的中短篇小说以及社会类小小说中完全可以看出来——许多作品语言大胆出位、豪放不羁，那么他写作情感类小小说，能到位吗？

　　带着这样的疑惑，我开始阅读大海的情感类小小说。庆幸的是，随着阅读的深入，我对大海的情感类小小说逐渐有了明确的认识，起初的疑惑也慢慢消失，甚至感觉较某些专写情感类的女作家，大海的作品更多了一份客观的真实。我的眼前仿佛打开了一幅幅优美的画卷，大海用细腻、缜密的触角，深入社会现实中形形色色的男女之间，他们既有老少夫妻，也有恋人、情人，还有父子、母女……大海准确地触摸到了在这些关系中所能发生的种种情感，暗恋、试探、深情、舍弃、后悔、犹疑、痛苦、压抑、相守、甜蜜等，这些情感在他的精描细刻下，如同工笔的生活场景图，根根线条毕现，丝丝情感动人。

大海描写情感的手法是写实的。小说是虚构的艺术，作家只是用高超的笔墨将发生在自己头脑里的场景描写给我们，而读大海的小小说，给人的感觉却似乎是真实故事的再现，这些人物来自他的周围，也许就是他的同事、邻居、朋友，甚至他自己。造成这种感觉，我认为一是大海在写作手法上强调写实，二是情感故事本身的可信性。大海的情感小小说中，主人公大多只是"男人""女人"或者"他"和"她"，这些只是用来区分性别，但在故事的发展中，大海会详尽地描述主人公工作、生活的环境，有时候甚至连身高、体重也会写到。在《退伍兵》中，出现了"北方军营""超期服役一年""二十三岁""镇财政所""广东""BP机生产""二代手机""镇门户网站"等，这些词语，有理由让我们相信，在写这一篇小小说时，大海头脑里的场景是如何清晰。他把虚构的故事，放在真实的生活中，又一笔一笔勾勒出来给我们看。

阅读大海的情感类小小说，最大的体会是他笔下描写情感的丰富性。我曾经在一篇文章中说："世间有多少男女，就有多少爱的故事发生。"大海的情感小小说再次证实了这一点。欲望男女的纠缠中，既有真爱，也有掺杂了过多物质因素的情感，这是生活的真实，无可逃避，大海的情感小小说也没有回避，在《短信上的情》中，男人收到了前女友的短信，情意缠绵的短信让他动了心，他在心里原谅了这个曾经跟公司副总一起远走的前女友，直到站到了她所在城市的街头，看到了她下班时与另一个老男人亲密的一幕，而她的短信仍在继续。女友的行为可笑吗？一点儿也不可笑。这里隐含了她在虚荣之外对真爱的渴求，鱼和熊掌想兼得，但他却转身离去，他要的爱情不是这样的。

大海的情感小小说无论描写了情感世界的多少种，但主旨仍是相对统一的，那就是真爱和责任。大海毫不避讳地写出当代男女在情感困惑或者偶临艳遇时的本能原始冲动，比如《红毛衫·白项链》里昔日的恋人同学偶然相遇产生的肉欲情愫，《沉默的门铃》里丰韵的孤寂少妇对同事男人的诱惑，等等，尽管没人知道、但不合道德的肉体结合行将产生，大海却总能用合乎逻辑的情节化解故事的高潮于平淡，让良知的突然闪现和对配偶的愧疚不安及时切入，而彰显责任的主旨。而在《求你揍我一顿》和《手撕包菜》里，大海则用清水煮白菜式的白描，使负心之人的深深忏悔跃然纸上。

　　许多作家在写作类似宣扬责任的文章里，说教味重，缺少了文学意蕴，让读者读来索然无味。但大海的这类情感小小说写得很圆润，很多看似寓含"说教"主旨的篇章，淡淡的矛盾迭起，膨胀的欲望与内隐的良知共存，延伸的情节与平缓的落幕相互衔接，每一次都处理得合乎情理，让读者于无声中，不自觉地受到了启迪，忘却了"说教"的意味。为何如此？那是因为大海笔下的"良知者"并非不食人间烟火的"高大全"者，而是有着七情六欲、血肉丰满的饮食男女，只不过最终良知战胜欲望罢了。

　　不过，让我感觉略为遗憾的是，大海虽然无声地颂扬了《爷爷的烟袋》《篾匠的端午》《一生的粽子》里那种亲情加爱情的毕生铭久之爱，但《带着疤痕和你生活》里的"即便不爱死也不分离"的情感，未免有几分残酷，让人读起来感觉无语式的悲壮和沉甸甸的压抑。或许，因为从军的经历，让大海个人产生了对爱情唯责任论的独特理解吧！

　　值得称道的是，大海在描写情感矛盾的冲突和转折时，处理得非常老到，写作技法尤其娴熟，无论是对女人还是男人的心理刻画，他都能钻入"人物我"的内心，摒弃第三人称式的啰唆，将对人物内心的剖析，用"喃喃自语"的方式，表现得丝毫不露痕迹，让读者不自觉地陷入主人公的内心境地。从这一点还可以看出，从农村到城市，从军营到地方，从企业到机关，走南闯北，能武亦能文的大海，他自称"已是老男人"，我更想说，大海的心智已颇为成熟沉实。换言之，大海懂男人，也知女人！

毋庸置疑，大海的情感类小小说是精彩的、好读的、优美的，但无论他已写过多少种的情感，我仍期待他以后的情感小小说会奉献给我们更丰富、更精彩、更贴近现实生活之情感的另一种。

2010年10月11日于河南三门峡

（非鱼：中国作协会员，三门峡市作协副主席，河南省小小说学会副会长。）

目录

关于小小说（代序） …………………… 何立伟　1

世间百态的生动摄像 ………………… 顾建新　3

创建立意的诗化细节与情节结构 ……… 刘海涛　7

精妙的伦理叙事 ………………………… 雪　弟　9

情感的工笔图 …………………………… 非　鱼　13

真情往昔

被雨淋湿的陌生城市 ……………………………… 2

大树老了，你还回来吗? ………………………… 6

带着疤痕和你生活 ………………………………… 8

红毛衫·白项链 …………………………………… 11

给你买条金项链 …………………………………… 14

求你送我一把伞 …………………………………… 17

求你背我一次 ……………………………………… 20

铁轨上的爱情 ……………………………………… 23

五分钟的爱 ………………………………………… 26

短信上的情 …………………………… 30

鱼头茄子煲 …………………………… 33

陌路相逢 ……………………………… 38

手撕包菜 ……………………………… 42

理　发 ………………………………… 45

当　归 ………………………………… 48

背你背到天那边 ……………………… 51

大难走了不分手 ……………………… 54

爬楼梯的女孩 ………………………… 56

别样的风景 …………………………… 59

声　音 ………………………………… 61

岁月如歌

求你和我干一架 ……………………… 66

仓储中心的女人 ……………………… 69

请您打我一顿 ………………………… 71

中国式公仔 …………………………… 75

母亲是条鱼 …………………………… 78

父亲的米粉 …………………………… 81

打鼾女人 ……………………………… 84

字画老者 ……………………………… 86

人到中年 ……………………………… 89

四十不惑 ……………………………… 93

洗　面 ………………………………… 98

跪　乳 ………………………………… 101

回　家 ……………………………………………… 104

试　探 ……………………………………………… 106

归　乡 ……………………………………………… 109

曾经戎马

白萝卜·绿玉米 …………………………………… 114

站台上的父亲 ……………………………………… 117

丈夫的秘密 ………………………………………… 120

牛仔还乡 …………………………………………… 123

红房子 ……………………………………………… 126

抓　捕 ……………………………………………… 129

归　来 ……………………………………………… 132

乡村短笛

求你给我发个大红包 ……………………………… 138

寻找爷爷的手机 …………………………………… 141

我们一起种菜吧 …………………………………… 144

母亲的红薯干 ……………………………………… 148

乡下的母亲 ………………………………………… 151

奶奶的燕子 ………………………………………… 154

爷爷的烟袋 ………………………………………… 157

垂老的父亲 ………………………………………… 160

父亲的陀螺 ………………………………………… 164

父亲的扁担 ………………………………………… 167

城里人张三 ················· 170

篾匠的端午 ················· 173

一生的粽子 ················· 175

娘的树 ···················· 178

族　谱 ···················· 181

真
情
往
昔

绘 / 非鱼（著名书画家）

被雨淋湿的陌生城市

陌生的城市如同女人的脸，突然下起密密的细雨。

早上从酒店出门，下午结束会议从大学出来，天一直是好的。

大学建在山丘上，围墙之外是条孤独的坡路。她先用右手将包顶在头上挡雨，左手拎着开会时发的资料袋。很快又变换姿势，左手将资料袋顶在头上，右手将包夹在腋下。

包是新买的，不算昂贵，但花了她三分之一的月工资。这是她人生中第一个拿得出手的真皮提包，她惜之如金，担心被雨淋坏。资料就没有那么重要了，何况她本就不想参加这个会议。自己只是讲师，哪怕参加这种小型学术会议，也少有发言的机会。再说会议只开一天，她匆匆赶来这座城市，来不及观光一下，又要匆匆赶回工作、生活的城市。

细雨飘在脸上，迫使她加快脚步。无奈职业裙装配上高跟鞋，无法疾步。她骂："鬼地方！"数次前后张望，没见出租车的影子。很多城市的大学路段出租车不多，可能是因为学生消费能力不强吧。她上班那座城市的学院，周边也是这样，出租车不常去。骂完之后，一辆摩托擦肩而过，她下意识地想，在陌生的城市遇到下雨，哪怕坐上摩的（拉客的摩托），也是一种幸福。

她见惯了父母的清贫拮据，长大之后，非常渴望过得从容。她婚后出行，是老公开车相送。后来她自己攒钱买了辆小车。老公是市直机关公务员，和她一样矜持。家里没添小车之前，他们宁肯坐公交，也不愿搭乘摩的，甚至连同事的摩托也不愿坐……

雨，淋湿了裸露的胳膊和双腿，也淋湿了她的回忆。坡路拐弯处，一棵榕树从墙内伸出茂密的身姿。她小跑冲到树底下，掏出纸巾擦拭脸上的雨水。有风刮过，榕树抖动，雨水从树叶缝隙滴答掉落。她打了个冷战，挪动身子躲避。

　　终于有辆出租车驶过，呼啸卷起的树叶已失去灰尘的味道。地面彻底湿了。她伸手拦截，车已远去。她沮丧地张望，前方 500 米是红绿灯，再往前 1000 米就是下榻的商务酒店。这次会议的主办方也小气，只在饭堂安排午餐，不提供早晚餐和住宿。她也舍不得住星级酒店。

　　她用纸巾轻轻擦拭包上的雨水。包的外皮质地柔软，手感非常舒适。她已经 39 岁，中年知识女性，正当优雅从容。但此时此地，优雅算什么？水滴越来越密，雨再下得大些，肯定会被淋成落汤鸡。她甚至想脱鞋飞奔，但套裙又箍住双腿，总不能把裙子卷到腰狂奔吧？

　　细雨迷蒙，织成一张巨网。她优雅的内心开始烦躁。

　　又一台摩托开过时，她果断伸手拦截。她心里清楚，有些不是摩的。摩的佬会在车把挂个头盔，那是全国通行的揽客标志。她已无心分辨，拦住一台，就能避开这该死的雨。

　　遗憾的是，连续四台过去，没有一台停留。就在她想放弃时，一台蓝色女式摩托停到她身边。城市的家用摩托多半是女式的，只有拉客摩的佬才买男式的。穿着雨衣的摩托司机单脚支地，右手掀开头盔面罩，冲她惊喜地喊："嗨……是你啊！"

　　久远而熟悉的声音让她一下怔住。她的心跳起来：是他！尽管有些不敢相信自己的眼睛，但眼前的人确实是他。声音没变，神态没变，只有长相变老。她有些眩晕，他们已经分开好多年了！

　　好多年前，他和她是情侣，从同一所大学硕士研究生毕业后，她成了那座城市学院的教师，他进了外地的事业单位。后来，他为她放弃单位编制，去了那座城市的企业。再后来，她认识一个家境尚可的本地公务员，坚决向他提出分手。他泪流满面地问原因。她说为了各自过得幸福。最后他发来短信祝她幸福，并离开了那座城市。她常常在想，他走时有多么伤心欲绝……

　　此刻的他递来头盔："雨好大，去哪儿？送你。"声音已经淡然。

她清醒过来，觉得没有理由拒绝和怀疑。接过头盔戴上，扶着他的肩膀，坐到他身后。他将雨衣往后撩了撩，盖住她的身体前部。往前开时，他转头问她去哪里，她竟然想不起来。

她的脑子里全是往事，他们失去联系整整 10 年了！10 年里，她为人妻，为人母，工作安稳，生活安逸，达到了她要的从容。头几年，她曾经想去找他解释：我们都出身农村，又是外来者，结婚如果房子都买不起，苦了大人也苦孩子。她想告诉他：你可以找个更好的女人结婚，大家都好才是真好！后几年，她与丈夫吵架受委屈时，也曾想过要去找他……

有些心思，她自己也弄不清。但有一点可以肯定，她经常梦见他，问他过得是否幸福！每次醒来她都泪流满面，以为今生陌路。万没想到，竟然在这座陌生的城市与他再见！

车驶到红绿灯，他转头又问："你要去哪儿？"她反问："你要去哪儿？"他说："先送你，再回家吃饭。"她脱口而出："老婆在家等？"他笑了笑，说："是啊！"她突然若有所失，说："过了红绿灯就是。"

雨下大了些。他伸手后撩，将雨衣往她身上遮盖。她闻到他的体味，心刺痛一下。多么熟悉的味道，曾经无数次让她身心摇曳。刹那间，她甚至很想抱住他的腰身。

他将她送到酒店门口，轻轻问："来出差？"她点点头："你……好吗？"他的鼻音突然变重："还好……多保重！"她看得真切，他加大油门转身离去时，头盔面罩里的眼圈已经发红。

她开始恍然，没走进酒店，而是冒雨前行。她边走边想，这座被雨淋湿的陌生城市，怎么有了熟悉的感觉？这种感觉里既有疼痛，又有温暖，既有愧疚，又有希望……她越想越乱，雨越下越大，淋湿了她的头发，淋湿了她的身体，淋得她泪如雨下。

（原载 2018 年 12 期《作品》；2019 年 5 月上期《小小说月刊》选载）

赏析：

大海的情感小说总是那么有韵有味，很容易让人产生代入感。场景、环境描写历历如绘，细腻，清新，自然。情景相依，水乳交融和人物形象互相映衬，相得益彰。尤其是人物内心的刻画笔力独到，情感世界的丰富复杂，他游刃有余，既能细致入微，也不随意增减分毫，情不自禁地就让人跟着他的笔走进主人公的世界，悲喜与共，苦乐相通。本文里人近中年的知识女性，大学教师，她的情感世界较普通女性要更丰盈、深刻，她的经历颇具个性又很典型，多少女人也曾因为生活的现实被迫改变初心。但生活无处不相逢，在特殊环境下偶遇昔日的恋人，一下子勾起了她内心的愧疚及曾经美好的回忆。然而，都有了各自的人生、各自的家庭，以前的选择对与错，似乎都成了往昔……而这一切，已经成为看不见的隐痛。生活，总在不经意的时刻，给你惊喜，也给你惆怅，昔日的恋人最后会怎么样呢？大海没有完全交代，却间接刻画了一个为爱隐忍的男人形象。他为她停下也好，她为他哭泣也好，昔日的爱情终究还是随风而去，纠结不如回归平淡，就让美好永远埋藏吧。（广东　陈葶）

创作感悟：

苏轼诗云：人有悲欢离合，月有阴晴圆缺，此事古难全。其实，有情人的生生离别，何止是"难全"，难道不是极大的痛苦吗？纵观许多情感小说里的"爱别离"人物，有因爱生怨的，有因情生恨的，也有遭遇移情别恋后萎靡不振的。但我不想这么写！在我看来，真爱不是占有对方，而是希望对方幸福。如果对方觉得不幸福执意离开，唯有默默祝福。我一直认为，放下、祝福，何尝不是另外一种真爱呢？哪怕自己痛彻心扉。不同的经历境遇会给创作者带来不同的创作感悟，而我却要说声感谢，感谢曾经服役的应急机动作战部队特务连教会了我隐忍、奉献！（大海）

大树老了，你还回来吗？

在中国地名史上，因树、因山、因水、因河、因海而得名的地方很多，比如江西的樟树市、安徽的黄山市、河北的衡水市、黑龙江的黑河市、广西的北海市等。这里是湘中南部的一个乡镇，也因水而得名，行政地理名叫"淡水镇"，取镇前之河而命名。但小镇的人们，尤其是上了年纪的老人，在谈到小镇时却绝口不提"淡水"二字，而是张口直呼"樟树埠"。比如，小镇的人出了淡水镇，人家问："你是哪里人啊？"答："我樟树埠的。"再比如，小镇下辖的某村某人要去镇上办事，人家问："你去哪儿啊？"答："去樟树埠。"傍水而居的小镇，轻灵而平和，小镇的人们，不羡官不慕财，沉甸甸的心都系在了镇南头河埠边那棵郁郁葱葱的大樟树上。

樟树是一个男人为一个女人栽下的。男人栽下它时，是民国三十三年（1944）清明。那一年男人刚好二十岁，女人十八岁。

女人和男人是那年春天订的婚。清纯纯的水一样的女人和壮实实的山一样的男人相见，水便属于山了。没有任何肌肤之亲，女人觉得自己是属于男人的了。那时节，老百姓生活清苦，为挣点儿小钱娶女人回家，订婚后的男人投奔省城远房亲戚，到城里卖木炭去了。

男人走时，亲手把一棵小樟树栽在河埠边上。男人说："等樟树长到两米高了，最多一年我就回来娶你。"男人走下石头砌成的河埠头，坐上竹筏漂向了遥远的未来，也带走了女人的心。而男人留给女人的只是一棵瘦瘦的小樟树和一个枝繁叶茂的梦。那一年，淡水镇不叫镇，叫淡水埠，只是一个村。

樟树长到了两米，男人没兑现承诺，没有回来。长到女人两倍高时，男人也没回来。不懂事的樟树长啊长，长到把日本鬼子赶出中国，长到国民党部队逃到台湾，长到中华人民共和国成立。长到很高很大，长到叶子密密繁繁像硕大的斗篷戴在膀大腰圆的树身上，男人还是没有回来。

女人就像樟树上的枝干，枝干越长，失望的女人新的希望也越大。女人除了坚持每日黄昏时分跑去河埠头樟树下，去看看男人是否回来，也在死死护卫着樟树。1958年大炼钢铁，人们试图砍掉大樟树，疯了一样的女人卷铺盖睡在樟树底下，谁砍樟树就同谁拼命。

淡水河静静地淌啊淌，淌过了岁月的雪雨风霜，淌过了女人苦苦张望的目光。当大樟树长到可容几十人在树底下乘荫纳凉，长到主干早已由平滑的绿色变成树皮纵裂、色泽灰褐犹如老太婆的面孔时，岁月履痕爬上女人的脸，孤独的女人一天天变老。这期间，淡水埠由村变成乡，由乡变成区，又由区变成镇。

1990年，镇政府改造河埠头并且决定砍掉这棵碍事的大樟树，当提着电锯的工人准备伐树时，却被女人怒目吓退了。已是老太婆的女人甚至勇过当年，说树什么时候不在她也就什么时候不活了。痴痴的女人的行为，让镇领导颇为头痛。但最终领导妥协，决定保留樟树移建新埠头。

小镇人似乎不太赞成女人一生守着一棵樟树的行为，却都默默地理解一个女人一生付出的心。正如人们不愿意说樟树代表女人的心，但愿意说"樟树埠"代表小镇的灵魂，愿意说自己是樟树埠的人一样。

2007年我来到小镇，一个老人唏嘘着告诉我：女人等待的男人，其实早在民国三十五年，就被国民政府的兵役机关强抓壮丁当兵去了。老人说，可怜这女人等了一辈子啊！

至于男人是在战场上当了炮灰，还是随溃败的国军去了台湾，则没人知道了。只有女人，还在傻傻地企盼："大树都老了，你还回来吗？"

（原载2008年3月28日《中山商报》）

赏析：

"爱"是一种信仰，是一种信任和责任。"爱"是关心，是帮助，是牵挂，是你在受伤害时，对方会为你心痛。"爱"是一个人把对方当成自己最重要的人，并希望成为对方最重要的人的欲望。"爱"是把对方放在自己心上。这篇小说中的女主人公，用一生守候一棵樟树，守候一个承诺，谁能说那不是坚贞的爱情？！正像柏拉图所说："爱情，只有情，可以使人敢于为所爱的人献出生命；这一点，不但男人能做到，而且女人也能做到。"小说中的女人为了一个承诺，守候一生，这是多么感人肺腑的一段爱情故事啊。相信会有好多读者期待着，突然有一天，一个拄着拐杖的老人来到大樟树下，与女人相认……（哈尔滨　碧云天）

带着疤痕和你生活

男人和女人都是 20 世纪 50 年代生的人，同在一个单位上班。虽说那时自由恋爱不风行，但男人和女人的婚姻还是有自由恋爱因素的。起先，男人喜欢女人的美丽，女人仰慕男人的才干，彼此都有好感，私下里定好白头之约，然后托单位领导出面撮合。

男人有一辆单位专配的自行车，出公差用的，也可以骑回家。每天上下班，男人将黑提包挂在车把手上，载着女人，像一道流动的风景，在家属院到单位大院那条一千米长的小道上，带走人们的炽热羡慕的目光。

挂在车把手上的黑提包悠啊悠，坐在后座上的女人的腿晃啊晃，男人和女人的日子，像静静的溪水，幸福地淌啊淌，淌过了十载春秋。但美好的岁月，随着偶然的一次事故，打破了女人宁静而美丽的梦。

那一次，男人载着女人一不小心翻下了路边的陡坡。女人的右脖和肩颊相连处，被一块棱角突兀的岩石划了道深深的口子。女人为此付出了用二十针来缝合伤口的代价。或许是伤得太厉害，也或许是治疗不力，伤愈后的女人，创口处留下一条长长的疤痕，暗红红的，凸鼓鼓的，像一条肥大的蚯蚓趴在脖子上。女人长得漂亮也爱美，只好在脖子上系了条丝巾，挡住令她又痛又恨的疤痕。鲜艳的丝巾映衬着女人的脸，让成熟的女人多出几分俏丽，也让女人逐渐多出一丝忧郁。

女人不知道为什么，感觉自从事故之后，男人判若两人。首先体现的是行夫妻之事时，男人常常半途而废，变得急躁而烦闷。直至后来，几个月、半年才有一次。但也是匆匆地，完成任务似的。因为男人只要一面对光了身子的她，就显得不耐烦。

男人变了，变得对女人冷淡而疏远，不愿和女人在一起，甚至连话都不想和女人说。巨大的、突然的变化，让女人不知所措。女人细细地观察，发现男人的变化里，除了不愿意和她亲近外，没有掺杂任何其他异性的因素。女人想，也许我们都老了，男人也累了。

当然，女人静下来时也苦想过男人为何不爱自己了。有好多次女人想弄清，但一想到他除了不愿和自己亲近外，该照顾、该让着自己的地方，仍如往昔，遂话到嘴边又咽了下去。女人和男人，在男人不可思议的行为里，忧郁地生活了又一个十年。

在他们生活的第二十一个年头，男人因癌症先走了。男人对女人的十年冷漠，已激不起女人太多的悲痛。男人走时，女人没有了眼泪。女人只是记得，形如枯槁的男人在生命垂危之际握住她的手，努力挤出"对不起"三个字。

男人走后，偶尔，女人还会思索男人为什么突然对自己冷漠，为什么在弥留之际要说对不起。但女人想到如今人已去，纵然再有对不起自己的错也应该原谅，遂苦笑释然。

几年之后，女人的女儿，刚刚结婚一年突然提出离婚。女人觉得女婿其实挺不错的，不知女儿为何如此，就将女儿拉进房里，掏心窝子地说："你看你爸生前和我，两个人同床异梦都生活了那么久；你和他是自由恋爱的，并且你常在婚前说他的好，现在这是怎么了，是不是你有了他人？"女儿憋了好久才说："并不是因为他坏，而是他身上有一道长长的疤痕让我实在难以接受啊！"女儿说，"我只要一看见他身上那道深色的疤，就像看见蛇一样恐慌、恶心、难受！"女儿说着说着，眼泪就流了下来。女人不知女儿说的是真是假，一头雾水。

女儿是学医学心理学的，她哭着对女人说："其实爸爸在世时对你冷漠，并非他不爱你，而是你脖子上的疤痕让他产生了巨大的排斥，就好像我一看见前夫身上的疤痕就非常痛苦一样。"女人开始时似懂非懂，但慢慢就理解了。

女儿说："只不过，我和前夫，你和爸爸，不同年代出生的两代人，当产生痛苦时，选择了不同的处理方式。"女儿说："正因为我是学医学心理学的，我才理解我自己也理解爸爸，我看过爸爸的日记，他的心里其实一直装着你啊。"

女人想到男人临走之际，说出的"对不起"三个字，原来满含着的是深深的愧疚啊！女人想到男人十年如一日对待自己的冷漠面孔，眼泪缓缓流了下来。

（原载2008年3月21日《中山商报》）

赏析：

"爱"在汉语中是一个多义的字。它包含了爱情、母爱、父爱、友情、亲情、博爱以及人对所有事物的根本情感。爱在艺术、哲学、美学等科学文化领域，是一个普遍的主题，也是一个永久的主题。我们说爱首先是一个美学范畴的主题。两个人相互爱慕首先是相互看对方的长相，男人要帅，女人要漂亮。小说中，"男人喜欢女人的美丽，女人仰慕男人的才干，彼此都有好感，私下里定好白头之约，然后托单位领导出面撮合"，这样郎才女貌的一对，他们爱情的天平是平稳而均衡的。然而，当女人受伤"女貌受损"后，爱的天平就失衡了，男人的变化充分说明了这一点。女儿最后婚姻的破裂也深刻揭示了现实社会里，人们心灵世界里的那些不可忽视的微妙的砝码，都是影响婚姻稳定的要素。（哈尔滨　碧云天）

红毛衫·白项链

　　女人三十五岁以前的岁月平平静静，犹如女人所在城市的小河，无声无息，缓缓流淌。女人心里有个日记本，从记事起的经历，女人只要闭上眼，脑海里就能一页页翻出来。女人甚至可以清楚记得，第一次来例假时，自己是如何发窘。当然，女人忆起更多的是一些平平淡淡的小事儿，家里的，上学时的，单位里的。女人觉得这些平淡事儿带来的安宁，其实就是人生莫大的幸福。有时，女人半夜起来小解，看着熟睡的老公和女儿，愈发觉得这份平淡的生活如灌了蜜一样甜。

　　女人大学毕业后一直在家乡小城工作，先在一家事业单位上班，后来考上公务员，再结婚生子，如今已是副主任科员了。女人常常以大姐的口吻，提醒单位几个活蹦乱跳的女孩：拍那么多拖干吗，差不多就可以啦！意思是说一个女人不要经历太多男人。当然，女人更想表达，自己的老公就是自己唯一的男人，也将是自己此生唯一的男人。如果有人谈到当下涌现的层出不穷的婚外恋现象，女人绝对嗤之以鼻。

　　不久前的一天，女人在一家商场电梯里遇到了男人。女人在刹那间眼直了。男人见了女人也呆了。彼此呼出对方名字后，四手紧紧相握，任电梯升起又降落。女人那天因为有事，和男人互留了卡片匆匆而别。女人见男人卡片上写着的头衔：北方某集团驻珠三角办事处主任。女人记得男人说要在这个城市出差两个月。

女人回到家，心怦怦跳。男人其实就是自己在北方上大学时，那个连自己也说不清是否算是恋爱过的同学啊！男人家在大学所在的城市，从大三起男人开始追女人，也说过许多要她留在北方的话。男人是典型的北方汉子，高大帅气，大方爽快。女人的心当时动摇过，但女人的家乡在更为发达的珠三角，女人更想留在家乡。当青葱岁月渐渐远去，留在女人记忆里的大学爱情，只是与男人牵牵手，并且有那么几次轻轻拥吻罢了。

男人的突然出现，勾起了女人心中的往事。男人在偶遇第二天给女人打电话请她出来吃饭，女人毫不犹豫地去了。十多年未见的男女相见甚欢，但聊得更多的是大学时的事。女人回到家很想告诉丈夫，自己碰到了大学同学，但想想又忍住了。

后来，男人隔天便会请女人吃饭。如果彼此没空，男人就给女人打电话。有天晚上，女人梦见男人在拥抱自己……醒来的女人侧目看见身边的丈夫，突然觉得一向看着舒服的他并不好看。事实上，女人心中有一杆秤。同样作为地地道道的南方人，女人知道自己长得还行，白白净净、丰丰韵韵，但丈夫却矮小瘦黑。女人当初嫁时并不喜欢丈夫。但女人图的就是丈夫的不出众，希望能平静牵手一生。

几天后，男人说要去周边城市考察一星期。那一星期，女人在单位等不到男人电话，在家里就一直拿着手机，期待男人的电话突然打进来。尽管女人知道男人从没在她回家后打过她手机。男人突然消失了，女人的心却不能平静。女人莫名其妙地有点恨男人了。让女人感觉自己莫明其妙的还有，竟然几次梦里倚靠在男人高大魁伟的身上。

男人一星期后如期而回，在租住的商务酒店打电话请女人过去，说有件礼物送她。女人犹如干渴的马鹿突然遇到泉水，带着几分感动，匆匆打的过去。冬日的南方不太寒冷，穿着件褐色羊毛衫的男人将女人迎进房内的刹那间，女人犹如久别重逢。女人还没坐下，男人将一件红色羊毛衫递上来，说："前几天去了趟香港，看见这件澳大利亚产的羊毛衫，特意给你买的。"并且男人鼓励女人脱了外套试试。女人迟疑一下脱了外衣。男人将红毛衫撑开，像给妻子试衣一样，熟练地套在女人身上。女人顺从地将红毛衫穿上，走到镜子前一看立即心花怒放了。镜子里的女人在红毛衫的映衬下，俏脸娇红、艳丽如鲜，且衣服非常合体。女人豁然感动。

当女人面对镜子欣赏自己的美丽时，男人双手不知不觉地抄到了女人腰间，湿湿的吻也爬上了女人后脖子。女人先是震惊，继而害怕。但当男人的手游走在女人的小腹上下，吻也从后脖滑到肩胛上时，女人有了几分眩晕。女人在刹那间很想什么都不管，转身迎合着拥住男人。就在这当口，女人听到手袋里的手机信息声音，轻轻的，却像敲打女人的心。女人轻轻推开男人，掏出手机一看，是丈夫发来的，问她回家吃饭不。女人马上清醒过来，说："我要走了。"男人愣了一下："晚上一起吃饭好吗？"女人没有回答，脱了红毛衫，将自己的外套穿上要出门。男人将红毛衫包好递上，尴尬地笑："对不起……这衣服是给你买的！"女人思考了一下，说："谢谢。"接过衣服走了。

女人将红毛衫带回家，告诉丈夫说，是托朋友在香港出差时买的。丈夫比男人更为熟练地给女人穿上。看着红色映衬下的女人，丈夫开心地笑。女人也笑，转身却哭了。

男人在红毛衫事件后没再打电话给女人。女人主动问到男人离开这个城市的那天，请男人出来为他饯行。男人如约而来。女人在买单后，递给男人一个精致的盒子，说："送给你的礼物。"男人分外激动，双手欲抚女人的手。女人将手抽回，淡淡地笑："祝你一路平安！"

男人回到酒店迫不及待地打开盒子，见里面放着一条南方特产的珍珠项链和叠着的一千元钱。男人正纳闷时，手机信息响了。信息是女人发来的，写着：

红毛衫我收下了，我领了你的情，但买衣服的钱你也要收下。

这条项链是我送给你妻子的，请代我向她问好，同时也请你记住，男人出门在外，妻子在家无尽关爱着你！

（原载 2009 年 3 月 21 日《中山商报》、2017 年 10 月 26 日《金雀坊》网刊）

赏析：

记得好像哪位名家说过，女人之所以正派，是因为外面的诱惑不充分。这话有一定的道理，如文中的"女人"，生活平静无波，她也享受这种幸福，但平静的生活也总有小浪花泛起，这小浪花、这诱惑来得有点猝不及防，特别是面对自己的初恋，几乎所有的女人总觉得前情如斯美好、终生难忘，再续旧梦的事比比皆是。只能说，这"未遂"的婚外情，只是各方条件不够成熟，丈夫不是太差，女人不失理智，前男友有点操之过急。看完，总隐忧着，假如再给予时间，也许结局又不同，至于文章的结尾，或许只是作家大海的理想，最终的婚外情止于理智。但愿如作者所愿：天下无偷情之夫，无出轨之妻。（广东　燕燕）

给你买条金项链

这个愿望伴随着男人有整整十年了。十年悠悠岁月，像缓缓飘荡的秋千带起的风，本可以荡去许多陈年旧事，淡漠许多记忆。但男人的愿望，却并没被岁月的秋千飘荡消尽，而是与日俱增。

十年前，是男人的第二个本命年，也是他和她的结婚之年。十年前的男人，在新婚之夜对比自己小两岁的她，歉疚地说："人家妻子都有金银首饰戴，可惜我没有钱买给你。"男人对女人保证说，"等我手头宽裕了，一定给你买条金项链。"男人说是上等纯金的。

女人就笑，紧紧搂住男人的腰，说："你有这心我就满足了。"女人那时的笑，充满幸福，也充满期待。

女人翻出做姑娘时买的一条不知用什么材料做成的假"金项链"，让男人给她戴在脖子上。男人将项链戴在女人白嫩嫩的脖子上，心里波澜起伏。女人却安慰他说，这不是很好看吗，也是"金"的啊！男人说好看好看，眼泪却流了下来。男人在心里发誓：别人的女人有的，我的女人也应该有！

那时的男人，在街道一家小厂做事，每月工资几十块。女人是待业青年，偶尔会接到居委会的通知，临时接些活干。一家的开销，全靠男人微薄的收入来维持。

秋千一样飘荡的日子，也飘来了许多沉甸甸的东西。男人和女人相伴相携的第二年，添了个千金。多一张嘴就多了一份负担，男人肩上的担子更重了，愿望成了遥远的梦想。

第三年没有兑现。第四年没有。第五年也没有。女人仍然戴着她做姑娘时用二十几元钱买的"金项链"。

岁月的秋千飘到他们结婚的第六个年头，绳子断了，女人蹋了。女人患了可怕的胃癌，胃被切除了三分之一。医生说，这是绝症，没法治好的，好好休养的话，最多也只能活一年。

男人常常在背对女人的时候，泪如泉涌。男人发疯地借钱借物，变卖家中本就不多的东西。男人害怕女人死去。女人相反，却坦然视之。女人一面阻止着男人，一面微笑着对男人说："我会活下去的。"女人说："不要那么折腾了，我们都没做坏事，相信老天会给我们好命的！"

男人不相信，但男人相信有了钱，女人就有活下去的希望。男人在业余时间疯狂地找活干，帮人家打短工，拉货物，修房子……只要有活干，男人甚至不惜饿着肚子去出卖苦力。男人恨不得把一分钱掰开两半来花。

女人乖乖地听男人的话，不再参与任何要付出丁点儿力气的劳动。女人静静地在家休养，每当男人疲惫的身影出现在家门口时，女人总是笑着迎上去。

但女人还是像一段朽木，逐渐枯槁下去。只不过，由于女人的毅力，枯槁的进程非常缓慢。

生命中往往有许多奇迹出现，枯槁的女人神奇地活到第十个结婚纪念日。女人似乎有种预感，在倒下的前一天独自上了趟街，回来后一躺不起。

医生不无遗憾地对男人说，等人的生命到尽头了！男人绝望地跪在女人的床前，望着深爱的人心如刀绞。

女人哆哆嗦嗦地从怀里摸出一个精致的小盒子递给男人。男人打开，是一条金光灿灿的项链。男人呆了。

女人说："对不起，我这一辈子苦了你。"女人说："你曾答应给我买条项链，尽管没有实现，但我很满足。"女人说："你的心胜过一万条项链，我比任何一个女人都要幸福。"

"这条项链是我出嫁时，母亲给我的一点点碎金饰，请原谅我一直把它攒作'私房钱'，直到昨天我才把它拿出来，打成了这条项链。"女人对泪如泉涌的男人说，"我走了，没什么送给你，希望你能把这条项链送给下一位代替我的她。"

女人笑，说："收下吧！"之后，女人的笑定格在脸上。

男人的心，怦然碎裂。

（原载2008年4月4日《中山商报》）

赏析：

一份刻骨的爱，其实就是一条价值连城的"金项链"。爱的基础是尊重。爱的本质是无条件地给予，而非索取和得到。男人拼命地付出就是要给女人幸福，给女人买一条真正的金项链，可是他一直未能实现这个愿望。直到命运要拆散这对苦命的鸳鸯时，女人才告诉男人（也告诉广大读者）："你的心胜过一万条项链，我比任何一个女人都要幸福。"这是对男人莫大的安慰！所以，我们说爱是一种发自内心的情感，是人对人或人对某个事物的深挚感情。这种感情所持续的过程也就是爱的过程。通常多见于人与人或人与事物之间。爱是认同和喜欢的高度升华，不同层次的爱对应着不同层次的感受和结果。就像这篇小说中的爱一样，那是男人和女人彼此融入血液、融入生命的爱，谁知道男人，会不会把那条女人临终前送给他的纯金项链作为女人的陪葬品呢？！（哈尔滨　碧云天）

求你送我一把伞

如果没有那句话，人生会是什么际遇呢？夜深人静时，陈小若常常在想。

那句话源自一部爱情剧，一个女生500里外逢雨，一个男生连夜驱车送伞。剧中台词遂成女生们传诵的经典：500里送伞算什么？爱一个人不是说多少，而是做多少！为这句话感动的陈小若还在武汉读大三，正被两个男生追求。两个男生，一个叫贺小涵，武汉人；一个叫陈大力，长沙人。陈小若家在长沙，父母不希望她在远方恋爱，因为终究要回家乡。

陈小若偶然一次记起那句话，正值暑假居家的某天，长沙阴雨连绵。陈小若很想学剧中女主人翁试探人心，就给两个男生发了相同的短信：我被大雨困住回不了家，能送伞来吗？

陈大力正在长沙某个商场做暑期工，匆匆回了短信：雨停再走！陈小若心里说，老实的人真无趣，哄人都不会！想到陈大力家境一般，人又憨厚无趣，收到短信的陈小若更加失望。

贺小涵却从武汉打来电话：马上送伞！贺小涵家境好，父母有小车，他考了驾照，平常对陈小若也嘴甜。万万没想到，贺小涵真从武汉驾车过来，横跨360公里，历时5个小时！手持碎花雨伞的贺小涵如同《大话西游》里的至尊宝从天而降，陈小若想都没想就钻进伞下。陈小若跟父母说要去同学家，当夜不归。人家 700 里送伞，有什么理由拒绝？点点殷红洒在宾馆的白床单上，幸福的甜蜜代替初次的疼痛，陈小若哭着抱紧贺小涵，像抱着棵可以倚靠的大树。

其间，陈小若几次掐断陈大力来电，还将他的信息直接删除。

大四实习时，陈小若留在武汉与贺小涵同居。毕业后，陈小若拒绝父母为自己安排的家乡公家单位，进了武汉的民营机构。考入机关的贺小涵搂着陈小若承诺："别担心，有我呢！"

遗憾的是，本就帅气的贺小涵有了好职位，受到更多漂亮女孩的关注。一个条件不错的本地女孩与贺小涵屡次偷欢后，和陈小若同时提出与贺小涵结婚的要求。身处官场的贺小涵父母对陈小若摊了牌："年轻人的爱情不成熟，如果可以，送你回去吧！"陈小若颤抖着给贺小涵打电话，质问他当年 700 里送伞的勇气去了哪儿？贺小涵吞吞吐吐地说："长沙挺不错，你父母也一直希望你回去……"陈小若声嘶力竭地骂了句："混蛋！"趴在出租屋里哭了一夜。

回到长沙的陈小若，删除了贺小涵的电话，烧掉了存留在家的雨伞。与负心汉在一起的五年岁月像把利锯，想起来痛恨，放下去痛心。陈小若用了半年时间才调整过来。当长沙的一切重新变得亲切时，陈小若决定留在家乡陪伴逐渐年迈的父母。她去了当地一家大商场应聘，并在那里遇见陈大力。彼时的陈大力已是副总经理，他在审查应聘资料时已经看到陈小若发来的履历。

面试时，陈大力问："你在武汉工作，怎么来长沙了？"陈小若犹豫一下，坚定地说："和过去的感情诀别！"陈大力又问："有信心做好这份工作吗？"陈小若点点头。陈大力淡淡地说："那就好！"

结束面试，向晚的天空下起小雨，敲得人心疼痛。在街上独行的陈小若突然后悔，尤其后悔说了真话。谁让自己当年冷漠地拒绝人家？即便应聘成功，在他手下工作也难受。

这当口，一辆小车停在陈小若身边。车窗滑下，陈大力从驾驶座上探过头来："上车吧，送你！"陈小若犹豫着上了车，试探地问："不去接你家那位？"陈大力苦笑："这么多年都在拼命工作，哪有时间恋爱？"陈小若的心跳了一下，说："请你吃个饭吧？"陈大力说："好，你请客我买单。"

两人去了一家餐馆。落了座，陈小若问："还记得当年给你发的短信吗，我被大雨困住要你送伞。"陈大力说："记得。"吃完饭，雨停，陈小若怯怯地问："求你件事好吗？"陈大力一怔。陈小若说："求你送我一把伞！"陈大力起身从车里拿出一把伞，递过来："都怪我当年太单纯，收到短信时又在忙，就让你等雨停再走；等我忙完才觉得自己不够意思，赶紧买了商场最好的雨伞送来，可你电话不接信息不回……"陈小若颤颤地问："后来呢？"陈大力说："后来我就带着这把伞上下班，五年来坏过一次，修修还能用。"

陈小若接过伞，打开，撑起，一片碎花笼罩在头上，遮住闪烁的霓虹。陈小若心里说："如果没有那句话。"眼泪悄悄地流下来。

（原载2018年9月9日《番禺日报》）

赏析：

故事的发展是采用斜升式反转推进的：其一是陈小若面临爱情的选择，一边是家境一般、憨实可靠的陈大力，也符合父母的要求，就在家乡；一边是帅气嘴甜、家境较好的贺小涵，但远在外省。其二是通过送伞考验爱情，追求浪漫的陈小若放弃了老实人陈大力，选择迢迢千里前来送伞的贺小涵。其三是陈小若与贺小涵情感的发展，"别担心，有我呢！"贺小涵信誓旦旦，让陈小若陷入爱情的"蜜罐"里头，其间故事背景从学校过渡到社会。就在读者以为陈大力会就此完全淡出陈小若的人生之时，故事却发生了反转。陈小若与缺乏责任心的贺小涵因为现实使爱情走到尽头。伤心的陈小若回到长沙后，阴差阳错遇到了陈大力。原来此时的陈大力和当年的那把伞仍旧在等着她，似乎是冥冥之中安排好的。作者贴着人物的感觉和心理来写，让一篇爱情类小小说在常理情节与反常情节之中透着脉脉温情。由此我想起泰戈尔说过的话：相信爱情，即使它给你带来悲哀也要相信爱情。诚然，我们谁都不愿意承认，在有些时候，其实我们并不懂真正的爱情。可是，爱久见人心，现实终究会敲醒包括陈小若在内的所有女性的理智，岁月也会淘洗出真正的有情人。读此佳作，不禁引人思索。（广东　陈凤）

求你背我一次

　　许溙撒着娇要老公方曙光背她时，方曙光正在偷偷地吃药。药是胃康宁冲剂，开水泡散，颜色浓黑，仿佛陈年的普洱茶。下午落班后，方曙光的老毛病突然犯了，胃胀得厉害，还隐隐地疼。许溙是嘟着嘴说的，松松垮垮地吊着粉色睡衣，学着电视上的小女孩，双手张开，粉脸萌呆，说："光，背我一次好吗？求你！"

　　许溙眼里闪烁着光芒。那是火，烧得正旺。方曙光懂。四十四岁的女人，儿子上了大学，不用照顾老人，家里又没烦心事，身体棒，花一样渴望雨露滋润呢！但是，懂又如何？一来自己真的胃不舒服，带病温情没那心情；二来自己已经六十，一个星期浇一次花都嫌多，何况身体一直不好。方曙光故意呵呵笑，说，都快当爷爷的人了，留着力气背孙子吧！方曙光这么想时，却是放心的。女人嘛，老夫少妻都二十多年了。方曙光知道许溙没有那花花肠子。

　　窗外灯火通明。离休息还早。许溙脸上没有写着不快，心里却有了一些压抑，一个人去客厅看电视，一边杂乱地换台，一边乱七八糟地想往事。许溙常常想起当海军的父亲以及他那张背，宽宽的，壮壮的，厚实，温暖。自己的名字就是父亲取的，原来叫"许正"，母亲觉得太男性，强行改为"许溙"。父亲服役的地方在山东，每年回来探亲，为了弥补陪伴女儿的缺失，只要一出门，必将许溙甩在背上背着，还时不时突然加速奔跑。孔武有力的父亲即使背着人奔跑，速度也飞快。许溱一颠一颠地趴在父亲背上，觉得安全又开心，咯咯地笑个不停。令许溱心痛的是，自己六岁那年，父亲出海牺牲，山一样的背影自此永远留在记忆深处，像用锋利的凿刀，一刀一刀刻在石头上，无论岁月变迁，始终无法磨灭父亲的印象。母亲改嫁后，许溱面对继父刻板的脸，愈加怀念父亲的背，甚至疯狂幻想嫁个能够背自己的男人。

真的有个背了许溱的男人，叫方曙光，大许溱十六岁，憨厚得像头绵羊。当时，两人的单位搞联谊，其中有猪八戒背媳妇的游戏，方曙光和许溱分在一组。两人背出火花，方曙光说要娶许溱。许溱跟母亲说了。母亲说，你有恋父情结吧，跟这么老的男人？欲言又止地劝，说结了婚日子长着呢，会有很多不合拍的地方。方曙光给许溱打气，说，我会照顾你。许溱想到方曙光背自己马上想到父亲的背，想到父亲的背立刻觉得温暖，就坚决嫁给了方曙光。

遗憾的是，母亲的担忧成真了。不是说方曙光不好，只是人太老实，不管许溱说什么他都乐呵呵说是。很多男人懂得讨好女人，但不是他这种没有原则的顺从。更令许溱苦恼的，方曙光也就那一次背过她，他的身体其实并不健康，长期有胃病，还经常感冒，什么时候开始连夫妻生活都少了，一个星期难得一次。和一个绵羊似的老男人生活二十年，确实乏味。但许溱没有花花心思，也没有花的机会，下班就待在家陪着丈夫孩子。等到孩子上了大学，自己也过了四十，闲下来的许溱就有了隐隐的想法，渴望有个男人再次背起自己。最好粗野点，像孔武有力的父亲那样背着自己狂奔。许溱也曾想过这个男人是方曙光，但他没力气！

还让许溱难言的是，嫁个大自己那么多的人，不仅得不到父爱，反而成了隐性的累赘。方曙光的肾也有问题，一到阴雨天就腰痛。许溱知道方曙光在偷偷吃药，他还呵呵笑着说是喝茶。为了避免尴尬，也为了给老夫少妻家庭保留一份尊严，许溱跟着装傻。这种不咸不淡的生活，终于在许溱四十五岁那年，觉得生命的鲜花行将枯萎时，有了久旱逢甘露的转机。

　　洒下甘露的是肖五四。肖五四是许溱在美容美体会所学习时的瑜伽老师。方曙光担心许溱在家闷，主动帮她交了钱去学习瑜伽。扎着长长的马尾巴、有着魁梧身材的肖五四，虽然分不清是文艺男还是健美男，总之看着舒服。比许溱小十岁的肖五四每次给许溱纠正动作时，手上力道舒缓有力，嘴里言语温和好听，比方曙光确实多了不少男人魅力。肖五四说："你的皮肤、体态，白皙丰韵、光滑紧致。"又说："名字叫许溱太生硬，应该叫许媛，温婉有女人味。"还说："你一看我的名字就知我是个五四青年，多有活力。"许溱听得心花怒放，心也青春萌动。有天晚上，瑜伽课程结束，肖五四悄悄地对许溱说："单独给你纠正下动作。"许溱忐忑地留了下来。肖五四真的是在纠正，只是手在许溱的胸间臀部有意无意地游抚。许溱突然大胆起来，说："你背我走下吧！"肖五四嘿了一声，背起许溱大踏步地在排练厅走动。许溱恍然觉得像趴在父亲山一样厚实温暖的背上，手自然地揽紧了肖五四的脖子。早有预谋的肖五四趁机将燥热的许溱放在地板上，轻车熟路地给她宽衣解带时，许溱的手机短信声音响了。

　　手机刚好在旁边，顺手按了阅读键，信息是方曙光的。没问许溱在干吗，只是问什么时候回家要不要接？许溱看着排练镜里的自己，心里发虚。肖五四从背后拥了许溱，咬着耳朵说晚些走。许溱突然想起，两年来，即将退休的方曙光，不像那些临近退休的人闲得发慌，而是每天下班及时回家煮饭做菜。吃完晚饭，又叫自己休息一下去练瑜伽，他则在家洗碗扫地；等自己练完瑜伽回来，他又帮着洗衣服，刚开始自己觉得不好意思，他说老夫老妻的，什么好不好意思，只要你开心就好……许溱想到这里，仿佛看见方曙光穿着那件破了洞的背心在家等着自己，心猛地痛了一下。许溱使劲推开肖五四，头也不回地走了。

　　许溱回到家，已经深夜十一点。方曙光什么也没问，一边招呼她洗澡，一边拿了她的换洗衣服放去洗衣机。方曙光走来走去的背影明显不同往昔，有了些许迟缓的意味。许溱突然想到父亲。父亲当年在家也是这样忙忙碌碌。许溱从背后抱了方曙光，问为什么要对自己好。方曙光反手抱了许溱，说："溱啊，我心里一直有杆秤，秤的那头装着愧疚呢；你从小没有父亲，毫无怨言地跟了我这个大你那么多的人……我也好想背着你浪漫一下，可惜我不中用，背不动了呢；现在我退休有空，你上班还要忙活，我就多做些家务来弥补一下吧！"

许溱想到方曙光当年背着自己参加游戏的情景，眼泪吧嗒吧嗒地掉在他的背上。

（原载 2017 年 1 期《宝安群文》、2017 年 1 期《港江文艺》；入选《2017 中国精短小说年选》）

赏析：

从心理学角度分析，许溱确实有恋父情结，父亲带给她的那短暂而又欢乐的时光，深深地烙印在她的脑海里，那种感觉太美好了，乃至她一辈子都在寻找这种感觉——背在背上奔跑的感觉。恋父情结影响了她的婚姻，比如她选择了年龄大她十六岁的丈夫，丈夫虽然体能上不占优势，但生活上，还是给予她父亲般的关爱，这点，许溱很清楚。确实，大部分人都无法意识到童年生活对我们人生的重大影响。童年，虽然只是生命的一部分，但却奠定了我们一生的模式基础。这种影响，无所谓好不好，婚姻中的磨合和折腾、煎熬和挣扎，是谁都要面对的。至于那位瑜伽教练，就当是生活的小浪花，无关紧要。（广东　燕燕）

铁轨上的爱情

男孩居住的城市，有座以工业题材为主的市政公园叫岐江公园。

当年，市政府投资 9000 万元，将粤中船厂旧址改建成占地面积 11
公顷的岐江公园。公园保留旧址上的许多旧物，包括古树，部分水
体和驳岸；两个不同时代的船坞，两个水塔，废弃的轮船和烟囱等
物；还有一些如龙门吊、变压器、机床等废旧机器。除了旧物改造，
还加入很多和主题有关的创新设计。公园还保留了原有植被，并增
加大量野生乡土植物，在其他公园里常见的园艺花木在这里则很少。
2002 年 10 月，该园设计获得美国景观设计师协会 2002 年度荣誉设
计奖。2001 年 10 月公园主体建成并对公众开放，今已成为市民休闲
娱乐的好场所，外地游客也纷至沓来。每到晚上，夜色衬托下，公
园幽静而恬美。从公园入口往南延伸，有一条铺在白色鹅卵石上、
两边长满杂草的铁轨，千来米长。这段不短的"火车道"，让这个
不通火车的城市的人们找到怀想火车的感觉。在这里，你总能看到
一些人——大都是年轻情侣，张开两臂，一左一右，在铁轨上小心
翼翼地行走，期望能走到尽头。

　　窄窄的铁轨面宽不过几寸，不及人的脚板宽。在男孩眼里，那
么多的情侣，无论怎样小心，愣是没有一对能够走完短短的铁轨之
路。有一前一后行走，顾得了前顾不了后的；也有行走过程中携手
共进，但在一段距离后，都因携握的两臂发酸而双双跌下铁轨的。
上去了，跌下来。跌下来，又上去。许多行走铁轨的情侣们，在无
数次失败之后作罢。男孩和女孩，也曾试着走过几次，但都以失败
而告终。

　　杂技演员们可以走更细的钢丝，我们不是杂技演员，技不如人
哪。每次，男孩只能发出如此苦笑。后来一次，男孩和女孩再次漫
步岐江公园，男孩突然灵机一动，说："我有办法可以让我们轻松
走过去。"女孩不解。男孩将手中的报纸卷成纸棍，与女孩各握一
头，分别踏上两条铁轨。纸棍在手里有一定硬度，男孩和女孩执着
它分别行走在铁轨上。他或她的身体往一边倾了，彼此便将纸棍轻
轻一拉、一送，立即平衡对方的身体。如此下去，脚下的轨道变得
平坦而宽阔，男孩和女孩一路平安到达终点，在终点的湖边尽情拥

吻。"我们成功了！"女孩抑制不住内心的欢喜，倚在男孩结实的胸脯上笑，"谢谢这张报纸。"男孩吻了下女孩，说："不要感谢报纸，应该感谢自己！"女孩说："为什么？"男孩没有解释。女孩似懂非懂地点点头。

男孩和女孩，彼此用心地对待对方，不久结了婚，也有了爱的结晶。男孩成了男人，女孩成了女人。按理说，男人和女人都有份不错的稳定工作，一家三口应该其乐融融才是，但女人却有女人的想法，常常有一些小矛盾，男人觉得结婚了有了孩子，夫妻偶尔小吵没什么大不了。女人是个要强的知识女性，觉得非常不舒服，就想到离婚。一个偶然的机会，当一个成熟宽厚的中年男人闯入，女人觉得真命天子来了，便要解体自己的婚姻。女人离婚的要求，突然而又坚决，男人痛苦万分却万般无奈，只得在离婚协议书上签了字。

人生就像天上的云朵变幻无常，女人和中年男人的爱情昙花一现。有思想的女人觉得他不过如此，中年男人也觉得她过于复杂，两人的风花雪月遂烟消云散。女人突然想到男人的种种好，心就很痛。女人打电话给男人，怯怯地说："来岐江公园走走吧！"男人开始想拒绝，想了想，还是答应了。

一个暮色苍茫的傍晚，男人和女人在岐江公园相见。女人小声地说："你还好吗？"略为沧桑的男人点点头。女人主动说："我们再走一次铁轨吧。"男人轻轻地"嗯"了一声。于是，像多年前，他们一左一右踏上两条铁轨，只是没有说话。默默前行一段，女人站立不稳，摇摇欲坠。男人犹豫着伸手去扶，手却没伸直。得不到扶助的女人跌下铁轨，尴尬地说："如果像以前一样用报纸卷成棍就好了。"男人苦笑一下，说："还记得当年我说不要谢报纸谢自己吗？"女人说："记得。"男人说："知道为什么吗？"女人摇摇头。男人缓缓地说："生活犹如这样的轨道，爱情就行走在这铁轨上，坎坷在所难免；许多朝夕相处、同甘共苦的情侣之所以走不到尽头，就是因为在铁轨上行走时，没有给爱人伸出一只手。"

男人说完，长长地叹了口气，又说："人生路上，夫妻不是龟兔赛跑，只有彼此真诚相扶相携，那才是真正的爱……"

余晖染红岐江公园。男人话音未落，女人说："你怎么不早解释啊！"已经哭成了泪人。

（原载 2002 年 7 期《广西文学·小品》、2009 年 8 月 4 日《中山日报》）

赏析：

爱情是美好的字眼，成为人们不断歌颂的话题。大海的爱情故事，别具一格，值得一读再读。在一座城市，铁轨承载着运送人们到大江南北的重任，很多人却忽视了铁轨，只看重火车的时速、火车时刻表。在大海的笔下，岐江公园的铁轨只有千把米长，它的作用不是用来运送火车，而是用来承载爱情。爱情的真谛在哪儿？文中已经点明：夫妻不是龟兔赛跑，而是相互扶携，才能到老！遗憾的是，在文中，唯一一对运行成功的爱情，却在乏味的婚姻中磨掉了最初的甜蜜。等对方回头时，面对铁轨，流下后悔的眼泪。她不知道，近在眼前的铁轨，永远不会交会，一直保持平行的态度伸向远方，犹如男人，只能叹口气，仅此而已。希望读者，尤其是婚姻路上有异心的读者，能有些省悟。（新疆 陆梦）

五分钟的爱

火车在凌晨五点二十分整，停靠在家乡小城的站台上。五点钟的小站，清冷如午夜的卧室，影影绰绰看见一个戴帽的车站工作人员，像根粗棍似的立在站台上。

他理了理凌乱的头发，刚刚睁开的眼睛，慵懒地望向这个熟悉的站台。火车到达这个小站之前，他昏昏沉沉地坐了一夜。

……两年以前，为了刻骨铭心的初恋，刚刚大学毕业的他，放弃了家乡一份不错的工作，从这个小站挤上一列火车到了另外一个城市。在他看来，家乡也是可以成为故乡的，他之所以甘心舍弃原来的一切，是因为她的山盟海誓，在另一个地方一直呼唤，紧紧揪着他的心。那两年里，他没有踏回家门一步。不回家不是因为他跟父母关系不好，而是在两种感情的天平前，他的砝码倒向了她那边。他舍不得放弃与她相处的每一分钟，哪怕他们的临时小巢只是一间租来的四十平方米的小屋，只要有她在，他就觉得甜蜜无比。但就在第二年的尾期，并且是他和她即将走向婚姻殿堂时，她却执意要去南方发展。他曾苦劝她不要走，因为当初因她而来，他不想又一次因她奔波，何况他们在这个城市的日子，已打理得相当不错，甚至想要供一套房屋。但她不听，连招呼都不打就如闪电般倏忽飘走。

他在她走后的半年里，一直没等到她的消息。萦绕耳边的，只有昔日她蜜糖样的话语，和偶尔浮现在眼前的白花花的肉体。但昔日缠绵的肉体欢愉记忆，已彻底被心里的思念与牵挂完全代替了。从南方回来的朋友说，看见她在一个成功中年男人的公司里做事，和那个男人关系特亲密，男人甚至给她买了代步的小汽车。他先是愤怒，几年的感情积累怎能说断就断了呢？然后就有了一种不祥的预感。这种预感中，包含着对她的强烈眷恋。

他再一次辞了工作。他要去南方找她！

临上火车时，他给父母挂了个电话，说自己要去南方出趟差，火车明早将经过家乡小站。父亲与母亲苍老而兴奋的声音，同时在电话里响起：有空回家看看吗？他淡淡地说，只停靠五分钟。文化水平不高的父母，听后没有再问，他们总是相信，儿子大了有自己的事情要做，并且儿子要做的绝不会错。但他还是感觉得到，父母非常非常想念他……

小站曙色初现。他睡意蒙眬。突然，他听到了几声呼唤他名字的熟悉声音。他一惊，将头伸出窗外，看见站台上多了两个蹒跚的影子。那分明是父亲和母亲。他们是在寻找他。

他大声叫他们，使劲地向他们挥手。

听到他的呼喊，父亲拉着母亲，朝着他的窗口小跑着过来了。当他们的面孔清楚地出现在窗口时，两只手也同时举到了他眼前。他拉开窗，父亲递过来一块毛巾，母亲递过来一个冒着热气的陶罐。父亲说："擦擦脸先。"母亲呵呵地笑，说："黄豆煲猪脚汤……你最爱吃的呢！"他看得真切，两位老人的脸上挂着细细密密的汗珠。

他接过毛巾刚擦了下脸，母亲便将香喷喷的猪脚汤递到他嘴边。

他刚开始有一点儿羞涩，但只是刹那的犹豫，他便接过陶罐咕咚咕咚地喝起来。父亲仿若看着正在成长的幼儿，在他喝汤的间隙也傻傻地笑，说："喝呀喝呀。"

他知道黄豆煲猪脚汤是自己从小的至爱，每次母亲煲汤时从不用高压锅，而是用陶罐慢煲几个小时，因为那样煲出来的汤特别香。他也知道从家里到火车站有一个小时车程，而从家出门乘车并不方便。但在这五分钟的停车间隙里，他来不及想象，父母是怎样赶在五点二十分前来到小站；他来不及想象，父母仅仅接他一个电话，就怎样在晚上弄好一切。当列车哐当哐当远去，将两位老人的身影无情抛弃在苍茫晨色中时，他才发觉自己满脸是泪。

五分钟如白驹过隙。但也就是这五分钟的瞬间，让他豁然明白什么是爱——那是不问任何理由，只知道默默地、无私地，将十个钟头压缩在五分钟里的爱。这是真正纯情的爱！

他牢记着这份五分钟之爱抵达南方城市。他没有找她。他觉得，为一个连招呼都不肯打就毅然而去的女人，不值得。即便她对他说过千遍万遍山盟海誓；即便她的身体，是那样令他缠绵和无尽怀念。

他在南方找了一份差事，辛勤地工作，也努力给自己充电，几年之后便谋得了一个不错的职位，也拥有了一份不菲的薪水。这期间，他的第二份爱情如期而至，并且有了结果。一如家乡小站上的五分钟之爱，第二个女人没有甜言蜜语，只知将对他的心化作默默行动。

新婚那天，他对妻子说，有时五分钟的爱，足以让人铭记和珍藏一生。妻子像小鸟一样蜷缩在他怀里，尽管似懂非懂，但没有追问。他也没有过多地解释，只是轻轻地搂着这个用真心待他，却不善表达的女人。

如果彼此都为对方付出了五分钟之爱，哪怕一生平淡无奇，幸福也够了。他常常这样想。

（原载2005年9月26日《中山日报》）

赏析：

阅读《五分钟的爱》，很容易让读者想起一句俗语，"儿大不由娘，娶了媳妇忘了娘。"男主人公为了初恋女友，放弃家乡好的工作岗位，没想到两人在一起一段时间，女友又经不住南方的诱惑，飘忽而去。但是，思念的痛苦以及朋友带来的女友疑似情变的消息，让他突然决定去南方。途中路过家乡车站，停靠五分钟，父母为了见他，一刻也没有耽误，让他喝到了最爱喝的黄豆煲猪脚汤。这对他触动很大，以至于改变他此去南方的目的——他终于明白什么才是长长久久的爱！这篇小说中的故事，仿佛就发生在我们身边。在当今信息化时代，世界变成了地球村。交通的便利，让人口的流动变得更加频繁，也给洋溢着青春气息的孩子们远离父母亲提供了十足的便利，这种现象亦喜亦忧。喜的是，孩子在外打拼可能改变家族命运；忧的是，父母年老体衰孤独寂寞，享受不到儿孙绕膝的天伦之乐。值得一提的是，文中的时间"五点二十分"，才是真爱的主题！还有什么比得上父母为了这五分钟相见在背后所作的默默付出？和这五分钟之爱相比，那种不辞而别的男女私爱，又有什么值得留恋？这才是作者大海的独具匠心，令五分钟的爱更具感人色彩。不过，"父母在，不远游"，这条古训直到今天是否还有必要重新提起，这也是我阅读此文后一直思索的问题。（吉林 刘晓红）

短信上的情

他在卫生间冲凉时，听到放在卧室里的手机发出"嘀嘀"两声短信声。两年了，他一直孤独地住在那套公寓里，只要回到住处，便将衣服脱个精光。从小卧室到兼餐厅的小客厅，再从小客厅或小餐厅到兼洗漱的卫生间，他赤条条地进，赤条条地出，不用避讳任何人。事实上，只要将窗帘拉严，任何人的目光都不会在这套不到五十平方米的小房里停留，除非房东来收房租。当然，这两年里，他的手机也很少收到短信，除非移动公司发出的。在他看来，短信是恋人之间的产物。自从两年前她从这个合住两年的小套房里坚定不移地走了之后，他没有了恋人，当然也很少收到短信。

一定是移动公司发来的广告信息，他想，仍然不紧不慢地冲凉，不紧不慢地洗换下来的衣服，再不紧不慢地打扫室内卫生。做完这一切，当他准备休息时，手机响了，在寂静的房里回荡着，显得格外刺耳。他看了眼墙上悬挂的钟表，已是晚上十一点半了。谁这么晚来电话呀？他咕哝了一句，抓起手机。"睡了吗？"一个曾经熟悉的声音响雷般突然在耳边炸响。他一惊，是她！是那久违了却仍然熟悉的声音！

他一时不知说什么好。自从她走后——当然他知道，她是与公司的副总双双辞职去了另外一个城市的，他曾苦苦向她哀求，请她留下。但她终究还是走了，在数十次摁断他的电话之后，她只留下一条短信：经过两年了解，我发觉我们在一起生活根本不合适，各人有各人的理想，以后不要联系我！

在这条短信里，连"请原谅"三个字都没有。那之后，她换了手机号码。他先是愤怒，继而明白，也许这就是生活吧！就将他们热恋时她发给他的短信统统删掉。他和她之间的缠绵故事终在这条短信之后寿终正寝……

"睡了吗？"她在电话里重复的问话打断了他的思绪。他显得有些慌乱，曾经的伤痛忽然涌上心头。他强捺痛楚淡淡地"嗯"了声。她说："看了我刚才的信息吗？"他才知道刚才的短信是她发的。他没吭声，像分手后她挂他的电话一样，摁断了通话。这之后，他开始睡觉。他不想理那条短信。因为短信的主人曾经给予他的伤害太深了。

不久，短信声又响了。这回肯定是她发来的。他尽管不想记起这个性格倔强给予他深深伤害的女人，但却没有十足的理由不看这条不知就里的短信。他摁了下收信键，一行字跳入眼帘：我知道你恨我，其实我更恨自己，有些事情在一起也许永远不明白，但离开你让我真正地懂得你才是我此生唯一的依靠，我才发觉我是那么需要你，那么强烈地想你！

他打开了第一条信息，两个信息内容差不多。

这些短信，与她当初那么绝情地离开可是风马牛不相及呵！他在心里嘲笑她的虚伪。但仅仅是刹那间，他想起了他们在这套房间里残留的点滴记忆。他突然想哭。事实上，他早已泪如泉涌。但他终究没有回复信息。就像他删掉的那些动人短信一样，有些事情过去了也许就成了永远。何况是她伤他太深。确切来说，是再现了一颗见异思迁之心的本质。

接下来，每天他都收到她的信息。内容大多是说对他的怀念和请他原谅。她甚至将她在另一个城市的工作地址也告诉了他。他的心开始动摇。他想她也许彻底反省，会跟他永远在一起。他甚至在心底里开始原谅她，因为他觉得人可能有时都会犯一次错误吧。

终于，两个月之后，他去了她工作的那个城市。走之前，他没有告诉她。

抵达她上班的写字楼前，正值下班时间。他坐在写字楼对面的士多店里要了听可乐。不久，她的身影出现了，从写字楼里款款而出。还是两年前那样，身段仍然美好，只不过多了几分成熟的韵味。

他有些激动，想上去叫她，却悄悄地多了心眼儿，尾随她而行。

他是第一次尾随一个女人。他有些后悔两年前她要分手时没去尾随，那时的她，鬼鬼祟祟地将手机分秒不离地带在身上，有了电话和短信偷偷地接听和收看。他虽然觉得异常但终究怕侵犯她的隐私而放弃追问。要是两年前早点儿发现，或许可以挽回一些东西。他想。但这次真正地走在她的身后，他仍然觉得自己有点龌龊。

她拐了两个街口，在一个公用电话亭前停下来接手机。不久，一辆黑色奥迪A6缓缓停到她面前，一个球一样矮胖的秃顶中年男人捧着束鲜花钻了出来。球样男人将鲜花递给她，她搂住球样男人的脖子给了一个吻。之后，球样男人揽着她的腰，将她扶进驾驶室副座。车窗门还没来得及关上，他看见球样男人斜俯着身子将她按在座上猛啃，她的手也揽到球样男人的脖子上。两分钟后汽车绝尘而去，他才想起，球样男人并不是原先带她离开的那个副总。

五分钟后，他给她发了条短信：忙什么？对方在一个小时后回了信息：今晚加班，写字楼好多事情要做。他问：是吗？她说是的。他恶作剧地拨了下电话，她的手机却关了。与以往不同的是，他反而有了种预知似的快感，笑了，笑得一身轻松。他很庆幸自己没说已经来到她这里。

第二天，他仍然偷偷地来到那座写字楼前。如同昨日，她出了公司门，拐了两个街口，又一次接过鲜花钻进那辆奥迪A6里，又一次吊住球样男人的脖子亲了几口。他在奥迪A6绝尘而去后，将昨天的短信又发了过去。这一次，她是第二天早上才回的信息：昨晚加班，写字楼好多事情要做。不久，又一条信息追过来：经历过一些事情，我想我们需要重新认识和了解。

他在收到她的短信之后，一点儿也不觉得莫名其妙。他甚至高兴地跑去餐厅吃了一顿自己平常舍不得吃的大餐。心满意足后，他来到一家移动通信点，给她发了一条信息：我很庆幸终于了解了你！

一脸轻松的他，将手机卡取出，使劲掰断，扔进垃圾桶。

（原载2005年9月26日《中山日报》）

赏析：

《短信上的情》以短短的篇幅，写尽了一个女人的功利爱情观，可谓一波三折：最初分手时，无情地离开他，生硬地摁断电话；需要时捡起来，厚着脸皮使尽手段求他复合，"我知道你恨我，其实我更恨自己，有些事情在一起也许永远不明白，但离开你让我真正地懂得你才是我此生唯一的依靠，我才发觉我是那么需要你，那么强烈地想你"；当他信以为真地找上门去，有了新欢的她又找到理由，"今晚加班，写字楼好多事情要做"，并且就在次日又翻脸说需要重新了解。这种看似戏剧般的情变，真实生活中并不鲜见，甚至于成为经典的传奇故事，只不过，不少经此情变遭遇的男女在若干年后回忆起来，仍然伤心而又愤怒，却又无从发作。大海善于观察生活，尤其是在男女分分合合的情感故事中发现问题症结，对错误的爱情观给予淋漓尽致的曝光。大海写作本文的主旨，也是希望身处恋爱中的男女擦亮眼睛，不要被表象迷惑心智，误入情感的怪圈里，变得不能自拔。要知道，一旦沦为混沌情感世界中的棋子，人生悲剧也许就要开始。（吉林　刘晓红）

鱼头茄子煲

他是在第四十五个生日那天，想起她和她的鱼头茄子煲的。这一天，是他离开她的第十个年头，也是他的第二个伴侣——那个像小鸟一样的女人飞离他的第五个年头。此刻的他，孤独地坐在这家餐厅包间里，像一个犯了错误挨了训的孩子，手足无措，目光痴痴。他的跟前，那个泛着幽幽蓝光的烟灰缸，像只想要奋力睁开的眼睛。缸的身里，烟蒂堆砌，余烟袅袅，表明主人的思维曾经非常活跃。

"先生，请问你还要点什么？"一个两腮长着几颗青春痘的女侍应推开门，站在他身旁微笑着问。他摇摇头，将一张五十面额的钞票塞在她手里，说："有需要我会叫你。"女侍应知趣地退下了。他站起来，索性将包间里的电视也关了。声音戛然而止的瞬间，他感觉到自己心脏的跳动，怦——怦，怦——怦，绵长而无力。偌大的房间空荡荡的，除了香烟余蒂还在勤奋地散发丝丝青烟，桌上那碗孤寂的鱼头茄子煲，也在飘散着缕缕清香。没有酒，也没有其他的菜。他伸出筷子夹了一块黑褐的茄子肉，刚要塞进口里，手莫名其妙地抖了一下，茄子像个堕楼的老人，掉在猩红的地毯上。他愣了几秒钟后，重新夹起一小片鱼头肉放进嘴里。

鱼头茄子煲是这个餐厅著名的家常菜。鱼肉塞进嘴里时，他却觉得什么滋味也没有，来不及咀嚼便滑进了肚里，像吞进一团软软的棉花。堕楼的老人和软软的棉花，敲开了他沉甸甸的记忆闸门。

……二十年前，他和她正好赶上"全国河山一片红"的年代，他们穿着绿军装戴着绿军帽相识相恋了。那时的他们穷得一清二白，除了各自拥有一本伟人语录书外，就剩下一颗赤胆忠诚的红心了。她的父母因为犯有众所周知的罪名，被下放到农场劳动去了。她在他生日那晚，第一次将他带回了家。她不知从哪儿弄来半个鱼头，还有两根尚未成熟的茄子，说要给他做碗鱼头茄子煲。她说这道菜是她家祖传的，她爸她妈都会做，她还没学过，但可以发挥在家里观察过的记忆。他想给她打下手，但被她娇嗔地阻止了。她说："今天你是寿星佬，只管坐着等吃就行了。"他实在插不上手但又不愿离开厨房，就倚在门边，盯着她清清瘦瘦的背影傻傻地看。她使用菜铲的技术并不娴熟，但每一个动作在他看来，都像弹奏钢琴一样优雅灵动。

那晚的鱼头茄子煲除了加进一撮盐，什么佐料也没放，但他还是吃得很香。他觉得那是他有生以来，吃上的最美的菜肴。她在他干干净净吃完鱼头茄子煲后，将姑娘最宝贵的东西一并交给了他。她的点点殷红像盛开的花朵，感动得他热泪盈眶。他哭着说："我一定要用一生来好好待你！"于是，她在给他做第二碗生日鱼头茄子煲时，顺理成章地成了他的女人。鱼头茄子煲也因之一度成了他的生日菜。结了婚的她，努力去改善那道蕴有特殊意义的菜肴。他努力地工作，也努力地去品尝那道菜里更多的鲜美滋味。

像茄子花一样的日子，今年开了败，明年复再开。茄子长一茬吃一茬，煲里的鱼头一年比一年大。她在给他做第九次生日鱼头茄子煲时，已经成为总经理的他有了第二个女人，一个让他爱怜不舍的小鸟样的女人，扑棱棱地直飞进他的心里。他先是借口加班，常常晚回。后来又说工作太忙，常常夜不归宿。再后来，他回家或者不回家，索性连招呼都不想打一声。他知道她看在眼里痛在心里，也看见她无数次偷偷流泪，并且无数次想找他谈谈。但她每次看到匆匆回家的他一身疲惫，就绝口不提了。

她一声不吭，一如既往地履行着自己认为应尽的义务，默默地忍受着其他女人不能忍受的东西。他旁敲侧击地试探过她：如何面对男人变坏？她淡淡地说，男人嘛，位置变了手头活了，养家糊口很累了偶尔在外花点，理解。他曾经感动得想哭，但一想到外面的小鸟女人，心就迷糊，眼泪骤然没了，有的是小鸟女人带给自己美妙愉悦的无限向往。他知道自己不对，但他更清楚：自己已经无法摆脱了，因为命运安排的东西比起款款深情的鱼头茄子煲，有更让自己放不下的理由！他明白自己已经深深爱上小鸟女人了。

在翌年他的生日那天，当她将早早做好的鱼头茄子煲摆上桌时，他也确实早早地回了家，却无故发了脾气，拂袖离开家。他要让她知道，鱼头茄子煲变得冰凉，他都不会回去！而且要让她醒悟，他是永远不会回去了，不会再吃她做的鱼头茄子煲了……

他又夹了块鱼肉塞进嘴里，仍然没有味道。他苦笑了一下。

……第二个女人比他小整整十五岁，原来在公司里做他的秘书。这个女人像小鸟一样，有着非常好听的唧唧啾啾的声音。那迷人的小鸟叫声，常常让他的身子骨软软欲化。当然，真正消化他的，还是小鸟女人精致的脸蛋、柔媚的身段。只不过，这个像小鸟一样玲珑可爱的女人，在跟他生活整整五个年头之后，同他的生意伙伴，一个大胡子美国佬，飞到大洋彼岸另一个国度。小鸟女人在走那天，甚至连招呼都没打一声。

他对这只小鸟倒是没怎么留恋的。他也非常清楚这只小鸟不会永远栖息在自己这棵老树上，终有一天会飞走。但是，他怎么就会被这只明知不属于自己的小鸟迷惑呢？而且鬼使神差地和那么死心塌地跟着自己的女人离婚？！他在小鸟女人飞走的第二年，开始怀念起她来。这种怀念，愈到生日那天愈强烈。甚至看见水里游动的鱼，菜摊上摆着的紫色茄子，他的心都会颤颤地抖动。

他忽然就有一股强烈的要去看她的愿望，并且最好能再品尝一下她做的鱼头茄子煲。只有她做的鱼头茄子煲才是最好吃的，胜过他在这五年特意在不同饭店的尝试。但一转念，他又自嘲地笑了：她还会认识我吗？她还可能再给我做吗……

碗里的热气渐渐地少了，他的眼泪不知什么时候无声无息地滑下来。他拼命地想按住从心底里汩汩冒出的意念，但这种意念越是按捺，越是强烈地反抗。挨不下去时，他悲哀地告诉自己：我还深深地爱着她啊！

当晚，在这个城市的一条偏僻小弄堂里，他敲开了原本属于他的家门。门开了，他们彼此怔住。她变了。岁月年轮在她原本娇俏的面颊无情地刻下细细的鱼尾纹，但仍然可以寻找出往昔熟悉的清丽轮廓。当然，她一下子发觉他也变了，才人到中年，两鬓已然斑白如霜。

她还没有说话，他却闻到了一股再熟悉亲切不过的香味。他说："鱼头茄子煲。"声音颤巍巍的。她淡淡地"嗯"了声，说："要进来坐坐吗？"他"哦"了一声，腿不由自主地迈了进去。不太明亮的客厅，与十年前并没有太大的变化。在餐厅里，一碗显然刚出锅的鱼头茄子煲摆在饭桌中央，丝丝热气在飘飘荡荡。他的眼眶一热，二十年前那一幕，电影一样迅速浮现在他的脑海里，他恍然回到过去，回到第一次在她家里度过生日的场景。

短暂沉默之后，他问："他呢？"她说："马上下班了。"他问："他也喜欢吃鱼头茄子煲？"她低了头，淡淡地说："不！"

忽然，她似乎感觉话不太妥，不再出声。他转过身低低地说："其实……我一直在后悔，十年前你给我做的那碗鱼头茄子煲……没吃！"悠悠地叹了口气后，他颤声地问："你过得还好吧？"她将身子转了过去，低低地说："你还有没有其他事？"他听得出，她的话里带着细细的哽咽。他尴尬地笑了笑："我会永远记住你的鱼头茄子煲！"那之后，他强忍着要流出来的眼泪，将一个裹着五万元钱的纸包放在桌上，急急地夺门而去。

一个星期后，他收到一张五万元的汇款单。汇款单的附言栏里写着：我已习惯在每年那个日子做鱼头茄子煲！他的眼前瞬间飘起她做的鱼头茄子煲。滚烫的煲里散发出阵阵香气，似烟似雾，蚂蚁一样爬进他的身体，啃噬着他的心、他的肺、他的脾、他的胃，让他感觉无处不在、又似是而非的痛。

（原载 2001 年 11 期《百花文艺》、2007 年 11 月 7 日《中山日报》；入选《广东小小说 30 年精选》）

赏析：

这是一篇好的小说，也可以说是一种沉重的心灵自白，更可以说是对当下某种生活方式的一种深刻解剖。现实的生活、现实的人，作者没有简单地对谁做出是与非的道德评判，而是紧紧围绕鱼头茄子煲展开一个令人叹息的感情故事，让文中主人公受到心灵的煎熬，让读者反思与深省。一个二婚历经挫折后浪子回头的老故事，却能演绎得如此感人，确实不易。这篇小说无情地道出了现实生活的矛盾，也有情地说出了现实中人们对感情的无奈和迷茫。小说写出了一种人身在福中不知福的感觉，他们的遭遇给我们多元的启示，其中，最主要的是只有失去了，才会觉出它曾经和依然拥有的美好，回忆和后悔是痛苦的，但它会成为我们今后生活得更美好的前导。

（北京　顾建新）

不记得多久以前，也不记得是哪位高人说过的一句话：要想抓住男人的心，必须先抓住男人的胃。这句话流传甚广，被许多女性奉为圭臬，她们苦练厨艺以讨丈夫欢心，如文中的妻子，看完全文，就觉得此语谬矣。其实，两性关系是很复杂的，常常会出现各种各样的问题，爱情的维持也是微妙的事情，一碗"鱼头茄子煲"远不能拴住爱情、保护家庭。其实，丈夫留恋"鱼头茄子煲"的味道，还不如说他是留恋妻子的味道。再美味的鱼头茄子煲，再贤惠美丽的妻子，总有审美疲劳、吃腻了的一天，于是，弃之如敝屣。确实，天下美味何其多，天下美女如牛毛，不属于自己的，永远是别人的风景。就算他犯贱了想回头，但已经覆水难收，"鱼头茄子煲"成了记忆里永远的怀念和美味。（广东　燕燕）

陌路相逢

　　他是傍晚时分挤上这趟公共汽车的。第一次来到这个陌生的城市出差，尽管可以打的出行，但他不想太浪费了。打一趟的要几十元，大男人挤一趟公共汽车未必难受。一如往昔，只要不太仓促，他还是首选坐公共汽车去下榻地。

　　二十分钟后，疲惫的公共汽车在 X 站停下，晃了两晃，像拉着重货的老牛停住了脚。有乘客上下。下去两个，上来一个。正在闭目养神的他半睁开眼，豁然就发现上来的人竟然是她！虽然她离开他已三年，但她那熟悉的身形还是铭刻在记忆里。毕竟曾在一起朝夕相处了那么多年。他的心，动了一下。

　　乘客已满，只有他的身旁空着一个位子。车子开动了，黯淡的车厢灯光映着她的面孔忽明忽暗，长长的头发在他的眼前晃呀晃，一忽儿便晃荡到他身边。她也看见了他。她吊着车顶扶手站着，尴尬地盯着他怔神一会儿，不知是坐还是不坐。他对她点了点头，似笑非笑了一下，冲身边的位子努了努嘴。她迟疑地在他身边坐下。

　　她坐下后，他闻到一股熟悉的体味，心又颤抖了一下，但他表情冷漠。他觉得，只不过相遇了熟悉的陌生人罢了。他把身子往里蹭了蹭，靠紧车厢壁，头扭向窗外。街上，华灯初上，流光溢彩，车水马龙，行人如织，闪亮闪亮的楼房像瞪着无数眼睛的巨人，整整齐齐排列着快速往后倒退。她缩着腿，尽量不挨着他。可不懂事的车子摇呀摇的，她的胳膊还是不时碰了他的胳膊。或者，他的腿也不时挨到了她的腿。偶尔碰擦在一起时，他和她，都闪电似的避开。他目不斜视。她也不看他。

　　又过了一站，他问售票员到 F 大厦在哪儿下车好。一脸青春痘像含苞欲放的花朵似的女售票员说，过两站下。他刚要谢，不期身边一直默不作声的她开了腔：下一站好！他一惊。她的头正视前方，淡淡地说，下一站要近些。她的话一出口，他有些许迷惑。在自己的情感领域里，他一直难以原谅她。曾经，她是那样狠狠地欺骗过他，在一次小吵后对他说先离开冷静下，没想到那个离开的说法竟然成了美丽的托词。直到她最后在电话里跟他坦白：我不会再回来了，我们从此永别吧！三年前的他，那个时节，心里那个痛啊。男人流血不流泪，但不流泪的他，在她走后，肝肠寸断……如今，这个站？他有点犹豫，不知该不该相信她。很快，他又想，一个小小的站名她应该不会骗自己吧，何况也没必要。

　　他想谢，却说不出口，只是将目光投过去，点了一下头。

　　下一站很快到了。他起身下车，脚一落地，回头间，发现她也下来了。他略略迟疑了一下，涩涩地笑："第一次出差到这里，住在 F 大厦。"她淡淡地说："我离那儿不远，带你过去吧。"

　　天，不知什么时候下起了小雨。丝丝线线，飘呀飘的。她在前，他在后。细雨悄无声息，他们步履匆匆。渐渐地，雨大了。他看见她的一头青丝上缀满晶莹的水珠儿。长长的、微湿的马尾巴拖在她的脑后，又像一只可爱的松鼠，在他眼前晃呀晃。经过潮湿灯光的映照，她的带着水珠儿的马尾巴像罩着一块薄薄的白色纱布。要是三年前，即便没有雨具，他也一准会脱了衣服顶在她头上替她挡雨。

曾经有一次，他们在郊野游玩，也是这样下了细雨，他们没有带雨伞，他就用自己的外套顶在她头上，小心地护着她走啊走。或许，淋些小雨并无大碍，但他对她的爱怜在雨中一览无余。但现在呢？他苦笑了一下，心里隐隐泛起一丝痛。

他又想起，三年前那次争吵后，她将曾经的山盟海誓瞬间撕碎，连任何解释都没有。他心如刀绞，也想尽一切办法挽留，但她的坚决，又岂是他的揪心之痛能挽留得了的？女人啊，一旦心硬起来五匹马也拉不回来。何况她的心不属于你，即便留下身来也留不住心。也就是说，让这样心狠的女人留下一具躯壳，又有何意义？！那之后，他常常一个人偷偷地流泪，偷偷地恨她，也偷偷地安慰自己……

雨，撕碎了路灯的光亮，使得眼前景象朦朦又胧胧。他不说话，像迷路的孩子被母亲领回家，默默地跟在她身后。她的手里，不知什么时候多了一把伞。伞的底色是白的，红色碎花，小巧玲珑，挺精致的。嘿，她回了头，笑笑，将手中的伞冲他晃了晃。愣了一下，他不好意思地伸出手。她将伞递给了他。时间仿佛突然回到从前，顺理成章地，他撑伞，她依着他，像依偎着母鸡的小鸡躲在伞下。灰暗的路灯把他和她的影子拉得老长老长。

伞很小，只容得下一个人。他擎着伞的手尽量偏向她那边。这个动作，是他和她在一起时养成的习惯。无论做什么，只要和她在一起，他都会不由自主替她着想。他闻见了她那长长的头发散发出来的淡淡清香，是那种久远了的熟悉香味。他的目光一迷离，感觉眼眶要湿润。他想到了三年前和她在一起时，也是这样，两人共举一把雨伞，只不过通常是他搂着她的肩，而她搂着他的腰。偶尔，他们会在伞下偷偷地亲吻。他记得，当年有一次，他和她旁若无人地站在马路边，在雨伞下亲吻二十分钟。直到天空放晴，身旁经过的行人诧异不已。那时的他们啊，一点儿也不害羞，骄傲而甜蜜。

一小会儿后，他问："你也到F大厦？"他其实是想问她是不是也住在那里。如果她回答，他甚至想问她是不是在这个城市上班，是不是在这里安了家。但她只是淡淡地笑，侧首望了他一眼。

　　过了两条街，穿过一条小巷，F大厦到了。远远地，他看见几名同事站在大厅里的身影。他们也看见了他，笑着搓着手迎出来。他的同事先他而来，早就在F大厦旅业部等他了。他走进大厅，和他们寒暄了几句后，回头却不见了她。他的目光忙忙地去寻找，见她已往回走了十几米远。他顾不上和同事打招呼，转身冲出大厅，几步追上了她。他说："哎！"喘着气。她回头，停了步。他将伞递过去，说："这是你的。"她接了，望着他笑了笑。

　　在她的笑里，他突然就想起她当年冷漠离他而去的样子，是那样残忍！他的心里便有了一丝浅浅的夹着愤恨的痛涌上来，刚刚泛起的热也冷了。他没有接她的笑，冷冷地撇下她，大踏步地往F大厦这边走。

　　几步之后，他听到她在喊："喂！"声音细细的。他一转身，看见她快步跑到自己跟前。他停下来，与她对视着。她却什么也说不出来，只是看着他。他也看着她，像马路上立着的交通标志，木然而愚蠢地站着。但彼此都能听到对方的呼吸声。他甚至能感觉到她呼出的气，湿湿的，热热的。她终于说话了："过得还好吗？"声音颤颤的。他说："谢谢。"声音很小。他不知道她是不是想说对不起，但她什么也没说。那之后，她垂下头，转身匆匆而去。

　　她走时，他看到她眼圈发红。他还感觉到她的鼻音很重，像在哭。但她确实是走了。那长长的马尾巴，或者说是一只可爱的松鼠从伞底下露出来，晃呀晃的，一忽儿便什么都不见了，消失在绵绵雨幕里。只有他，兀自伫立在雨中。

　　"哥们，才刚到就有了相好的？"一名同事过来了，用洞察人情世故的眼睛狡黠地问。他一愣，转过身来，拍着同事的胳膊一道往回走。"曾经是，"他悠悠地叹了口气，说，"不过三年前分了。"同事吃惊地望了他一眼。他将头扭向一边，想，这世界咋这么小呢？再想时，眼里却湿漉漉地有了泪。

　　（原载2000年1月5日《南方工报》、2000年1月21日《中山屏声》、2007年11月7日《中山日报》）

赏析：

数年来，我读过也编辑过数不清的言情小说，而大海的这篇，是我近期读到的较完美的一篇小小说。无论是在当下还是以往的社会形态下的道德范畴内，婚姻或者说爱情的成败绝不是一个人的事情，一场婚姻或者说一段感情破碎，两个人都有责任。"没有一种生活是可惜的"，这是余华的观点。是啊，也没有一种生活不值得珍重，所有的生活和感情都是合理的。这篇小小说合情合理的故事布局，让我们有种身临其境的感受，这是很高明的。婚姻中一对陌路相逢的男女，要在同一屋檐下风风雨雨几十年，而且又有着各自的性格。当个性冲突时，往往带来了家庭的摩擦与冲突，很多家庭因个性冲突亮起红灯，甚至反目成仇！《陌路相逢》恰好抓住了当今社会背景下，婚姻或爱情这面易碎的镜子，通过细致入微、绵里藏针的描写，给读者留下了无限的猜想空间。并利用一个典型的分手故事情节与曾经爱意缠绵的冲突，给读者留下无限的思维空间，最后又将读者带入迷茫而酸楚的雨幕。大海以极其高明的结尾，给所有读者留下了无尽的悬念，可以有一百个不一样的猜想，可以有一百个不一样的结局。（黑龙江　碧云天）

手撕包菜

女孩爱上吃包菜是偶然的事。女孩原来中意菠菜，说菠菜有生血作用，常吃能补血。那一次，男孩请女孩在洗衣机厂前的辣妹子湘菜馆吃饭。男孩说："你吃菠菜吃得人都青了，给你推荐一道新菜让你大开食界！"男孩推荐的菜叫手撕包菜，就是包菜撕碎用干红辣椒炒的那种。女孩尝了，味道果然非同一般。包菜叶清清脆脆，甜味中带着酸辣，女孩吃得狼吞虎咽、香汗淋漓，吃完后还意犹未尽。男孩说："那我日后经常带你来吃吧！"

女孩爱上手撕包菜，并开始接受男孩的追求，是在 20 世纪 90 年代初。那时，女孩在洗衣机厂做会计，男孩当工人。女孩家在市里相对殷实，男孩家在市郊比较普通。男孩追女孩，女孩父母反对，担心门不当户不对女孩日后过得辛苦。女孩犹犹豫豫地把父母的意见说给男孩听。男孩说："找机会我去你家表现，一定让你爸妈放心！"男孩说完这话后的三个星期内，一下班就消失了。

不久，经女孩好说歹说做工作，女孩父母终于同意男孩来家里。小心翼翼而来的男孩除了带了水果点心，还带了颗圆头圆脑的包菜。做饭时，男孩进了厨房，说，做个手撕包菜给大家尝尝。女孩跟男孩吃过十几次手撕包菜，从没听说男孩会做，就饶有兴趣地去看。只见男孩将包菜叶剥下撕片，然后炒锅上火，入油入盐加辣椒；烧热后将包菜下锅翻炒，炒熟后加醋加糖，再把淀粉汁倒入翻炒。整个过程里，男孩俨然训练有素的厨师，熟练翻锅入料细炒快铲。当一盘青青白白中带点红椒的清香包菜端上桌时，女孩母亲在品味中露出笑容，吃得津津有味的女孩父亲也拿出一瓶珍藏五粮液。

男孩的表现赢得女孩父母的赞许。女孩把女人的第一次交给男孩那夜，男孩咧开嘴巴笑："为了打动你父母，我用了三个星期的业余时间到辣妹子湘菜馆免费打下手，在厨房偷师学艺啊！"女孩紧紧抱住了男孩，感动得嘤嘤地哭。

淡淡的时光像一颗成熟的包菜，消逝的日子犹如包菜叶一片片被撕下来。男孩的包菜烹饪技术一次次提高，但女孩却感觉味道一次比一次淡。淡到男孩成了沧桑中年男人，成了洗衣机厂摇摇欲坠后首批下岗工人中的一员。但女孩淡成了女人，淡到年近不惑仍然丰姿绰约。没有过人技能的男人下岗后无所事事，没下岗的女人却因经验丰富主动炒了洗衣机厂的鱿鱼，去一家民营公司做了财务经理。女人一人收入虽然比过去两人还多，但心里不舒服，也不愿意和男人亲近。

公司有个分管财务的离异副总，儒雅沉稳，风度翩翩，女人一看见他就脸红心跳。走南闯北的副总嗅出女人跳跃的芳心，就常常开着自己的大众帕萨特车请女人吃饭。聊得熟泛也聊入心后，女人放不下沉甸甸的副总，心一狠就同男人说离婚。男人泪如泉涌："为什么？"女人冷冷地说："我们之间差距太大没法过下去！"说完拂袖出门。男人对着做好的手撕包菜守到翌日天明，女人也没回家。

离婚后，女人像现在的年轻人一样，在副总的公寓与他过起同居生活。副总回到家是甩手掌柜，完全不像男人在家啥都干，但女人愿意并且觉得幸福。副总也喜欢吃手撕包菜，女人恨自己吃了十多年都没学会做，就买了菜谱学。每次菜上桌，颇有涵养的副总却不怎么下筷。女人诚惶诚恐地问了多次，他才淡淡地说，味道一般。

当副总在一年后无声无息地消失时，女人才发觉做了场噩梦。疲惫不堪的女人步履沉重地回到娘家，父亲母亲仿佛洞察秋毫，对女人很冷淡。孤独的女人出了父母家，像一片叶子在街上飘来飘去，不经意间飘进辣妹子湘菜馆。

岁月大浪淘沙，曾经辉煌的洗衣机厂寿终正寝，门前的辣妹子湘菜馆变成两层楼的大型菜馆。一个操着湖南口音的女服务员问女人点些什么。女人想起好久没吃手撕包菜，就问有手撕包菜吗？女服务员说："这位阿姐不瞒您，手撕包菜虽然平常，但我们店去年请了个高手，他尽管只会做这道菜却做得精，许多顾客就是冲这道菜来的；不过这道经典手撕包菜比一般蔬菜贵，二十五块一份！"女人笑了笑："就点它吧！"

菜上来后，不管花样还是颜色，均与女人以前吃的大不一样。女人尝了，有甜有酸还有辣，入口味道极佳。女人从未吃过这么美味的手撕包菜，甚至想要杯酒来下菜。这当口，邻桌一位胖食客唤来老板："你们的手撕包菜不错，我都吃上瘾了，能让我见识下大厨吗？"女人听了，也想见识下。当白衣白帽的厨师出现时，女人懵了，这不是男人吗？千真万确就是自己的前夫！已经微微发胖的男人谦逊地同胖食客交流："这道菜我在家里炒过十多年，后来又专门研究了一年……"女人听着听着，眼泪像撕碎的包菜叶，一点儿一点儿，飘了下来。

（原载2008年8月31日《中山日报》）

赏析：

这篇小说最突出的特点是：结构非常紧凑。全篇紧紧围绕"手撕包菜"展开，一个常见的离异题材，就在不枝不蔓中叙述了出来。《手撕包菜》这样的写法，对于大海而言也许驾轻就熟，但对初学写作者而言，特别有借鉴的意义。小说写得很实，又有很沉重的情感，给世人以警策。作品的主题是积极有益的：对贪图虚荣和享受的人，给予了鞭挞；对踏踏实实、认真对待生活、努力向上的人，给予了赞扬。作者没有粉饰现实，也不故作夸张，小说的风格朴实无华。（北京　顾建新）

理　发

岁月如同握不住的流沙，有些美好注定缥缈难存。男人离婚了，是前妻主动提的。她是个事业型女人，天南海北地飞，忙得没机会怀孕，却有时间跟一个富商恋爱。爱得深沉的男人伤心欲绝，等到单位有了挂职机会，遂申请去了下面的偏僻小镇挂任党委副书记。

小镇常住人口不到五万，没有工业就没有拆迁，没有拆迁就没有上访，男人的工作相对轻松。不上班时，男人到处走走，看小桥流水，闻鸟语花香，顺便放松下积郁的心情。

镇东头有间发廊，老板是个年轻女人，白肤黑发，细腰宽臀，有种超越当地气场的韵美优雅。小镇发廊大多实在，除了洗头理发，顶多洗个面。城市发廊有些挂羊头卖狗肉，什么服务都有，就是不理发。老实的男人去发廊当然是理发。躺倒洗头时，女人调水搓头掏耳朵，适中的力度让男人昏昏欲睡。坐下理发时，女人剪长推短剃胡须，温抚的动作同样令男人舒服。女人围绕男人前转后转，杨柳身段偶有触碰时，男人有了触电的感觉。被电到的男人成了发廊常客，说伏案久了颈椎不适，不理发也要来洗头按脖子。

女人开工如同单位上班：上午九点到十二点，下午两点到六点。除此之外，门口标志性的彩灯停转。好几个周末，不回市里的男人在发廊见到女人买好的菜。男人问："中午回去做饭？"女人说："晚上也要。"男人问："给孩子做？"女人说："没小孩。"男人心里咯噔，小声地试探："给父母还是老公做？"女人似乎没听见，做完最后程序，说："过了十二点啦，我得赶紧回去。"

男人后来梦见和女人结婚，女人做家务时也袅袅袅袅……男人醒来后抱着枕头想：真要娶了女人，自己工作稳定旱涝保收，她可以不上班，也可以开发廊，随她。男人离婚后悟出个道理：娶个条件好的难驾驭还可能分道扬镳，娶个条件一般的反而对家好；婚姻无非是过日子，合适互补才叫般配。男人想起女人就觉得幸福，何况女人长得好看又贤惠持家……

上门多了，自然熟络。心猿意马的男人动了真心，有意透露自己的情况。男人说："我三十三，你呢？"女人说："小你三岁。"小地方的女人三十未嫁有些怪，男人想想又释怀，人家长得漂亮眼光高呢！男人故作哀伤："我离了婚，没生小孩。"女人说："也好，再找个未婚的呗！"男人说："找你这样的。"伸手抱住女人。女人左手甩开男人，右手扬起剪刀："小心伤到你！"男人的眼里有了期盼，说："等你有空，带你上市里玩。"女人说："赶紧给你理完，我要回家做饭呢！"

挂职完毕，男人去发廊告别时道出最后的秘密，说自己和前妻是研究生同学，她太过强悍又有外遇所以离了。女人说："你怎么不让着点啊？"男人鼓起勇气说："过去的算了，我就想找你这么温柔的，跟我走吧！"女人淡淡地说："我有人了！"男人一怔。女人说："跟我来吧。"女人领着男人来到一片金黄满眼的稻田边，指着一座黑瓦白墙的小院："看看里面吧！"

男人伸头看去院里，一个眼镜男坐在轮椅上鼓捣，身旁堆了好多油画。男人一头雾水。女人眼圈微红，说："他也是市里的，十年前来写生，我带他坐拖拉机找点时翻车……双腿没了！"男人问："他没再回去？"女人说："那时他刚结婚，出事后前妻与他离了，我就留下了他。"男人问："你养着他？"女人抹抹泪，说："我们都有事做啊，每到寒暑假，他就在家里教镇上的孩子美术。"

夕阳西下，炊烟四起。男人还要再问，女人笑："等会免费给你洗头理发，当送行吧！"

回到发廊，女人服侍男人躺倒，放水调温抹洗发水。男人又问："觉得幸福吗？"女人说："我以前很任性，他留下后我慢慢改了。"男人问："为什么？"女人说："他脾气好，什么都包容，我们十年没吵成一架。"男人想到和前妻的争斗，心战栗一下。男人问："甘愿这样过一辈子？"女人将男人的头发搓出一堆泡沫，咯咯地笑："他说这里好，绿水青山，人性善良，比在城里舒心多啦！"

时间沉默如画。一滴雪白的泡沫飞到男人的眼角，女人赶紧用干净柔嫩的肘部轻轻揩拭。久违的温馨突然喷涌，男人目光迷离地看见女人娉娉袅袅的身形，眼泪流了出来。

（原载 2019 年 1 月 31 日《金雀坊》网刊、2019 年 1 期《文艺中山》、2019 年 1 期《四川小小说》、2019 年 5 月 13 日《羊城晚报·花地》、2019 年 12 月 25 日新华网客户端；2019 年 15 期《微型小说选刊》、2019 年 9 月上期《小小说月刊》选载；入选《2019 中国微型小说排行榜》）

赏析：

《理发》是一篇量小而质高的好文：一间小小的乡村发廊演绎着平凡又感人的故事，女人美丽善良而深情，面对热情的追求者不失冷静和理性，心甘情愿地守护着她的残疾男人；艰难的生活，复杂的社会，女人毫不犹豫的抉择，令生活充满温情和人性的美好。短小的篇幅彰显了男女在俗世婚姻中的典型心态，男人的内心因第一段"女强男弱"的婚姻产生挫败感，从而更加渴望温柔持家的女人。在本文里，除了女人"道德"上的崇高令人肃然起敬外，为使故事的叙述更加合乎世情，逻辑思维较强的大海设计了两条隐性的"世情"线索，使读者更觉真实：其一，"十年前来写生，我带他坐拖拉机找点时翻车"，点明女人对残疾男人心怀愧疚的内情，也更能说明女人的善良与忠贞；其二，"我们都有事做啊，每到寒暑假，他就在家里教镇上孩子美术"，这个细节也侧面反衬了男人的才华，他并没有完全依附于女人，他能够自食其力，从而说明他们之间是有着很深的感情的。这也为下文埋下了伏笔。除此之外，语言的美感和叙述的细节也颇引人入胜，残疾男人对女人的无限包容显然给了男人很深的启示，他是否能从中感悟到自己婚姻失败的原因？此外，如"一滴雪白的泡沫飞到男人的眼角，女人赶紧用干净柔嫩的肘部轻轻揩拭"这样的细节，不经意的感情流露，含蓄细腻，也使文章大为增色。（广东　陈葶）

当　归

　　女人回到家乡亳州时，正值谯城细雨如丝。女人穿过花戏楼边上的街巷，踏入临河而开的一家药店，父亲正在为病人搭脉问诊。花戏楼建于康熙年间，是重点文物保护单位。药店是女人曾经的家园，父亲是当地民间有名的中医。女人一脸疲惫："爸，我回来了！"父亲抽出纸巾让女人擦拭雨水，埋头书写药方："嗯，上楼休息吧！"
　　亳州历史上不仅有名医华佗，还汇聚全球最大的中药材产销群，被称为世界中药之都，当地上年纪者有疾尤喜看中医。父亲行医有德，坐诊期间，除了病人，概不理会。女人上楼入房，室内一尘不染、清爽通透。女人知道，母亲不在了，孤独的父亲常替自己收拾空房，是在等待独生女儿随时归来。女人换上干净拖鞋，往事涌上心头。

　　……女人还是女孩时，从没想离开亳州。女孩常常怀念药味弥漫的小家，曾经平静又温馨，父亲坐诊，母亲抓药，自己读书。母亲因交通事故去世后，父亲强忍悲痛，一个人坐诊抓药。刚读初中的女孩发誓：长大学医给爸当助手！后来真考上省城医药学院，读了药学专业。从中学到大学的十年时光，女孩渐渐懂得：父亲没找其他女人，是因为心里白天装满病人晚上装满女儿。女孩打定主意，毕业就回去陪父亲，嫁也嫁在亳州。只可惜，愿望被男孩打破。

　　男孩硕士毕业于女孩就读学校的医学专业，在省城一家三甲医院当医生，女孩在医院药房实习时结识这位师哥。纤腰瘦体的女孩如同家乡涡河边上的杨柳，迷住省城高傲的男孩。男孩送花示爱时，女孩望着帅气的男孩想起孤独的父亲，心乱如麻。男孩捉住女孩的手：合肥到亳州才三百公里！恋爱关系确定，女孩先斩后奏地带人回家。父亲沉思很久，问女儿想好了没有。女儿郑重点头。男孩安慰父亲："往后我们每个月回来看您！"父亲拿出一把当归："她像她妈气血不足，你要是爱她，跟我学点东西吧！"父亲的教程是款食补汤品：主材是当归，辅材是鸡蛋、红枣，补气补血。做法也简单：当归加三碗水煮沸，再加红枣和去壳刺孔熟蛋，大火煮沸后转小火，炖至一碗放红糖，温热食用，每周两次。男孩照着父亲的指导，边操作，边发誓："虽然我学的西医，但知道她有心悸虚寒的毛病，我一定会好好爱她！"父亲转身哽咽："她从小没娘……拜托了！"男孩说："放心吧。"父亲端着亲手熬煮的当归汤喂给女孩吃时，还吟诵了《孔雀东南飞》中的当归诗句：

　　　　　卿但暂还家，吾今且报府。
　　　　　不久当归还，还必相迎取。

　　女孩在父亲的牵挂声里为人妇，成了女人。男孩成为男人却没了心，尤其是评上副高成为科室骨干之后，便忘了按时归家，加之常与女人错班，冷落成了家常便饭。女人抱怨男人很久没煮当归了，男人颇不耐烦：自己煮！女人受惯父亲的宠爱，也有个性，与男人吵架，必针锋相对。矛盾多了，女人想到以前两人因忙而避孕，现在又因频繁吵架而生疏，开始心凉。每当男人上夜班时，女人记起老家孤独的父亲，愈觉伤心。

这一次，就是女人与男人吵后，悄悄休假回到亳州的……

当晚，父亲做了女人爱吃的亳州粉皮，熟悉的嫩滑细腻的味道让她流泪。父亲说："回来休息下也好！"女人哭了："好后悔离开爸，我想回家。"女人趴在桌上诉说婚后的种种委屈。父亲听完心中有数，正要安慰时，家里电话响了，是男人打来的，着急地问女人手机关掉是不是回来这里。父亲反问："还记得当归的做法吗？"男人怯怯地说知道。父亲又问："你是丈夫，要怎么做呢？"男人犹豫一下，果断地说明白！

男人在次日匆匆赶到亳州，还带来红枣和鸡蛋。女人躲在房里拒见。父亲问男人："真爱她吗？"男人斩钉截铁："当然！"父亲说："当年她坚决嫁你，回来却哭得伤心，为什么？"男人扑通地跪下："爸，是我让她受委屈了。"起身欲做当归汤。父亲止住男人，自己动手做了当归红枣鸡蛋汤。女人在父亲的劝说下喝了汤，仍然拒见男人。父亲问："知道这碗当归汤的意思吗？"女人摇头。父亲说："爸亲手做了这碗当归汤，是希望你归你的家，还要学会和丈夫和睦相处！"

女人哭道："爸，跟我走吧！"父亲摇头哽咽："你妈的魂在这儿，我要给她做当归汤呢……"

[原载 2019 年 9 月 26 日《金雀坊》网刊、2019 年 10 月 21 日《羊城晚报·花地》、2019 年 12 月 25 日新华网客户端；2020 年 2 期《微型小说选刊》、2020 年 4 期《中学生阅读（高中版）》选载；2020 年 4 月，被誉为"年度最佳微小说"，被各大门户网站和公众号疯转，

许多公众号转载点击量达数万]

赏析：

好的小说总是一开头就引人入胜，《当归》也如此。循着作者细腻的笔触、生动的情感伏笔，读者开门见山地感受到那份沉默而隐忍、无私又博大的父爱。父亲对爱的"坚守"，女儿对爱的"叛离"，形成鲜明对比，在对自己的"小爱"和对亲人的"大爱"之间泾渭分明、立分高下，更加彰显父亲克己爱女的伟大无私。文中的当归除了药用，给女儿补身，还深有一个隐喻，那也是一个女人最坚实的底气，因为爱的最后是让她家庭幸福。文中通过"当归"展开的线索，也让另一个男人懂得珍惜和包容，从而有了圆满结局。更难得的是，父亲最后的话，拒绝女儿的邀请，是为了守护亡妻，既让故事余音未尽，又让人物瞬间升华，一个好大夫、好父亲、好丈夫的形象，跃然纸上。（广东　燕子）

《当归》，当归，一语双关！这篇小小说通过一个已婚女人与丈夫吵架回娘家为线索，展示了一位老中医父亲对女儿的真心疼爱。故事并不复杂，却展示了作者对现实生活的思索。家庭是社会的一分子，经营好一个家庭，既是对社会负责，也是对个人负责。家庭生活不但需要物质基础，更需要两个人相互理解与包容。尽管两片树叶各有差异，但却长在一棵树上。大医精诚的中医父亲，以给女儿熬制当归养生汤为前提，潜移默化地将生活的哲理传递给女儿和女婿，化解了矛盾冲突。（辽宁　曹永香）

背你背到天那边

女人走了。在和男人厮守十个年头之后，在那场突如其来的8级大地震中走了。女人走时，连招呼都没来得及同男人打一个，就同许许多多在这场大地震中被夺去生命的乡亲们一起一去永不返了。

男人和女人多年前相识在另外一个城市。男人有一手好木工活，是祖上传下来的功夫，一把木刨一把斧，一杆锯子一条尺，男人用它锯锯劈劈，好多好多漂亮的柜呀桌呀就成了。十年前，男人远离家乡，去了邻省打工。在那个城市一间建筑公司里，男人找到了一份不错的木工活，也认识了来自不同省份的女人。女人也在这间建筑公司打工，帮一个工队做饭。男人那年二十五岁，女人那年二十三岁。男人看见女人贤惠勤快长得清清秀秀，就特别想和女人接近。女人看见男人手脚麻利、头脑利索，也打心眼里喜欢。相处久了，彼此有好感，心就近了。一来二去，男人就和女人处上了朋友。男人老老实实地告诉女人："我老家在山沟沟里，特别穷，人们要是不出去打份工挣点钱，几乎没有其他收入来源。"女人老家也在农村，但出入比男人老家方便，经济也相对活泛。女人什么也没说，把身子给了男人，心也交给了男人。

男人很感动，奋力地工作，短短两年间，用打工挣的钱在老家修了一座两层楼的砖瓦结构房。女人第一次长途跋涉去男人家，抵达镇长途汽车站时，男人叫女人不要出站，然后在站里将女人红衫红裤打扮一番，用一根红带子将女人背在背上，驾着摩托，一路风风光光地开回村里。男人说："我们家乡有个风俗，媳妇第一次上门老公要亲自背，你第一次上门我也要背你回家，让你有尊严地来，免得人家瞧不起。"路上，女人趴在男人宽宽的背上，看着男人后脑勺随着颠簸的摩托起起伏伏，感动得泪如泉涌。女人上门后就没再走，和男人拿了大红结婚证。

男人所在的山村离镇上有二十多里，只有一条坑坑洼洼的机耕路承载着乡民们往往返返。机耕路不通公共汽车，乡民们出入或骑摩托，或骑自行车，但更多的人是走路。女人在远离父母和故乡的这里生活，虽然经济条件差些，但男人有门技术并且深深爱着自己，女人过得有滋有味，也对男人百般体贴。

如今，女人走了。在这片虽然已经成为她的家乡，但并不是她故乡的土地上，女人像许许多多被埋在废墟里的乡民们一样，是被救援队员从废墟里挖出来的。然后，又同许许多多失去生命的亡灵一样，被用白床单裹着放在地上。男人也和许多亡灵的亲属一样，守在死者身边哭干了眼泪，哭断了肝肠。

不久，一个负责处理遗体的官员对男人说，由于死的人太多了，加上天气开始炎热，为了防止疫病产生，需要将死者就地掩埋。男人看过，就在山峡边一块平地处，一排一排的土坑并着，撒上石灰后，死者将永远长眠在那儿。就让女人躺在这荒山野岭？男人不肯。官员安慰男人："没办法只能这样，不过放心，你女人在这里并不孤单，有好多乡亲陪她，她会安息的。"但任凭官员怎么解释，男人死活都不同意，男人流着泪说："当初是我背她来的，她多开心、多光荣啊，我不想她就这样草率地走了。"

男人将十年前背女人进山时穿的红衫红裤找出，套在早已僵硬的女人身上。男人给女人穿好衣服又帮女人梳好头后，一如当年背女人进村一样，用大红带子把女人捆在背上，男人准备将她背到县里的殡仪馆去火化。负责处理遗体的官员给男人开了证明后再一次劝男人："殡仪馆现在是火化的高峰，去到那儿要等好久啊。"男人没有说话，擦干泪，背着死去的女人如同背着活着的新娘，小心翼翼地驾驶着摩托，朝着通往山村外的路上开去。

群山暗淡，大地呜咽。男人的心里，只有一个坚强的意念：女人当初有尊严地被背着来到我家，今天我还要将她有尊严地背去天那边……

（原载 2008 年 5 月 30 日《中山商报》；入选《中国第一部抗震救灾题材微型小说集》；2018 年 11 月 4 日《桥头文学》公众号专题推介）

赏析：

画家对事物的记忆是用眼铭刻，小说家对事物的记忆是用心铭刻，作为小说家的大海，其心非常细致、敏锐。这篇小说以汶川大地震中的著名事例为原型，还原了世俗爱情中最原始、最质朴、最动人的凄美。"生是你的人，死是你的鬼"，这是爱情中的痴情者说的；在本文里，女人当初是有尊严地被男人背到家的，现在男人要背着女人有尊严地去天那边，这是当代爱情中的坚守者说的。地震无情，死去的妻子在奔去黄泉的路上受到在世的丈夫如此尊重，令人在无情的灾难里看到有情的感动。夫若如此，也算是有了临终的尊严。唯愿死去的妻子安息。（广东　刘凌）

大难走了不分手

女人在第十次提出坚决要和男人分手时，男人终于松口了。

女人长吁一口气，将早就拟好的《离婚协议书》递上，冷冷地说："你终于有空了，认真看看吧，还有什么没写到位赶快补上。"男人将协议书接过，刚要看，家里电话响了，是单位领导打来的。男人接了电话，神色便凝重起来。

短短几分钟后，电话挂了，男人冲女人摇摇头，苦笑："对不起，这次又没空，有紧急任务，我得马上去单位开会，然后直接出发。"男人匆匆收拾了几件换洗衣服，出门时对女人说，要去昨天发生 8 级大地震的地方！女人很想多问几句，但忍住了。

男人和女人都在市中医院上班，男人是骨科主任医师，骨一科副主任，有着深厚的理论基础和学术造诣，特别擅长中西医结合治疗多发性骨折等疾病，在省医疗战线骨科界很有名气。女人在产科做护士，是卫生线上微不足道的小兵。但女人长相清丽，体态婀娜，能歌善舞，是院里的一枝花。女人像仙女一样，刚刚飘到院里那阵子，让全部男医生心痒痒的。有许多未婚的男医生，想方设法获取女人的心，但女人无动于衷。女人之所以在学校时没谈男朋友，是因为不想找一个干同行的伴侣。女人的父母都是医生，女人从生下来那天起，就很少看见父母在一起好好待过。母亲在家休息时，父亲在上班。父亲休息时，母亲又轮班。直到大了，女人才明白，如果夫妻都在医院，这样的家庭并不见得多幸福。女人想起，一个女前辈警告过科里的年轻姑娘，如果夫妻都是医护人员，可能连过夫妻生活的时间都要挤。

后来，男人出现了，向女人发起爱的攻势。男人是院里的骨干医生，凭着精湛的业务技能在不同的医疗场合受到了人们的敬仰，也赢得了女人的心。女人心一横，就嫁给了男人。久了，随着恋爱的激情消去，女人婚前的担心也蹦出来了：男人忙，老有加不完的班、接不完的任务；自己也忙，上完早班调晚班，回到家时男人在上班，男人在家时自己在上班。真如女前辈说的，就连过夫妻生活，也只能找时机进行。这样过一辈子如何是好？女人很累，想到了分手。但每次一提离婚，均被男人以忙为理由推却。女人知道男人忙是借口，但女人想要一个完整的家，一个回到家里可以看得见摸得着的丈夫……

女人并非不讲理，这次提离婚前确实不知道男人要被派去救灾现场。女人在男人匆匆离家一小时后收到男人的短信：我现在正准备乘飞机赶往地震灾区，离婚的事等我回来一定和你去办。男人还不忘在短信末尾另附一句：对不起，我不在家你自己照顾好自己。女人看了，就有些后悔，觉得特殊时刻提离婚不合适的同时，突然关心起丈夫来。女人给男人打电话，但他的手机常常关机。有时刚一接通，男人匆匆说句："我很忙要救病人。"就挂了。女人的牵挂前所未有地沉重，一回家马上盯着电视不放，希望能从中找到丈夫的影子。女人自己也不知道，怎么突然对他那么牵挂？

男人离开家的第三天深夜，女人在现场直播的电视节目里偶然看到了他。男人蓬头垢面胡子拉碴，混在一帮士兵和医护人员中间，手忙脚乱地给一个刚抢救出来的群众检查伤势。就在这时，镜头推近男人，一位记者将话筒凑过去采访。

电视里的男人嗓子嘶哑得几乎出不了声，女人的心忽然痛了。

女人突然觉得自己好傻，差点干了一件遗憾终身的大错事，错过一个值得牵手一辈子的男人，尽管这样的牵手有点累。醒悟过来的女人一边庆幸自己没干成傻事，一边给男人发了两条短信。一条是：老公，你在抢救他人的同时也要记得保重自己啊。另一条是：大难走了我们绝不分手，我等你回来，一定好好爱你！

电视画面转向另外的镜头，男人的形象却在女人眼里定格，是那样高大伟岸，让女人有了全新的认识和感觉。有泪从眼角溢出，女人顾不上擦拭，拿出《离婚协议书》撕得粉碎。

（原载 2008 年 5 月 31 日《中山日报》；入选《中国第一部抗震救灾题材微型小说集》；2018 年 11 月 4 日《桥头文学》公众号专题推介）

赏析：

在快节奏生活的今天，平淡的生活容易让我们忽略、淡漠曾经炙热的爱情，也容易忘记了我们曾经的深深爱恋。在世俗的生活中，在人生各个时期的成长和自我完善中，更容易忘记当初说过要一起白头的誓言。许多半途分手的夫妻，莫不如此，尤其是注重情感的女人更为敏感。很多女人也许就在丈夫的冷漠中离开，也许她们的丈夫并非真的冷淡，而是事出有因。在这篇小说里，当大灾难来临，当面临生死的劫难时，真正的爱情、曾经的真爱，会在这一瞬间迸发出来，也让我们刹那明白：爱情需要包容，体谅才能让爱永远。因为平常冷漠的那个人，并非真的不爱你，而是在从事意义重大的高尚事业。情若如此，为什么不能宽容些呢？（广东　刘凌）

爬楼梯的女孩

不老也不算小的男人，在南方一家很大的集团公司文化宣传部当主管，做一份老板认为是意识形态的企业文化工作，还要弄份按月出版的内部刊物。男人除了宏观管理部门事务和兼顾内刊编辑，具体到手头的工作，就是帮老板写写讲话稿，然后在内刊扉页和副刊上各开一个专栏，写些笔锋犀利的时评稿，偶尔还有一些温情浪漫的文学稿。男人原来是一家市报副刊部的副主任，因为老扶不了正，所以下海到了南方。男人拿着比在报社高一倍的薪酬，也勤勤恳恳地付出汗水，尤其是专栏稿写得出神入化，让公司千百个员工读者大加赞赏。这之中，就有女孩崇敬的目光。

女孩在公司人力资源部上班，是个从小喜欢诗歌的文学女孩，二十五岁，清清纯纯的，有次去内刊编辑部投稿时，见到了三十五岁的男人。男人长得五官端正，脸上又带点沧桑，举手投足之间，沉稳而又不失儒雅。女孩一看见男人，就动心了。人力资源部在六楼，文化宣传部在二楼，二楼的人上下班一般不坐电梯。动心了的女孩就多了个心眼，每天不坐电梯，而是去走楼梯。女孩摸准男人的上下班时间，只要一到那个时段，女孩必定匆匆走进楼梯间。女孩碰见男人，不管走在他前面还是后面，抑或偶尔与他并肩上下楼梯，闻着男人身上散发出来的淡淡体味，女孩的心就发热。

女孩高一米六，重一百一十斤，本来不算太胖，但女孩对自己的身材非常不满，却苦于没有办法减少体重。男人钻进了女孩的心里，女孩也找到了很好的借口。女孩常常主动对同事们说："你们看你们看，我这身材，老不运动怎么行呢？"有些中年男同事眨巴着眼睛说："你现在这身材，那叫成熟丰韵，运动个啥啊，太瘦了没人喜欢呢！"女孩不理这些言语，努力坚持自己的信念。

像平静溪水样的日子，缓缓淌过岁月之河，淌过女孩的青春年华。在这一年里，每天坚持爬楼梯的女孩，像只兔子在楼梯间上蹿下跳。不知不觉，女孩的小腿瘦了，腰也纤细下来，体重降到九十六斤。女孩获得了理想的身材，但女孩的芳心却时时刻刻要跳出来。女孩觉得，她不能再等待了。有一次，女孩借男人帮她改诗歌表示谢意的机会，请男人出来吃饭。男人没有多想，爽快地答应了。女孩将饭局定在一家颇具浪漫情趣的西餐厅，和男人开开心心地共进了富有特色的烛光晚餐。

买单时，女孩掏出钱，男人伸手挡了："你请客我买单，大家扯平。"女孩心存感激，就细细地问："你结婚了吧？"男人狡黠地笑了："今年没呢！"女孩心里颤抖了一下，男人的话像挂在天上的星星，摸不着，却看得见。似懂非懂的女孩，涌出一层浅浅的希望，很甜蜜。

这期间，女孩遇见好几个对自己有意思的男孩。女孩尝试去接纳他们，但只要想到男人的沉稳儒雅，就对这些毛头男孩没了兴趣。有一天，一直关心女儿终身大事的母亲，又开始催问女孩有没有合适的对象。女孩娇羞地说："我有心上人了！"母亲先是一阵惊喜，接下来就问："是个什么样的人？"女孩双手抱着，眨巴着眼睛，将男人的情况说了。母亲犹豫着问："这个男人应该不小了，你在人事部门工作，应该知道他多大吧？"女孩子说："当然知道，他三十五岁。"母亲皱了皱眉："比你大了整整十岁呢！"作为过来人的母亲，刚想嘱咐当心交往的话，突然想起什么似的，说："他都三十五了不会没家吧？"

女孩一怔，第二天一回到公司，赶紧查了男人的档案。一看之下，女孩如释重负。心怦怦地跳了整天的女孩，下班前打电话给男人，说："晚上你请我吃饭吧，我有好消息告诉你。"男人问："什么好事？"女孩诡谲地笑而不答。

又在那家烛光餐厅里，女孩和男人坐到一起。男人笑："什么好事不能电话里说，非要宰我一顿饭？"女人没有回答，而是重复上次的问题："你没结婚吧？"男人一怔。女孩一脸真诚地说："如果你愿意娶我的话，我就嫁给你，真的！"女孩说完，胸有成竹地笑："我查过你的资料，婚姻关系栏里是'无'！"

"查过我的资料？"男人先是一愣，继而也笑起来，"我来公司多长时间你知道吗？那是五年前我刚来时填的。五年前我确实没结婚，当然只能写个'无'字，但是，这不等于我四年前、三年前没结婚啊！"男人笑完，低低地说了声，"对不起。"继而又认真地说，"通过这件事，我郑重向你们人力资源部提个建议，把老员工的资料重新登记下……"

女孩的心，猛地痛了一下。

（原载 2009 年第 2 期《小小说出版》、2010 年 2 月 21 日《中山日报》）

赏析：

少女情怀总是诗，女文青恋上沉稳儒雅的男主编……故事初看有些熟悉，但结局却出乎意料。按平常套路，男女主角应该会擦出爱情火花。像琼瑶阿姨的小说中女中学生爱上老师，然后谈一场轰轰烈烈的恋爱。谁能抵挡得了清清纯纯而又热情主动的女孩的爱意呢？如果不是仔细地把全文读完，很多人都会以为男女主角最后在一起了。因为，从全文的表述中我们可以看出男主编对女孩也是喜欢的，所以才会欣然赴约，只有看到小说的最后他竟然真诚地拒绝了女孩，才让人颇觉意外……这个意外或者可以说正是本文的可圈可点之处，也正是文章的惊艳之处。出乎意料，似乎也在情理之中，让人对女孩多了一份怜惜，对主编也多了一份敬重。（广东　陈婷　齐速）

别样的风景

男人是在遭受一次重创之后，孤身逃到这个城市的。

男人的重创，是那个让他深爱的女人，在遇到另一个让她觉得更为快乐的男人之后，毅然离他而去。刻骨铭心的存在瞬间飘然而去，成为永不出现的记忆，男人的心在那之后常常滴血。男人也想昂首挺胸，呵呵一笑了之，但想归想却做不到。毕竟用情太深，不管何时，男人只要想起甜蜜的恩爱往昔就垂泪不止。女人移情别恋的地方，是他们生活多年的城市。男人承认自己输了，输得连勇气都没有。男人不想遇到曾经熟悉他和女人的人们，所以选择了逃离。

男人在原来的城市有份不错的工作，在这里，新谋的工作大不如前。这个城市有许多美丽的名胜之地，男人当初逃来是想让心情放松，但男人发现，在这里，不管自己在繁华都市徜徉，还是在名胜景点溜达，总不能忘掉过去。当男人对这个城市有几街几巷都越来越清晰时，记忆却始终停留在过去的城市。

男人每天在这座城市里浑浑噩噩地行走，熟视无睹，悲壮凄凉，很快就过了三年。男人不笨，办事能力也强，但由于心不在焉，三年里男人换了三份工作都无法出色。很多时候，孤独的男人坐在租住房里，喝着酒抽着烟，沮丧地骂自己当初为什么要离开。

第四年夏，男人在这个城市的步行街，偶然看到一幕别样的风景，突然被深深打动。这幕风景，不是美丽的少女、时尚的衣服、典雅的饰品，更不是迥异的建筑，而是一个双目失明的中年男人和一个十多岁的男孩！

他们衣衫陈旧但不脏破，男孩拿着一根铁叉走在前边探路，中年男人一手扶着男孩肩膀紧跟在男孩身后，一手拿着编织袋。他们在这条繁华的街上，在每一个垃圾箱里，拾起可供回收的物品放进编织袋后，又匆匆走向下一个目标。男人观察很久，他们不像有些捡垃圾者万般低下，乞求人们还没喝完的饮料瓶，或者乱翻垃圾桶将脏物弄得遍地皆是，他们每次从垃圾箱掏物，没有一丝脏物掉落。

男孩与中年男人长得很像，不用说，是父子俩。男人被这对较一般拾荒者有职业操守、且与众不同的父子感动。有一次，男人将五十元钱递给男孩，男孩接了转身问父亲。父亲冲男人感激地鞠了一躬，说："谢谢，我们不是乞讨的！"男人有些发窘，想说，我只是想帮助你们。

后来几次，为了避免尴尬出现，男人经常买些废纸箱送给他们，说，放在家里多余。父亲很高兴，要给钱，但男人不收。一来二去，男人同他们熟了。通过聊天，男人知道这位父亲是下岗工人，也曾有过美好的家庭，由于患了眼疾失明，曾经的爱人耐不住清贫离他而去，他没有留她但留下了男孩。男人听了，想到自己的遭遇，就又想流泪。但这位父亲笑了，爽朗地说："我在老家拿着低保，勉强能养活自己和孩子；我带孩子暑期出来不是想拾荒挣钱，而是告诉孩子——作为男人遇到再大的困难，只要有手有脚，不乞不讨不偷不抢，哪怕捡废品也要坚强活下去！"

父亲的话，让男人豁然醒悟。男人陡然发觉自己这么多年一直走不出困境，原来心里的结并没真正解开！男人对比了一下，自己的遭遇相对于这位父亲，又能算什么？不就是失一次恋吗？

送走父亲和男孩，男人痛痛快快地剃了个光头，然后向老板请缨，主动要求到公司一直想开发的北方市场去做普通业务员。赴北方后，男人放下一切思想包袱，唯牢牢记住那位父亲说的话，不顾一切地投入工作，终于在两年时间里成功开拓了北方市场，不但获得上亿元的营业额，还带出一个百人跟随的庞大销售队伍。

男人功成名就回到公司总部，顺理成章地被升为北方片区总经理。老板亲自给他颁发委任状那天，好奇地问了一句："你以前一直萎靡不振，是什么促使你在短短两年判若两人？"男人淡淡地笑，只说了一句话："因为两年前我看到了一幕让我终身受益的风景。"老板不懂男人之话何意，问他去了什么名胜风景区。

男人耸耸肩，说，那幕风景非常别样，一般的人无法看到！

（原载2008年6月28日《中山日报》）

声 音

男孩是偶然一次，被不知道长相的女孩那银铃般的声音迷住的。

男孩是南方一家公司的高级业务经理，常到北方这座城市出差。偶然一次，男孩住进长天饭店时，鬼使神差地被那个总台女孩的声音迷住了。男孩虽然才过而立，但天南海北闯了四五年，什么样的美女都见过。男孩不懂自己这次为何一挨耳，就被她的声音吸引住了。想不通归想不通，但那清清脆脆如银铃一样的声音，每一个音节确确实实都在吸引着男孩的心。

女孩上的是白班，男孩白天也要在外面跑客户。为了听到女孩的声音，男孩在外面就常常用手机给长天饭店打电话："喂，请接下403房间。"自然，403房没有人接电话，因为那就是男孩住的。每次，女孩认认真真地说完"对不起，没有人"，男孩就窃窃地笑。

有一天，当男孩的电话刚拨过去，对方突然一反常态，说："是李先生吗？不好意思，你不在403房间。""李"是男孩的姓，男孩一惊，方知对方已听出自己的声音，就窘得无地自容。对方咯咯地笑："跟你开个玩笑，不会生气吧？"片刻，对方问，"有什么事需要帮助吗？"男孩不假思索地说："你的声音真好听！"

有一天，男孩办完事，早早回到饭店，经过一楼大堂时，刻意地瞄了一眼总台。那里，一个穿白衬衣红背心外套的女孩坐在桌后，一袭黑发瀑布般披了满肩。男孩愣着多望了一眼，刚好与转过头来的女孩的目光撞了个正着。男孩发现，那是一张清清秀秀的脸，堆满甜甜的笑。一阵电话铃声响起，男孩听见那熟悉的银铃声响起："您好，这是长天饭店，请问您是哪里？"

男孩的心怦怦地跳起来，脸倏地红了，回到房间挨过半小时的心绪不定后，手伸向了桌上的电话。很快，刚才的银铃声飘进耳朵："您好，请问有什么可以帮到您？"男孩一阵激动，冒冒失失地说："我……我在大堂看见你了！"对方愣了一下，笑："李先生是吧，今天回来得很早嘛，我刚才也看到你了！"那之后好几天，男孩都赶在女孩下白班前匆匆跑回饭店，为的是看女孩一眼，冲女孩一笑。

那之后，每天只要一回到房里，男孩总要见缝插针地将内线电话打到总台同女孩聊一下。但也就是两三分钟，外线来了女孩就得挂内线。但男孩已经满足，女孩的音容笑貌，每次都让男孩兴奋不已。就连做梦，也会梦到女孩银铃般的笑。

终于在一个星期五，男孩再一次将电话打到总台，结巴地说："我想跟你说件事……"女孩笑问："什么好事？"男孩鼓足勇气说："请问你有没有空？"女孩沉默了两秒，似乎不解。男孩说："我想请你出来坐坐！"刚说完，又一连串地解释："只是出来聊聊天，如果你方便的话。"几秒钟后，女孩甜甜的声音脆脆地响起："好吧，等我不值班时。"

果真，女孩很快兑现诺言。

三天后的一个傍晚，在这座城市的某个公园一隅，男孩早早地将自己收拾停当，提前如约来到。当天色渐渐黯淡，一拨一拨的人往外走时，一个熟悉的声音在男孩背后响起："您好，是李先生吗？"男孩骤地一个激灵，是她！银铃般的声音从背后箭一样射进了男孩的心里，让男孩几乎眩晕。但是，当男孩转过身去，却怔住了——女孩一袭长发，缓缓地朝自己的方向过来，只不过，承载她身体的是一辆轮椅。女孩坐在上面用手轻轻拨动轮子，就像划着一艘小船。男孩不敢相信自己的眼睛，语无伦次地说："你……你？"女孩偏头一笑："不认识我了？喂，您好，这是长天饭店，请问有什么可以帮到您？"女孩说，"您该不会又不在403吧？"

女孩的声音一如往常，甜蜜蜜入心入肺，笑容也让人心里暖暖的。男孩的心里跃过一丝慌乱，只一会儿，便镇定了。男孩恍然想起，前几次看见她，她都是坐在桌子后面，莫非……

男孩突然有了一种被欺侮的感觉，对，是比"欺骗"还要严重的侮辱！男孩想，我一个健全正常的男人，从没想过要跟个残疾人约会！男孩的脸上一阵红，一阵白，愤愤地说："你是谁？我根本就不认识你！"声音因激动而变得颤抖。男孩说完，头也不回地走了。男孩觉得自己是个守时有礼之人，但对这个侮辱自己的人没必要。

男孩兔子样逃离公园五分钟后，轮椅上的女孩摇了摇头，苦笑了一下，站起来，走到地上。原来，她的腿好好的，一点儿毛病也没有！女孩将轮椅推到一条长凳边，搀扶一位白发苍苍的老太太坐到椅子里。老太太缓缓坐下时，轻轻地责备："你啊，为什么要拿我的轮椅去开那种玩笑呢？"说完，又问，"刚才那个气呼呼的小伙子是什么人嘛？小伙子人不错啊，就是脾气大了点。"

一片落叶掉在轮椅上。女孩没有回答，推着轮椅上的老太太，轻轻地说："奶奶，我们回家吧！"

（原载于2008年6月13日《中山商报》）

赏析：

在生活中，人们通过感官——眼、耳、鼻、舌，来获得事物的感知。情感世界里，亦是如此，眼视色、耳闻声。但是，这种感知往往是粗浅的、易变的。犹如人们吃了白糖，再吃橘子，味道却是苦涩的；昨日觉得漂亮的衣服，今日却觉得一点儿也不满意。《声音》里的"男孩"因为偶然的机缘，被"女孩"银铃般的声音迷住。这也是一种粗浅的感觉，没有理性深入地了解，一直沉迷在性感的声音世界里，把这种感觉当作爱情，以致当看到女孩坐在轮椅上，"突然有了一种被欺侮的感觉，愤愤地说：'你是谁？'"假装根本不认识女孩。小说情节看似简单，却以特殊的视角反映现代社会中，一些男孩之于婚恋悲剧的根源——仅凭感觉。我的一个友人A君四十岁依然单身，别人为他介绍很多个女友，他见了照片或见第一次面，就吹掉。问其何故？答曰："没感觉。"遗憾的是，这些男孩在婚恋上把感觉放在第一位，犹如把"爱"写在沙滩上，风一吹，浪一刷，就不见了。因感觉多变而使婚恋走向单调乏味，或分手、或离异的例子，比比皆是。《声音》里的"声音"代表了人对外界的主观感知。小说告诉我们：在情感世界里，仅凭感觉容易受迷惑，要想获得幸福牢靠的爱情，还需深入、理性地了解对方，并且衡量双方的客观需求是否达到和谐一致，也许才不至于半途而废。（福建　杨秀萍）

岁
月
如
歌

绘 / 非鱼（著名书画家）

求你和我干一架

夕阳蛋黄。余晖披在奶奶身上，把奶奶身上的麻格衫染成金色袈裟。出了村庄的奶奶，穿过橘园，跨过石桥，登上通向村后的斜山坡。山坡避风处，有个头大尾小的长土堆，里面躺着安静的爷爷。奶奶说："老头子呃，我又来和你干架了呢！"奶奶说："老头子呃，你以前的倔劲哪儿去了？"奶奶说："老头子呃，老装哑巴多没意思嘛！"

山风吹动爷爷坟头的茅草，发出沙沙的声音。茅草的声音就是爷爷的话。奶奶抚摸着墓碑，细声细语地骂："死老头子呃，终于开腔了哇……你以前不是和我讲嘛，有话就说有屁就放，求你和我干一架啦，要骂就尽管骂吧！"絮絮叨叨的奶奶，骂骂咧咧的奶奶，直到夕阳垂下西天，穹顶降下黑幕，才颤巍巍地下山，回到只有她一个人居住的家……

奶奶曾经对大女儿、二女儿、三儿子说："我们家老头子呃，比牛犊子还倔，天天找死理和我对骂，还说叫'干架'没文化，应该叫'斗争'，我呸！"大姑姑、二姑姑和我父亲痴痴地笑，只有我对爷爷和奶奶无休止的吵闹难以理解。我看过奶奶年轻时的相片，早期黑白的照片，五官端正，身材娇俏；后来上色的彩照，唇红齿白，肌肤如雪。奶奶曾经对我说："你爷爷要长相没长相，要身材没身材，他娶我是拣了宝呢！"爷爷也曾经对我说："我是五十年代的大学生，学核物理的，你奶奶嫁给我，那是撞到福啦！"

那时的爷爷，没觉得奶奶是自己的宝。那时的奶奶，也没觉得爷爷是自己的福。出身贫穷的爷爷刻苦上完大学，分到省核工业地质局，进了辖下的二级事业单位找矿大队，经常漫山遍野地钻。没有门路的爷爷，又因所学专业与工作不对口很难干出成绩，加上单位远在城郊，找对象都成问题。没文化的奶奶嫁给有文化的爷爷，是爷爷的母亲看中的。爷爷的母亲担心爷爷体弱又不会照顾自己，而奶奶不但勤快长得也好看，做媳妇挺好。奶奶的母亲也觉得爷爷做女婿还行，毕竟是吃国家粮的干部，旱涝保收。结婚后，奶奶搬去爷爷的单位，从此操心爷爷的衣食住行。

奶奶骂爷爷不会洗衣做饭："你是吃草长大的？"爷爷骂奶奶不爱读书写字："真是头发长见识短！"奶奶大怒："你的知识长成猪脑，洗碗扫地都做不好？"爷爷也怒："我要是窝在家里洗碗扫地，你喝西北风？"爷爷奶奶长年累月地干架，说不清谁是谁非。大姑姑出生后，他们吵；二姑姑出生后，他们吵；我父亲出生后，他们还吵。好在爷爷的宿舍是独幢平房，干架也仅仅局限于室内互骂，再吵也没提过离婚。我父亲说主要源于奶奶多嘴，当然爷爷和她也没共同语言。大姑姑和二姑姑却说爷爷在家当甩手掌柜，家务活从不干，孩子也不管。

在爷爷奶奶的干架声中长大的大姑姑、二姑姑、我父亲，陆续去了外省上大学，家也安在城市。每当子女有求学和安家问题征求大人意见时，基本上是爷爷说了算，奶奶很少和他争执。

爷爷临退休时，单位在城里集资建房，交付少量款项就可定购一套。奶奶没有工作，一家人衣食住行全靠爷爷的工资，省吃俭用攒起来的一点儿钱，还拿出来赞助我父亲在城里买房。爷爷有心在城里安家，说城里购物出行方便。奶奶却不同意，说不如回老家村庄，还可以养些鸡鸭种点蔬菜。爷爷奶奶临老还在干架，只是争吵中有了温馨的意味。爷爷想住城里，是希望奶奶今后能舒适安逸不再操劳。奶奶想回老家，是因为空气质量好，适合患肺病的爷爷呼吸养生。奶奶说："孩子们的大事都听了你的，我们两个老家伙的大事，无论如何得听我的！"爷爷想想后默许。父亲感伤地告诉过我："爷爷奶奶回老家村庄还有经济方面的考虑，他们不希望我和你妈住你外公外婆家，咬牙支持我们买了婚房。"

奶奶和退休的爷爷回到生养他们的老家，修缮村庄的祖屋后开始居住。孙辈跟随大人回老家看望时，他们又在为杀鸡宰鸭做什么菜而干架。爷爷骂奶奶："傻啦，孩子们都在长身体，你这么做营养不均衡！"奶奶骂爷爷："你这个老书呆子，滚一边闲着去！"

虽然有奶奶照顾，患病的爷爷还是先行一步。爷爷临断气时，奶奶抓紧他的手，说："你走了，我找谁干架啊？"爷爷颤颤地说："那叫斗争……不叫干架！"奶奶大哭："我不管，你这么不负责就走，我也很快来找你干架！"爷爷挤出一丝笑："我会在那边慢慢等……你好好活着，别着急过来啊！"无论爷爷多么不舍，无论奶奶怎么威胁，他们在最后一次干架中阴阳两隔了。

安葬完爷爷，大姑姑、二姑姑、我父亲，动员奶奶去城里住养老院。奶奶一口回绝，说："老头子习惯和我干架，又是我叫他回老家的，要是我去城里，他一个人在这里很孤单！"奶奶听了爷爷的话，一个人在老家坚强地活着，没事就想着和地里的爷爷干架。

我在爷爷奶奶干架的回忆里飞速成长，也在城市大妈疯狂的广场舞里想念宁静的乡村。老家村庄的乡亲来电话告诉我：心思全留在后山坡上的你奶奶呀，除非春天打雷下雨、冬天风霜落雪，或者病倒起不来，否则呀，每天傍晚都会去你爷爷的墓地转悠转悠呢！

（原载 2019 年第 2 期《新老年》；2019 年第 10 期《微型小说选刊》选载）

赏析：

在各类题材的小小说作品中，情感题材所占的比重大概最重；也正因如此，情感小小说在形式和内容上的雷同也普遍存在。本文里，大海却另辟蹊径，跳出传统情感写作的"男欢女爱"，让故事回到久远的年代，"没文化的奶奶嫁给有文化的爷爷，是爷爷的母亲看中的"，因为爷爷体弱又不会照顾自己，而奶奶勤快好看当媳妇挺好。这样一对文化层次相差巨大，却符合那个年代生活逻辑的夫妻，注定是一对矛盾体，直到爷爷临终，"奶奶抓紧他的手，说：

'你走了，我找谁干架啊？'"貌似诙谐可笑的一生，却让读者笑中带泪，他们干了一辈子的架，从没提过离婚！相比较今天的情感世界，多少夫妻以鸡毛蒜皮的理由而分道扬镳，"爷爷奶奶"在一生的争斗中互为温暖的牢固爱情，可谓难得的婚姻情感参照。除此之外，本文的语感非常不错，谋篇布局新颖独特，人物的视角和作者的视角跳进跳出得自如，读来非常舒服。（广东　秀华）

好文本带来的是审美的愉悦，坏文本则让人对创作感到绝望。《求你和我干一架》无疑属于好文本。该文本在技术操作方面颇为娴熟，叙述视角变换举重若轻（这在小小说中极为难得）、从容自如，而叙事方面却举轻若重，透过庸常岁月里的夫妻吵架，塑造出一对"相爱相杀"的夫妻形象，对现实生活的体验、对短暂的草木人生的感悟，渗入字里行间，寄于温情观照，蕴含博大的悲悯情怀，具有温暖人间的感人力量。（北京　孔鸣）

仓储中心的女人

局后勤服务处仓储中心的老保管员红姐退休了。五十几岁的大妈，早该回家享天伦之乐。男同事们关心接班的是个什么样的女人，就有雄性荷尔蒙分泌旺盛的那谁给后勤服务处主任提建议，说："我们忙时搬货物，闲时数腿毛，局里那么多女的，您就找个入眼的娘们儿来呗！"市局干部职工超过二百号人。仓储中心是个小天地，有男职工八人，还专门安了个发放物资的女保管员，说是女人心细不易出错。后勤服务处主任心里清楚，仓储中心这帮男同事胳膊比脑大，花花肠子比腰粗，总嫌弃红姐人老珠黄没女人味，人家四十不到时就说人家更年期。

新保管员来仓储中心报到时，照例是个女人，却跟红姐像两个世界出来的：身材修长，五官精致，白白净净，饱饱满满。仓储中心的男同事全部已婚，见到新保管员，个个心花怒放，都说从今往后有了幸福。新保管员有个好听的名字，姓凤，名茹。看着前凸后翘的凤茹，男同事们窃窃笑，说名字都这么性感，丰乳肥臀，嘻嘻！

凤茹毫不见生。每次发货完毕就在办公室煮茶，吆喝暂无要紧事的男同事过来喝茶。碎茶，烧水，冲洗，浸泡，凤茹忙着沏茶时，人或起或坐。等茶喝的男同事们心怦怦跳，偷瞄人家鼓鼓的胸部和宽宽的臀部。要是人家穿了裙子，更加遐想联翩。喝着聊着，那谁就问："怎么来仓储中心上班呀？"凤茹说这里下班早，又不用加班。那谁谁问："这么早回去约会呀？"凤茹说是啊，接小情人放学，给大情人做饭。那谁谁谁更加大胆："改天我们请你吃饭，美人就该享受，要不花儿都谢了。"凤茹爽快答应。等到和男同事们吃饭那天，还喝了酒，唱了卡拉OK。开心起来的凤茹面若桃花更加性感，言语行为却拿捏有度不放纵。男同事也都收了暧昧的想法，在那之后不仅言语干净，手脚也规矩，只把凤茹当成好哥们看待。

往常，仓储中心因为做事不力人心不齐，年度考核经常倒数第一。凤茹来了后，见谁怠工就不客气，不但娇嗔着骂，还作势拎人耳朵，说信不信掐死你？奇怪的是，男同事们就是听话，一扫过去的萎靡不振，还变得爱岗敬业。年底，仓储中心在年度考核中也勇夺全局第一。后勤服务处主任面上有光心中也有数，请仓储中心同事吃饭时就不断夸奖凤茹。凤茹却说几个大哥照顾她是女的，非要给每人敬酒一杯。凤茹喝醉的那晚，愧疚又心疼的男同事全部守护着不走。酒醒之后的凤茹非常感动，给了男同事每人一个轻轻的拥抱。

后来，男同事们神采奕奕地赞叹凤茹，几个女家属和局机关女同事听了，却有意无意地传："仓储中心那个丰乳肥臀的女人能喝能唱还能抱，把男职工迷得神魂颠倒呢！"话越传越变样。局领导听多了烦。区区一个保管员岗，谁都能干！就给人事科授意，调换另一个比红姐还丑的老女人去接班。凤茹离开仓储中心那天，男同事们个个不舍。凤茹更是泪水涟涟。那谁，那谁谁，那谁谁谁……

个个问后勤服务处主任："人家干得好好的怎么突然就换人呀？"

肥头大耳的后勤服务处主任哼哼哈哈，欲言又止。不说话的嘴巴张成 O 形。

（原载 2017 年 6 月 23 日《洛阳晚报》；入选《2017 中国小小说年选》）

赏析：

美丽的女人走到哪里都是一道动人的风景，特别是一些干体力活、内容枯燥的部门，假如没有年轻美丽的女性，生活是一潭死水，自然没有积极性。心理学家分析，和女同事，特别是美丽的女同事一起工作，会让男性觉得格外赏心悦目。因为男性比女性更喜欢通过视觉获得异性的信息，女性的容貌、发型等外部特征都能引起他们的兴趣，对他们的感官造成冲击，从而引起心理上的愉悦与兴奋。凤茹的美丽，让男性的表现欲和征服欲得到了释放，他们潜意识里希望得到凤茹的赞美和欣赏。一旦得到女同事的赞赏，男人们的心理体验将得到极大满足。凤茹这点做得很好，她深谙男女相处之道，善于利用女性的美丽去管理好这班男性，效果当然是非常好的。这篇文章给我们做人力资源管理的读者提了个醒，一个成功的团队，要搭配好男女，把这些因素控制好，便可起到提高工作效率的作用。

（广东　燕燕）

请您打我一顿

高中以前，在我的记忆里，父亲从没打过我。直到大二那年暑假，父亲却要打我，而且确实扇了我耳光。那时我已满二十岁。二十岁是成年的大人！我长得像母亲，皮肤白皙、身材修长。母亲身高一米六五，是女人中的高个。一米六八的父亲皮肤粗黑，是男人中的矮子。我怀疑自己不是父亲亲生的，否则，他为什么对我如此苛刻，还要打我？

那是大二第一学期开学前夕的事。父亲为我筹够这一学年的学费一万八千元，将银行卡交给我。我上的是三本独立学院，学费比一般公立大学贵。父亲下岗后在私企做货车司机，每天起早摸黑累得一身酸臭。我知道父亲的钱浸着血汗，还是忍不住取出五千二百八十九元，买了苹果 iPhone5 手机。我将新手机压进箱底，准备到学校才用，却被帮忙收拾行李的父亲发现。父亲暴跳如雷，揪住我问："差下的学费怎么办？"我战战兢兢地说："找放贷的人借。"父亲愤怒地问："怎么还？"我小心翼翼地说："勤工俭学。"父亲大骂："勤个屁，老子那么勤快还活得这个鸟样！"我也愤怒："要是你有出息不离婚，我也不会这样！"父亲几乎咆哮："你敢这样说我，滚！"一记耳光劈上我的左脸。我捂着火辣辣的脸夺门而出时发誓：不再踏进家门！

至于我为何挪用学费买手机，源于我在大一时认识了一个身段如杨柳的女生。我满脸青春痘，荷尔蒙时刻想要冲破身体的束缚，而杨柳正是我喜欢的类型。我知道她家境很好，追她的男生也多。当时，支撑同学们自信的是 iPhone 手机。我做梦都想拥有一台，而且要新版的。很多时候，虚荣也是一个人的实力。我觉得有了 iPhone 手机，才有资格和她对话。而父亲要我滚，可能只是口头愤怒，他很快补齐学费打到我卡上，每个月的生活费也按时到账。但我没打算原谅，他的电话一概不接，特别重要的事情用短信联系。

其实我早对父亲不满了。父母的婚姻，属于典型的"门不当户不对"，三天两头矛盾不断。外公外婆在机关上班，母亲进了事业单位。爷爷奶奶是普通工人，父亲上班的国企效益不好。母亲得知父亲将要下岗，偷偷去找他们的厂长，但并没保住父亲的饭碗。下岗的父亲在家喝酒痛哭，还打了母亲。舅舅怒气冲冲地痛打父亲一顿，将父母的婚姻也打断了……麻绳样的丑事传闻，是我从父亲酗酒痛哭中分析出来的。母亲决绝而去，风韵犹存的中年美女有了新归宿。我木然地跟着父亲生活，内心开始振荡。高中开始，我还排在班上前十，后来倒退。我做过分析，要是父亲有本事不离婚，我至少可以考取二本。我的不满变成怨恨，父亲有什么资格教训我？

那次之后，我没有回家。临交学费时，父亲将钱打到我的卡上，还发短信提醒：不要借钱，利息高骗局多，有困难和我说！我认同父亲的看法，而且我真的勤工俭学，去做家教。但我内心对父亲充满了鄙夷，你有什么能力给我解决困难？连买个手机都要打我！我自尊更受重创的是，杨柳得知我的家境，摇摆着身体远去时挑明：两家不同路，缘分没可能！我人生的第一次爱恋因家境而灰飞烟灭。每次看见大人开着豪车来校看望子女，我的眼睛都会充血，暗骂自己不能选择家庭出身。我憎恨父亲，都是他没出息才造成我的困境。

我在怨恨和自卑中读完大学。世事反转，这种怨气在无形中化作上进的动力，我努力学习，发誓将来出人头地。大四实习时，省城一家知名企业来校招聘实习生，我与几位成绩较好的同学应征成功。毕业后，顺利留在公司。这家公司待遇优厚，还对管理级员工购房提供免息首期借款。在我晋升为副主任级管理干部时，公司里一位李子花样的女孩和我确定了恋爱关系。情长事美，我抱着李子花女孩约定：等攒足装修费就买房结婚！

这期间，李子花女孩提出见我父母。我郑重向她讲述我曲折的家庭故事，还特别抱歉地说了我和父亲的关系。李子花女孩突然大哭，说她父亲跟我父亲情况差不多，他们在人前藏起悲苦，背后艰辛地支撑子女成长。我突然忐忑不安，已经六年没有回去了。李子花女孩给了我启示，我想验证下父亲的感情，就对她谎称公司安排出差，也没跟父亲招呼，匆忙赶回老家。

我在夜色苍茫中敲开家门，难以置信的父亲慌忙接了我的行李。我对久违的家扫视一圈，客厅、阳台、洗手间及父亲房间，非常杂乱。父亲应该久没收拾，也没交往女人。与李子花女孩同居前，我的住处也这样脏乱。直到推开自己房间，我才大吃一惊：一切齐整，也没霉味，床底摆着我穿过的球鞋，破旧而干净。可想而知，父亲唯独经常整理我的房间！

此时的父亲较以前动作缓慢，他颤颤地来到我面前，抹着泪说："天天盼你回来……不说啦，我马上出去买你喜欢吃的云吞！"父亲掏边角残破的钱包，取钱时头往后微昂，似乎有了老花。我一转身，瞅见父亲钱包夹着的相片：是父亲在离婚后带我去公园照的那张！那时的我长得与父亲一般高，父亲很喜欢那张相，还说我们是好兄弟。头发花白的父亲换上旧球鞋，用消瘦的胳膊去拉房门，仿佛在拉沉重的货车车门，背脊也显得微驼。

眼泪终于夺眶而出，我抱着父亲，扑通地跪下："爸，请您打我一顿吧……"

（原载 2019 年 3 月 21 日《金雀坊》网刊、2019 年 6 月 15 日《中山日报》；2019 年第 5 期《小小说大世界》选载）

赏析：

大海的许多小说佳作总是给人以"疼痛"的感觉，在本文里，我们看到了儿子对父亲的深深忏悔，何尝不是一种痛？小说通过父亲与儿子在消费观念上的差异，进而引发父子矛盾，揭示了单亲家庭对待子女物质上的满足和精神上的空缺的问题。尤其是下岗、离婚，让原本靠工资吃饭的父亲，失去了生活的动力，给"痛"提供了逻辑基础。事实上，这个"痛"有两条线。冰冷的炉灶，寂寞的家庭，让性格耿直的父亲只能借酒消愁，这是父亲的"隐痛"。为了给儿子遮风挡雨，父亲只能做些体力劳动，有苦不能说，想念儿子实现不了。然而，儿子并不理解。父亲辛辛苦苦为儿子攒的一万八千元学费，却被儿子抽出五千二百八十八元买了手机。一气之下，父亲打了儿子一巴掌，也让儿子六年没回家。他恨父亲，恨生养他的家庭。而父亲却依然爱着他，为他打扫房间，为他月月充钱。直到他工作晋升，重新交了女朋友，才懂得了父亲的不易。他连夜赶回家，看到父亲凌乱的房间和自己整洁的卧室，才知道父亲的爱是多么深沉！儿子的一系列心理活动为自己的"明痛"作以铺垫。本文结构紧凑，语言流畅明了，逻辑思维层层推进，叙写了典型的家庭伦理悲情。当然，大海与众不同的高明之处，在他揭开生活和人性的疼痛之后，让我们可喜地看到了单亲家庭孩子的理解和自省，焕发出人性的良善和向好的一面。（辽宁　曹永香）

中国式公仔

一个人，只有真正远离故土，尤其是越洋在外，才知道有多想念故国的风土人情。黄妈妈知道，好比从小吃一道菜，几十年里，熟悉得毫无知觉，真要吃不到了，才晓得多怀念。

远在美国芝加哥的女儿就是这样的。女儿在越洋电话里不知道叮咛多少次，要做娘的去美国探望时，千万别忘记捎几个"黑头发黑眼睛的中国式公仔"。女儿说的"中国式公仔"，实际上就是中国样式的布娃娃。女儿带着几分伤感告诉母亲："芝加哥有不少华人，也有老乡，但家里除了自己，没有其他中国人了。"女儿说，"我需要看得见、摸得着的'中国式公仔'在身边陪伴，放在包里，摆在家里，抱着睡觉，这样就不会因为过于想念家乡和你们而伤心。"

女儿喜欢布娃娃。小的时候尤其喜欢。黄妈妈想起，以前给她买过很多，大大小小十几个，虽然清一色的是洋娃娃，但女儿都爱不释手。只是上了初中后，由于功课紧张，加上兴趣改变，玩旧的布娃娃都丢了。放下电话，黄妈妈的心里满是怜惜，又有说不出的滋味。

女儿是八年前求学去的芝加哥，时年二十三岁。那一去，成了永远的异国人。硕士毕业后，还嫁给一个大胡子美国佬。女儿结婚时，黄妈妈和老伴儿去过一次美国，在洋女婿和女儿的陪伴下，领略了密歇根湖的秀丽风景。芝加哥气候温和湿润，特别适宜居住。女儿劝父母过来定居。黄妈妈放不下生养自己的地方，还有熟悉的亲朋好友，不愿长期住芝加哥。

由于早几年忙于学业，后几年忙于工作，女儿一直没得清闲生孩子。黄妈妈从心眼里夸赞女儿，她获得了比一般女人多的知识，拥有了广阔的眼界和思想观念。但女儿毕竟也是女人身、中国心哪，也要生养哺育后代，也有游子远离家乡的情结。女儿小时候对布娃娃没有特别的要求，只要有就开心。现在，女儿如此渴求中国式公仔，就是离开祖国久了思念的结果。

为了女儿的要求，黄妈妈和老伴儿开始半年多的苦苦寻找。实际上，从女儿提出要求的当晚，黄妈妈便兴冲冲地跑进家附近的商场。没想到，第一个回合便以失望告终：偌大一个商场，全是黄发碧眼的外国娃娃，甚至还有黑肤黑发的非洲娃娃，愣是没有一个女儿说的"黑发黑眼的中国式公仔"。想着女儿的话，黄妈妈不知疲倦地奔波到下一个商场，同样也是失望而归。此后，黄妈妈和老伴儿发动亲人、朋友，跑遍了这个城市的大小商场，除了琳琅满目的黄头发蓝眼睛洋娃娃，哪有黑发黑眼的中国布娃娃呢？有一次，乡下归来的朋友告诉黄妈妈，说郊区某个地方有会唱歌跳舞的中国娃娃。黄妈妈知道那里流行木偶文化，街头巷尾也有类似的中国娃娃卖，就搭乘公交去了郊区中心，又转乘人力三轮去到农贸集市，在一个角落里果真看到许多中国娃娃。遗憾的是，这些娃娃全是木头雕刻的，只不过表面手绘着装、拼接活动手臂而已。虽然形态各异，但终究是质地硬实的木头。黄妈妈差点落泪。

离去女儿那里的日子越来越近，女儿小小的心愿都未遂，黄妈妈变得愈来愈焦急，甚至打电话去一个玩具厂家，质问为什么只生产洋娃娃？人家说市场在外，产品要卖到国外。黄妈妈说为什么国内也有销售？人家说国内人图稀奇，喜欢洋娃娃啊！黄妈妈说我就喜欢中国娃娃。人家不耐烦地说："那是你个人的喜好。"又说，

"你是谁啊，有毛病吧！"啪地挂了电话。等到特意去另一座城市寻找中国式公仔的侄子空手而返，黄妈妈彻底绝望了。深深自责的黄妈妈，感叹着自己国度里竟然找不出一个本民族的布娃娃。终于，在黄妈妈决定带着歉意去美国的前夕，一个远在北方城市工作的老同学，特快寄来几个黑头发黑眼睛的布娃娃。黄妈妈打开包裹一看，傻眼了：黑头发黑眼睛是真的，却是穿着和服的日本小人儿啊！

带着深深的遗憾，黄妈妈和老伴儿飞往了芝加哥。

几天后，芝加哥一所大学公寓的花园。女儿坐在绿草如茵的地上，捧着母亲从大洋彼岸带来的一对黑发黑眼的中国式公仔，激动得泪流满面。肥肥胖胖、笑容满面的两个布娃娃，男的头顶红色瓜皮帽，女的扎着两根红头绳，全都上穿红色夹棉袄、下穿绿色宽腿裤，虽然光着脚丫子，却是憨态可掬。女儿抱着布娃娃，一边听父母讲中国的变化和老家的故事，双手一直在布娃娃的身上摩挲。女儿甚至背着美国老公，偷偷地对母亲笑，说要是生个纯种的中国娃娃该有多好。女儿的意思，不是说美国老公不好，只是希望家里有个实实在在的中国伙伴，可以说真真切切的中国话，心安理得地吃中国菜。

异国的天空湛蓝如洗，高耸的西尔斯大厦隐约入眼。一对穿着中国服装的外国男女，从女儿旁边滑稽地走过。女的身穿红色旗袍，脚穿白色球鞋，一蹦一跳。男的上穿黄色唐装，下穿黑色牛仔裤，拖鞋跟拉。女儿看着他们的打扮，叹了口气，低头抚弄心爱的中国式公仔。

黄妈妈坐在女儿对面，瞧着女儿抱着布娃娃爱不释手，忽地，有了流泪的感觉。

女儿呵，你可知道，这是妈临行前夕，用自己的衣服给这些小娃娃缝的服装啊，只是鞋子实在没法做，只能让他们光着脚丫！黄妈妈心想，女儿肯定不会知道这些，自己和老伴儿也商量过，永远都不要对女儿说起。黄妈妈擦了擦眼睛，露出一丝慰藉的微笑。

（原载 2017 年 2 月 13 日《华人头条·华文作家》、2019 年第 1 期《岭南小小说》；2017 年第 4 期《小说选刊》、2017 年第 12 期《读者》、2019 年第 5 期《小小说大世界》选载；曾获《小说选刊》"善德武陵"杯·全国微小说精品奖二等奖；入选"改革开放 40 年广东最具影响力小小说"，被选作 2018 河南省普通高中招生语文模拟卷）

赏析：

在浩如烟海的小小说作品中，描写华人华侨生活状况的不多。拥有多年侨务工作经验的大海，抒写了一个海外游子对故国风土人情的炽热情感。为了满足移居海外的女儿小小的心愿，身在国内的母亲费尽心思找了半年，最后只能将黑发黑眼的日本娃娃改成"中国式公仔"。在本文里，海外游子希望通过睹物来寄托对祖国的思念，令人动容；而某些标志性中国文化产品在内供和外输方面的断裂，令人深思。（广东　秀华）

母亲是条鱼

母亲原来不是鱼，而是一头猪。像猪一样胖胖憨憨，双眼半眯，笑容可掬。其实，母亲一米六三的个，一百二十斤的体重，只能算是丰满，不过远远看起来感觉有些胖罢了。母亲是在怀女儿之后胖起来的，尤其在坐月子那阵子，坐着躺着，大鱼大肉一股脑儿吃，犹如充气的皮球，体重与日俱增，高峰时曾达一百四十三斤。母亲在女儿长大后曾经告诉过女儿：你妈啊，那时就是一头猪！

随着女儿慢慢长大，母亲的体重慢慢降到一百二十斤了。母亲成了丰乳肥臀、丰韵毕现的猪猪母亲。但也就在女儿开始懂事那年，女儿的父亲遇到了另外一个身材像柳条的女人，便奋不顾身地跟着柳条女人走了。没心的男人,留住他的躯壳有何用?没有流泪的母亲,把全部心思放在女儿身上,女儿的一笑一哭,都像线一样紧紧揪住她的心。母亲脸蛋长得漂亮,加上皮肤白皙,尽管身后跟着一个拖油瓶的女儿,但仍然不乏追求者。当然,这些男人,有希望做蓝颜知己的,也有想和母女一起生活的。不管他们想法怎样,母亲都无动于衷。母亲读过一个草原女作家写的散文,依稀记得文尾有一段话:"草原是动荡的,牛羊是动荡的,男人是动荡的,只有孩子是属于我的。"母亲觉得自己有了女儿,一切就够了。

日子像细细的沙子,静悄悄地,从手指缝隙间滑溜过去。女儿十三岁那年,母亲三十六岁。女儿像一朵初蕾的花,有了些许女人的味道。孤身了八年的母亲,也忍受了八年的生理与心理孤寂,变得青黄不接。这一年夏,母亲因为一次偶然机会,遇到了游泳馆的一名游泳教练。教练是个离过婚的男人,与母亲同岁,但身子骨健壮得像个小伙儿。母亲喜欢看他跃进水里,像一条活泼的鲢鱼在碧波里钻来钻去。母亲开始不会游水而且怕水,向他学习时,被他的大手托住身子浮在水面,感到一种前所未有的安全。母亲从怕水不会水,到会水喜欢水,渐渐地,对宽厚温和的游泳教练生出几分朦朦胧胧的向往。母亲甚至希望自己永远学不会游水,每次都被他的大手托举在水面上。

母亲勤奋地游了两个月,体重降到一百零五斤。一天晚上,母亲发现睡衣破了,翻出未生孩子前的纱质睡衣穿上,结果惹来女儿大声惊叹:"妈妈你是一条鱼了!"母亲在穿衣镜前端详一番,发现紧裹在睡衣里的自己,身材修长饱满,确实像一条直立的鱼。已经懂得欣赏美的女儿在那之后,一再赞叹母亲:"好漂亮的鱼妈妈!"

母亲非常开心,游泳游得更勤。游泳教练与母亲似乎心有灵犀,只要有空就过来陪母亲。母亲的心,像春芽一样萌动。母亲觉得自己这条鱼,要是在这个男人的水域里自由自在地游一辈子,该有多么惬意啊!

炎热的夏季很快过去，在游泳馆歇业后的第二天下午，那天是星期四，母亲下班后把游泳教练带回家里。没有过多的铺垫，顺理成章地相拥相吻了。就在那时，在学校寄宿的女儿突然回来。女儿愤怒地盯住尴尬的他们，把游泳教练吓得落荒而逃。女儿拂袖而去时，对不知所措的母亲冷冷地说："我们两人过得挺好，不需要其他人掺和！"

母亲很想对女儿说："妈妈想恋爱了。"但始终没说出口。母亲此前曾试探地问过，女儿似乎不愿意她觅新伴。母亲悄悄地折断了心里刚刚萌发的春芽。

后来，女儿大了，到了另一个城市读大学。毕业后，又在那个城市谈了男朋友。女儿二十五岁，已经成为蜜桃样的成熟女孩时，母亲的花却萎缩了。女儿在和男朋友结婚前夕，突然悟出什么，匆匆赶回家。女儿愧疚地对母亲说："当年我很自私，怕失去你所以不想你重新嫁人；今天我才明白，我当年说你是一条鱼，但却忽略了鱼要自由自在地在水里畅游的！"女儿哭着说，"你现在还是一条鱼，我要先帮你找到属于你的水域才结婚。"

母亲将女儿轻轻拥在怀里，淡淡地说："妈妈这条鱼，拥有你这片水域，够了。"母亲说这话时，眼泪悄悄流了下来。

（原载 2008 年 7 月 6 日《中山日报》、2018 年 8 月 28 日《金雀坊》公众号）

赏析：

大海的情感类作品《母亲是条鱼》，相对于社会类作品而言，文笔细腻，行文流畅，看得出他是从关心女性的角度出发，为女权、女人的自由发声。是啊，为什么命运总是跟女人过不去？她们把自己的青春，给了男人，给了孩子，给了家和社会，女人应该得到尊重。可是，当她们还在为家、为孩子而自豪的时候，男人却因为女人这朵花不那么靓丽了，离开女人去寻找新欢。孤独的女人，一个人默默承受起支离破碎的家庭，养孩子，有时还要照顾老人，替没良心的男人尽孝。男人的不负责任，孩子的不理解、自私，让女人这条鱼失去了水的滋润，逐渐苍老，直至干枯。一些人却认为，女人就该付出所有。大海的这篇《母亲是条鱼》很好地诠释了女人的不易，女人也是人，需要理解，给女人一片水域，让这条鱼快乐自由。让人叹息的是，在《母亲是条鱼》里，隐现了悲悯的意蕴，母亲如花的一生因女儿而凋敝，令人落泪。（辽宁　赵文欣）

父亲的米粉

尖沙咀很小，但可以装下整个世界。父亲心胸宽广，却只装得下一碗家乡的米粉。

尖沙咀是九龙半岛南端的一个海角，这块繁华的弹丸之地成了世界的缩影。有南亚和非裔人士聚居的重庆大厦，有充满英国风情的半岛酒店，有韩国餐馆商场林立的金巴利街，有随处可见的俄罗斯、意大利、土耳其等地美食的诺士佛台……到了旅游的旺季，满街肤色各异的游客摩肩接踵，让人仿佛置身国外。生于斯长于斯、染黄发说粤语的儿子，从来都认为自己是地地道道的香港人。每当夜幕降临、华灯绽放，儿子睐眼四望闪烁霓虹，自豪地感慨："我们尖沙咀系（粤语，是）香港心脏地带，又系世界的尖沙咀啦！"

父亲也不反驳，悠悠地说："别忘了你祖上来自大陆，爷爷奶奶爸爸妈妈是湖南人呢！"如果儿子叫嚷得起劲，父亲加上一句家乡话："豁懒行（常德话，吹牛皮），我教过你讲家乡话呢！"儿子眼一翻："那又如何，我还会讲英语呢，I come from Hong Kong！"父亲不争辩，轻轻地问："想吃米粉不？"儿子立刻嘴馋气短，头点得像鸡啄米："想想想！"父亲用筷子轻敲儿子的头："跟老子洗手克（常德话，去洗手）。"转身乐滋滋地做米粉去了。

父亲做的米粉叫常德米粉，是流传于家乡的风味美食。原料要早籼大米，经水久浸后打浆、加热，制成雪白、滚圆、细长的粉丝。吃的时候以开水滚烫捞热，加上荤素调料即可。父亲继承祖辈留传的精致工艺——沥干水分捞粉装碗，调以花椒、桂皮、八角等香料配制的佐料，再浇盖小火熬制的肥牛油汤，一碗风味独特鲜美可口的美食令人回味无穷。父亲收不住儿子的心，却用米粉降住儿子的胃。儿子呼哧呼哧地大快朵颐时，父亲趁机讲过去的光荣与沧桑："祖上很早就在常德古城开了米粉店，你爷爷的手艺真叫有本事，要是日本人不侵略，我们不会一路迁移到香港，肯定成了常德米粉大户呢！"儿子打断父亲："那您几岁离开家乡啊？"父亲有些伤感："常德会战离开家乡时我10岁，香港结束日治时你爷爷在尖沙咀开了这家常德米粉店。"父亲很想告诉儿子：因为这块招牌，你爷爷结识了迁来香港的你外公，我和你妈结婚有了你后接手米粉店。儿子却问："您是不是见证尖沙咀的成长？"父亲点点头："早年的威菲路英军营改建成九龙公园，海运大厦在20世纪60年代是香港最早的大商场……"还要说下去时，儿子兴奋起来："往后的历史我都知道啦，20世纪70年代，火车站迁往红磡、地铁尖沙咀站启用……"

年复一年，儿子喋喋不休地炫耀尖沙咀的辉煌历史、世界品牌奢侈品店不断落户的新闻，把自己也说成了老豆（粤语，老爸）。父亲则在叙说常德米粉、怀念家乡风物的呓语里逐渐老态龙钟，不得不将付出毕生心血、位于九龙公园脚下的常德米粉店忍痛转让。香港的环境治理值得世界学习。山脚下有个干净的市场，市场边有条通畅的巷子。巷子店大多摆卖琳琅满目的香港手信，也有些茶餐厅经营广式粥粉面食。常德米粉店算是鹤立鸡群，父亲的母亲和父亲却坚持经营。巷子店不仅成本低，还首尾相连繁华的广东道和弥敦道。内地游客逛完马路进巷子发现常德米粉店特别惊喜，吃米粉不但简单快捷，而且实惠美味。父亲听见乡音更加亲切。要是客人来自湖南尤其是常德，内心波澜惊喜的父亲会给八折优惠。

一生与米粉为伍的父亲愈来愈老，在尖沙咀的繁华喧嚣里愈来愈落寞。儿子娶了金发碧眼的洋媳妇，生了混血儿。会说普通话和粤语的洋媳妇对常德话一头雾水，黑头发蓝眼珠的混血儿对常德米粉夸张地吐舌头："Oh，my God，it's hot！"早就搬出父母蜗居的儿子回来探视时，父亲必定要亲手做碗常德米粉给他吃。看着狼吞虎咽的儿子，父亲颤巍巍地想：这美味的米粉全靠各种清香的佐料和原汁原味的肥牛油汤，只要儿子愿意，我可将祖传秘方传给他。遗憾的是，儿子吃完，和洋媳妇用粤语聊奢侈品，和混血儿叽里呱啦地说英语，待不到十分钟就走。父亲心里清楚，孩子们属于香港，只有自己这一辈人属于大陆，属于家乡。

父亲的心头，日日夜夜装着家乡的米粉。每当风和日丽，父亲拄着拐杖牵着老伴儿，穿过紫荆花盛开的九龙公园，挪过广东道上的人行天桥，远眺一眼碧波如镜的维多利亚港湾，慢慢抵达人声鼎沸的中港城。那里有个中国客运码头，过关坐船可通往澳门及中山、珠海、顺德、东莞、番禺、肇庆、新会等地。父亲用不太灵敏的耳朵在各式乡音中搜寻熟悉的家乡话。一拨又一拨的内地游客在那里吃港式快餐，父亲突发奇想：要是在这里开家常德米粉店多好啊，一定客似云来！父亲张开浑浊昏花的老眼，用湘粤夹杂的口音轻轻喊："呢地好（粤语，你们好），七饭没（常德话，吃饭没有）……"

（原载 2017 年 9 月 14 日《潮州日报》；曾获"紫荆花开"世界华文微型小说大赛三等奖）

赏析：

近阶段以来，海（境）外华文小小说在多种力量的推动下呈现上升的趋势，越来越多的优秀小小说得以展现。但是，彰显旅居或定居海（境）外这一特定身份的优秀小小说仍然欠缺。大海拥有丰富的外事侨务工作经历，对海外华侨华人和港澳同胞的内心感受有着与众不同的深切体验。在《父亲的米粉》里，垂垂老矣的"父亲"对出生的故乡日复一日地怀念，在香港的土地上生活日久不但乡音未改，口味也未改，甚至还想将故乡米粉的做法传给儿子。遗憾的是，生在香港、受香港文化浸染甚深的儿子，娶了洋媳妇、生了混血儿，对父亲的想法毫不上心。父亲在繁华的香港大都市里越来越落寞，只能借助张望通往大陆的口岸，想念故土的乡亲与风物。此情此景，读之令人动容。（广东　秀华）

打鼾女人

公司领导为了活跃员工们的业余文化生活，把宿舍二楼左侧几间空房的墙砸掉，准备重新装修，改成一个唱歌跳舞娱乐休闲的俱乐部。工程开始后，十几个男男女女装修民工，每日大早就在那里咣咣当当敲打不停。我的宿舍在二楼右侧，自此每天上午和下午，送我去上班的，便是嘈杂的装修声了。

我上班的办公楼离宿舍楼相距一千多米。我懒得回宿舍休息，通常每天吃完午饭，便躺在办公室沙发上休息。那天午餐后，因为要取昨晚放在床上的会议资料，遂回了宿舍楼。宿舍楼每层都有贯通的长阳台，其实也是这一层的楼道。刚踏上二楼的我，被楼道里的情景惊呆了：十几个装修民工一溜儿躺在那里午休！他们有的在身底下垫了胶合板，有的铺了张报纸，有的垫了上衣外套，有的什么都不用，四仰八叉地倒在光凉凉的水泥地面上。大约因为性别不同恐生不雅，几个女民工挤在一起，挨近墙角，身子微侧，蜷缩而卧。我上午上班时，见过这几个女民工。不知是营养不良，还是繁重劳作所致，她们大都面呈菜色，皮肤黝黑，即便三四十岁的年纪有些许丰韵，但缺乏城里女人保养的滋润。其中有个年纪最大的，一看便知饱经风霜，皱纹像刀刻在脸上。

宿舍面南向北，长阳台的楼道通风遮阳，颇为凉快。此时此刻，男民工、女民工们睡得很香，像稻田蛙鸣一样的鼾声，此起彼伏。其中一个侧身而卧的女民工，身子刚好挡着我的宿舍门。阵阵欢快的鼾声，也有她的一份。我瞄了一眼，发现这个女民工除了鼾声外，还与那几个女民工不同，她的头发夹杂着丝丝花白，面容也更为消瘦。尤其是那张饱经风霜的脸，仿佛在告诉我，她正是那个年纪最大的女民工！我在两天前的早上，曾见她担着沉甸甸的沙石，艰难地从一楼登上二楼的装修处。她的步子慢慢地往上移动时，腮边一绺花白的发丝随着身体的摆动飘落，飘得我心颤。

我的心，突然又莫名地颤抖了。此刻的我，本欲进屋的脚步，变得犹豫起来。如果要进去宿舍，必须跨过她的身体，而跨过她的身体开门势必惊醒她；假如此时不进屋，没将资料及时带到下午一上班就召开的会上，肯定得挨经理批评。进屋？不进？处事向来果断的我，为这么丁点儿的小事竟然犯起了难。好几次，我将钥匙作模拟开门状，但只要看见躺在地上的女人，以及被风吹起的丝丝花白头发，就不忍心走近。此时的她，肯定不知我在不远处等待什么。她将头枕在胳膊上，眯着眼睛，鼾声均匀，睡得很香。女人一般很少打呼噜的。我记得自己小时候，母亲偶尔会这样，上午在地里干活累了，中午休息就会发出一阵一阵的鼾声。那时节，不大的我特别心疼母亲，会主动拿着一把大扇，给休息的母亲轻轻扇风。

此刻的她睡得那么香，那么甜。像小马达样的鼾声，跳跃着，欢乐着，一浪接一浪，一波接一波，仿佛在诉说，上午的活儿很多、很累。鼾声里的我，突然有了泪。她都这么老了，而且还是女人，但她上午付出的体力，肯定不比我少。她，或许子女也不比我年轻，她甚至有可能做了奶奶……

恍然间，我觉得，这个躺在自己宿舍门前的女民工，好像就是自己的母亲！我怎么能跨过母亲的身体，打扰她睡眠呢？如果她休息不好，或许下午就没精力干活儿。

我脑海中的母亲，飘飘浮浮；那张脸，温暖而模糊。我默默叨念着母亲，心也渐渐平静。静静的我，什么也不管，什么也不想，在楼道拐角处，找个地方坐下来，安心打起瞌睡，还做了个梦。我梦见母亲干活累了，舒服地躺在那里打鼾，我在给她轻轻扇风……当公司的上班铃声打破梦乡，楼道里的民工们纷纷起来准备干活时，我做好准备，等那个女民工起身离开我的宿舍，我便快步上前，打开房门冲进去。

但是，无论我如何快速找到资料，如何快速冲向办公楼，时间还是擦身而过。我气喘吁吁地推开会议室的门，发现除了自己的位置空着，全部人员到齐。经理怒目而视，眉目攒在一起，像只发情的猫。他冲我扬了扬手中的表，厉声说："你干什么去了？足足迟到15分钟！"我知道，他的严厉责问之后，还有处罚。

"我……"我刚要解释，想了想，又住口。待自己的喘息稍一消停，我顾不上擦去满头大汗，俯身冲在座的各位说："对不起，是我没做好准备，耽误了大家的宝贵时间！"

（原载2008年10月26日《羊城晚报·花地》）

字画老者

在我曾居住过的地方，有一个物质文明特别发达、但是铜臭味儿特别浓的城市。铜臭味儿浓，是因为人们手头的钱多了，花天酒地的生活也丰富多样起来。有些人，比如我之类的，自认为读了点书，尤其是诗书，如果想要谈下文史哲学，谈下道德风尚，必定招致人们耻笑。让我欣慰的是，在满眼都是夜总会霓虹闪烁的那个城市，还有着许多翰墨飘香的字画店、泛着纸香的书店。一个城市的字画店或者书店多了，并不能代表这个城市的人们就有文化素养。

当然，这些字画店虽然也充满着铜臭味，某某字画标价多少，装裱一幅标价多少，但终究可见里面飘荡着文人墨客的身影。

我不敢过多地与人谈诗说文，但见近来许多朋友的家里，或多或少都有两幅字画，徒添不少文雅气息，便寻思自己作为一介文人，弄两幅来附庸风雅也好。有心就有了行动，如此寻寻觅觅，偶然在城北一家小字画店，遇一面容清瘦的老者正在挥毫泼墨。但见其字刚劲有力，其画飘逸空灵，我虽看不出何体何派，但其字画风格让我喜爱，感觉那是上乘之作。老者见我驻足欣赏，停笔问我是否有事。我对风雅之人向怀几分敬意，遂主动递上名片，并就字画之事向老者请教。

一来二去，老者得知我是写作之人，且好字画，大叹遇到了知音。老者说他原在市文化局工作，后因厌恶官场恶习，下海开了这个小店。老者悠言道："真正的文人墨客开店之意不在钱，在乎抛开世俗静心养性而已。"我肃然起敬，颇觉亲切。老者沏了茶，二人小饮几壶，我也觉得遇上知音，憋不住说了一些工作上的不快。老者微笑："后生毕竟是后生，等到我这把年龄你就会明白，许多事理不能争来，你要避其锋芒收敛锐利！"我问如何避之。老者说："这样吧，我给你拟一联，也算是建议，你裱好挂在家里，来来去去看到时，心里默念或许就平静了。"我一听，主意甚好，忙道谢不迭。

翌日大早，老者打电话给我，亲切地唤我："小张老弟，你的联我已拟好，看在昨天相知的分儿上送你装裱，只收三百，算是赠字给你；要是换成人家，不给五百绝不干！"老者此刻的话不再文雅儒意，全是铜臭味儿，我听了有些突然。以我所知字画行情，像老者这样没有名气的，三百块钱也不算便宜呢。转而思之，人家与我素昧平生，苦口婆心为我做了大通思想工作，我掏几百块钱也是应该的。我轻轻答应后，问老者拟的何联。老者将联字一一读给我听，但我感觉，虽然镶我本名笔名于联头，却是消极避世之意。我当下不悦，年纪轻轻遇点困难本是常事，他拟联应该激励我一下才对；但按他之意，我三十几岁开始避世淡争，碌碌混日，到五六十岁岂不要进桃花源过别有洞天的生活？

几日后老者来电话，说赠我之联裱好，叫我去取。我听着"赠"字不舒服，但还是去了。付了款，收了联，老者拉我坐下喝茶，一边不经意地问："小张老弟是有识之人，应该有许多文化圈朋友吧？"我点点头，老者将头凑近我，"这样吧，你介绍朋友来我这儿买字画笔墨，事成我返百分之二十的利给你；如果你们单位要大幅堂画壁字，更加好商量。"老者说完，两眼放光地盯着我问如何。我万没想到他会出此招，一时语塞。老者给我斟了杯茶，笑道："大家此后就是朋友，有钱共同赚，无钱还有缘，改日我再赠幅画给你，绝不收钱，给点纸墨费就行！"老者说着，将茶杯举起，豪爽大笑，"小张老弟，兄弟之间不谈钱，来，喝茶！"

那之后，我不再和老者联系。老者几次给我打电话，邀我过去喝茶，说当场挥毫赠我，被我婉拒。我把此事告诉文化局一朋友，朋友说："那个老家伙原在市群艺馆打杂，肚里无货，离了临摹啥都不会，且特别喜欢谈钱，送人一幅字画，不收人家几百上千或者人家不请客不送点东西，绝不罢休！"我一愣："人家老者说他最看不惯官场恶习，为保高风亮节才辞职呢！"朋友附掌大笑："就他那样还高风亮节？当年的他，要么早退迟到，要么三天两头喝酒误事，馆里屡次劝告无效，迫不得已叫他退岗了！"

我恍然想起，老者清瘦的样子，其实颇像贼眉鼠眼的耗子。

（原载 2009 年 8 月 17 日《羊城晚报·花地》；2010 年第 2 期《小小说选刊》选载）

赏析：

大海的情感、社会类小小说各成系列，本期《桥头文学》编发他的两篇《打鼾女人》《字画老者》都是轻松随意的叙述模式。两篇作品，有一个共同的特点，都是以第一人称的叙事视角来展开，再者"我"在作品里的形象，是有血有肉的、活生生的人物。在百姓的庸常生活里，因为"我"有见证的直面性，颇接地气，所以"我"和躺在门前打鼾的女人以及慷慨赠字画的老者，写得较为真实。不同的是，前一篇的女子给"我"震撼，是积极的温暖形象，后一篇的老者则是一个不齿的对象，成为"我"非常反感的人物。一正一反两个人物出现在读者面前，作者的情感倾向非常清晰，无须费劲去猜测，这正符合小小说是平民的艺术这一特质。从结构上来讲，故事定位在一个对象，一个场景，一个主题，保持了一致性和完整性。虽然两篇小说都有随笔的味道，但引人入胜，不至于晦涩难懂。再者因为人物的市井性，两篇作品有别于其他小小说的手法，倒也让读者耳目一新。（广东　刘帆）

人到中年

岁月如同城市的河流，缓缓地流啊流，似乎再怎么下大力气，都难以重现过去的清澈。人也一样，眨巴下眼睛，到了遮盖不住的中年。无论猥琐与荣光，都不复往昔清纯。

人到中年的一对夫妻，男的叫肖伟光，女的叫白小燕。肖伟光长得黑，属狗，白小燕叫他"大黑狗"。白小燕生得白，属兔，肖伟光叫她"小白兔"。肖伟光四十五岁那年，白小燕四十岁。白小燕说："大黑狗啊，联合国世界卫生组织有个新标准，四十四岁以下为青年，四十五至五十九为中年，你已经是中年大叔了呵！"肖伟光说："我三十三岁当科长，四十三升副调研员，人到中年也很光彩嘛！"抓住白小燕的手，又说，"我家小白兔却不同啊，岁月再催人老，还是年轻漂亮得很嘛！"肖伟光说前面的话时颇有自信，说后面的话时就有怪异的滋味。

肖伟光的得意缘于事业顺风顺水。大学毕业后在一家中学当老师，因为写得一手好文章，常在省报发表作品，被厅里组织人事处长看上，想调他去写材料。肖伟光有些犹豫。白小燕鼓励他说学而优则仕，大胆去吧！肖伟光就去了。以交流的形式调任公务员，一去就是副主任科员。先在厅办写材料，五年后升正科。再五年，厅里空了个副调研员位置，写出成绩的肖伟光顺理成章地去了三处任副调研员。虽说不是领导职务，终究也是副处级别。

四十三岁当上副处也不简单，何况脱离了写材料的苦海。轻松下来的肖伟光刚刚有些自鸣得意，却被一件突如其来的小变故弄得身心憔悴。内心都狼狈不堪了，人还能有滋味吗？

肖伟光猝不及防的是，向来好好的左侧睾丸突然肿胀疼痛，仿佛被人踢了一脚，正中要害。就连夜去了附近的中医院，检查结果为睾丸炎。肖伟光在中医院断断续续治疗三个月，中药吃了几十包，病没完全治好，还弄成慢性睾丸炎。中医院泌尿科那个白面无须声细的主任医生慢条斯理地说，很多男人都有睾丸炎，慢慢调理吧！中医讲调理说明就那样了。气急败坏的肖伟光赶紧去了人民医院。一通检查后，西药吃了一大堆，激光生殖治疗几次，后肛指入按摩十几次；两个月下来，又成了慢性前列腺炎。人民医院泌尿科年轻的博士医生长发轻甩，说，很多男人都有前列腺疾病，先这样看着吧！西医都说先这样看着，也只能这样了。让肖伟光气恼又伤心的是，每次行完房事，耻骨处针扎般疼半个小时。肖伟光有苦难言，每次撒谎去清洗，实则是在洗手间偷偷用热毛巾敷。再去医院检查，结果又多了项病症：精索静脉曲张。医生又是半解释半安慰，都是男人的常见病，别太当回事就行啦！

怎能不当回事？其他问题不至于增加心理负担，下面才是男人的根本问题。疼痛不适是一个方面，坚挺时间也在其后大为缩短。只要想到白小燕意犹未尽，肖伟光甚至感到惭愧。这可是关乎男人尊严又影响另一半的大事！带着几个问题又去医院几趟，治疗结果还是时好时坏。事业上自信的肖伟光，心理上多了份无奈的困惑。实际上每次就诊，都瞒着白小燕。还将药带回办公室，藏在抽屉偷着吃。看到治疗男性疾病的广告，就偷偷留了心眼。夫妻之间也有隐情。肖伟光越是如此隐晦，越觉得在白小燕那里尴尬难言。白小燕在小学当老师。慢慢悠悠地过着，家里又毫无负担，人就保养得黑发白肤，看起来像三十出头。尤其是女儿上了大学之后，家里操心的事更少，彻底解放的白小燕，到了晚上就往肖伟光怀里钻，甜蜜地叫唤"大黑狗"。肖伟光每次雄心勃勃地应付，事后却疼痛不适。久之，看见老婆白花花的身体反而心怯。就找各种借口，装忙，装累，看报纸，看球赛，故意拖到很晚才上床。

老是这样推却或者草草了事，白小燕也不高兴。一天，快到下班才和肖伟光说约了朋友吃饭，并且很晚才一身酒气回家。肖伟光忍了怒气，却忍不住冒出的醋意。看着白小燕面若桃花地躺在床上，有心想问她跟谁吃饭，但觉得已经一二十年的夫妻，又作罢。让肖伟光心里五味杂陈的是，白小燕非常漂亮，即便到了四十，除了变得饱满玲珑之外，精致的五官加上白皙的皮肤，怎么看还是一枝花。心存疑惑的肖伟光，一边暗骂自己心中有鬼，一边偷偷去了白小燕吃饭的餐馆，拐弯抹角地得悉白小燕确实来过，而且是四个人，才放下心来。

风干的岁月有了丁点异响，必定草木皆兵。肖伟光说服自己不要猜疑，却在每次潦草结束床上战斗，并且感觉疼痛不适后，愈加留意白小燕的一举一动。肖伟光明知这样不对，但想到白小燕意犹未尽的神情，忍不住又想窥探。外面的诱惑多啊！肖伟光怕她受骗。

这种担心跟随悄无声息的秋风来临。一天晚上，白小燕外出归来洗澡时，微信响了。肖伟光壮着胆子按下白小燕的手机，微信火一样烧着眼睛。第一条会话是白小燕发出的：你什么时候方便，我来？第二条会话是对方刚刚发来的：15日中午1点来白水街34号吧，我在。对方的头像似曾相识，长发瘦面，一脸温和的笑。是白小燕前男友陈喜国，也是大学同学！肖伟光去机关时，听说陈喜国辞职下海开了间外贸服装店，曾旁敲侧击地提醒白小燕不要多管闲事。此刻，偷看了微信的肖伟光又痛又恨。痛惜白小燕耐不住寂寞与前男友暗结情缘，恨不得将陈喜国砸成肉泥。只是人到中年又是处级干部，不便发作的肖伟光强压怒火，遂有了想法。

15日那天是星期四。肖伟光借口有事，推了单位的午间饭局，搭车去了白水街。34号是间外贸服装店。陈喜国坐在里面，还有个面容清秀的女子。这当口，白小燕也过来了。肖伟光赶紧闪进对面店铺。就见陈喜国将一个包裹递给白小燕，爽朗地介绍清秀女子是他太太。清秀女子拉着白小燕进店聊了一会儿。白小燕掂着包裹走的时候兴高采烈。暗中观察的肖伟光心里再次装满疑惑。偷会旧情人的猜忌虽已作废，但白小燕神秘兮兮地要干吗呢？

当晚，白小燕早早洗漱，躺在床上柔声呼唤"大黑狗"。等心神不定的肖伟光进入卧房，白小燕甩出中午的包裹，拿出一件白色羊毛衫，说："这是我托人给你从澳洲带回来的纯正羊毛衫。"肖伟光一怔，怯怯地说："突然送我衣服……干吗？"白小燕咯咯地笑，说："笨啊你，明天就是你生日，当了二十年大黑狗也该改变下形象了，穿上这件衣服做白绵羊吧，保证比大黑狗帅多了！"白小燕抖羊毛衫时，也抖去了肖伟光连日的疑惑。肖伟光恍然大悟，明天真的是自己四十五岁生日呢！就有些不好意思，挠着头皮说忘了。白小燕一把将肖伟光拉到床边，说人到中年就这么好忘事，老了怎么办？说着，命令肖伟光脱了外套试穿。

进口羊毛衫质地很好。柔和温暖，纹理光滑，摸起来舒服，仿佛白小燕的肌肤。白小燕的肌肤也是这样，还散发着体香。肖伟光将羊毛衫从头往下套时，眼里湿乎乎地有了泪。

（原载2017年4月5日"活字纪"公众号；2017年第10期《小小说选刊》选载）

赏析：

《人到中年》用"病"呈现畸形人性，批判社会，呼唤良知，共建和谐、奔向幸福生活的美好未来。作品立足生活，高瞻远瞩，既以太极的绵力迂回，又具一针见血的神功，把人与社会的密切关系和脉络清晰梳理。与其说不自信的肖伟光去跟踪白小燕，倒不如说老百姓对当下的庸医或一小部分医生的医德反感。作品写对"病"的追问：人"病"和社会之"病"。社会的根源在人，人的根源在于人性，人性优劣及善恶决定了社会风气的好坏。作家将其对生活的深入发现、对人性的探索思考倾注于笔端，发挥娴熟的语言驾驭能力，很好地造就了圆熟的小小说文本。（广西　曾冠华）

四十不惑

时光犹如天边的彩霞，再多的灿烂绚丽也只是片刻精彩。美丽转瞬就会消逝。

人家会不会这么想，白小燕不知，至少自己这么觉得。白小燕也不认为自己多愁善感。孔子说："三十而立，四十而不惑，五十而知天命，六十而耳顺，七十而从心所欲，不逾矩。"四十岁的女人要怎样才能不惑于心？什么大彻大悟、波澜不惊，都是扯淡。白小燕觉得，说夕阳西斜人生暮年可能过分，女人到了不惑之年，总该有些明察世事、知晓自身吧！

这么想时，白小燕的内心既有欣慰，又多了层隐忧。二十年的夫妻路上，被自己叫作"大黑狗"的老公肖伟光，别看长得一般，事业却一帆风顺。先是从学校调去厅机关，从副主任科员干起，再由厅办正科升到三处副调研员。虽然是个非领导职务，终究进入县处级干部队列。老公肖伟光偷偷告诉白小燕，厅党组非常关心他，等到明年三处处长退休，他转任实职副处长，而且非常有可能主持三处工作。夫贵妻荣，丈夫有了出息，妻子也有面子，何况当年还是自己鼓励他去的机关。白小燕不担心自己的工作原地踏步，女人当个小学教师没什么，而是隐忧悄悄增加的腰围、无声长在脸上的雀斑。女为悦己者容。四十不惑的女人，每次孤独地面对镜子，感叹悄无声息改变的容颜，那才是发自心底的恐慌啊！

白小燕大学时是校花，毕业后在学校工作还是校花。其貌不扬的肖伟光费了九牛二虎之力，才将貌美如花的白小燕追到。即便到了今天，肖伟光还在含情脉脉地夸赞白小燕年轻漂亮。白小燕却时存疑惑。男人四十一枝花，女人三十豆腐渣。白小燕觉得自己这朵花即便还算漂亮，毕竟不再鲜嫩。即便还算鲜嫩，肖伟光毕竟看了二十年。二十年面对一朵行将凋谢之花，再有热情的男人也会审美疲劳，至少失去原来的十分热情。比如，女儿上了大学，自己身心放松，本以为可以好好享受夫妻浪漫，肖伟光却总是欲迎还拒，还经常提前败退。这就是白小燕隐忧之处。肖伟光本来生龙活虎的，现在这样不是厌倦是什么？尴尬的是，这种事有苦难言，只能闷在心里苦恼。实际上，白小燕一直相信肖伟光。二十年躺在一张床上，不信任他信任谁呢？白小燕悲哀地觉得，也许自己真的魅力不再，所以肖伟光才敷衍了事。

这些事困惑在心，让白小燕头痛。头痛了，就没有心思再疑惑。只要不被我发现就行。白小燕想起，自己也听别人说过这样的事。白小燕可以容忍丈夫房事方面冷淡自己，绝不能容忍丈夫对外面的鲜花浇灌雨露，更不希望家庭出现变故悲剧。有一次，肖伟光领衔的单位课题获了一等奖，肖伟光请三处同事去量贩式 KTV 唱歌。白小燕也跟着去。其间，一个风姿绰约的年轻女同事请肖伟光跳舞，还与他深情对唱《夫妻双双把家还》。颇有修养的白小燕笑在脸上气在心里，端坐着一声不吭。回到家就旁敲侧击地提醒肖伟光，还阴阳怪气地说："肖大处长，要注意检点自己哦！"

肖伟光知道白小燕所指，赶紧拥了白小燕，一如既往地夸："没有谁比我的小白兔漂亮，即便有你这般漂亮，也比不上你的优雅嘛！"遗憾的是，抱着香喷喷的肉体，肖伟光有心却无力。人到中年身体见鬼，莫名其妙地得了慢性睾丸炎和前列腺炎，又有什么精索静脉曲张，每次做完那事，下面便疼痛不适。中医西医前后看了大半年，连医生都说是男人常见病别太当回事，肖伟光才无奈放弃持续治疗。愧疚的肖伟光想着白小燕的好，感动在心又尴尬难言。

岁月确实美好，只是并非时时安静。三处是厅里重要业务部门，有许多审批权力，免不了接触社会企业。肖伟光是厅党组的培养对象，每逢三处赴外参加业务活动，处长都会叫上肖伟光。虽说没有大吃大喝，但席间小饮在所难免。酒后的肖伟光不能驾车，就有人派车相送。让白小燕难安的是，偶然一次看见有个女人开车送肖伟光归来。那个女人叫林美容，是肖伟光的大学同学，身段婀娜，白面红唇，气质长相挺不错。据说肖伟光还曾追求她。当天晚上，白小燕有意无意地问肖伟光："林美容怎么送你？"肖伟光说："我参加她们公司活动，人家主动送的。"白小燕说："人家主动投怀送抱你也要？"肖伟光哭笑不得，说："我们是同学嘛！"白小燕有些生气，说："同学的红粉炮弹才更厉害。"肖伟光争辩不过，只好说："人家没你年轻漂亮，担什么心嘛！"白小燕这才收了声。却在其后很长时间仍然满腹怀疑。

心里装着疑惑的白小燕对肖伟光留了心眼，每次听到他和林美容通电话，必定竖了耳朵偷听。不久的一天，白小燕真的发现了秘密：肖伟光在厕所和林美容通电话，说是星期五晚上六点去胜利路百货大楼接她。尾巴终于露出来了！气得发抖的白小燕很想破厕而入，最终忍了下来。白小燕不想重蹈社会新闻中那些家庭的覆辙，只想给两个无耻的家伙来个教训。

到了星期五，肖伟光真打电话给白小燕请假，说晚上有活动不回家吃饭。白小燕嘴上不动声色地说好，心里骂：装吧！气愤的白小燕整个下午无心上课，一放学就搭车去了胜利路，猫在百货大楼边的咖啡店，一边不停喝水，一边忐忑不安地观察。肖伟光果真如约而来，还在附近花店买了束硕大的鲜花。白小燕看见肖伟光手持鲜花低头嗅闻时，眼泪流了出来。虚伪的男人啊，自己妻子过生日连枝花都没有，对外面的女人倒大方得很。白小燕很想冲上去扇他一个耳光，又强迫自己忍住。白小燕想等妖精林美容出来一并收拾！

一辆红色中巴驶过时，林美容不知从哪儿冒了出来，恰好站在咖啡店外边，长发披肩，碎花长裙，花枝招展的样子。只不过，林美容挽着一个中年男人的胳膊。中年男人还拎着个送礼的果篮。白小燕有些眼花缭乱，这不是林美容老公张志锋吗？白小燕见过张志锋，回来还给肖伟光打趣，说人家比你帅呢。肖伟光、林美容，还有张志锋，都是大学同学。此刻，白小燕挖空心思在想，他们三个同学相约百货大楼，又是鲜花又是礼物，演的什么鬼把戏？

这当口，肖伟光走过来在张志锋的肩上拍了一巴掌，大声说："先讲好，今晚同学们给王老师过生日由我买单，你们夫妻可不能抢啊！"张志锋也大声说："行啦，那我们就给你肖大处长面子！"林美容咯咯笑，推了张志锋一把，说："谁叫你关键时刻车子坏了，害得人家肖处长亲自过来接我们！"肖伟光拉开车门，说："同学之间废什么话嘛，谁接都一样，快上车啦！"

肖伟光的汽车一溜烟跑了好远，痴痴孤坐的白小燕还沉浸在零乱中难以自拔。

（原载 2017 年 3 月 21 日 "活字纪" 公众号、2018 年 7 月《中山日报》）

赏析：

本文虽说题为《四十不惑》，但作者实际写的是一个女人在婚姻上的四十而惑。四十，对于男人来说，意味着事业有成，人生得意。而对女人而言，曾经的如花美眷、似水流年已逝，更多的却是柴米油盐与渐衰容颜带来的不安与焦虑。渐衰的容颜就似一抹暮霭般的闲愁，即使曾经对容颜万分自信的女人也抵挡不住岁月的蹉跎。白小燕便是如此。但其实四十惑与不惑，全凭己心。己心妩媚则世界妩媚，己心黑暗则世界黑暗。初读时，只觉作者对女性心理描写细腻而又精准。再读，不禁讶于作者对文章布局的运筹帷幄，不着痕迹地便为情节发展做了层层铺垫。女人的渐衰娇颜、丈夫的事业有成、夫妻生活的失谐，再到丈夫大学同学林美容的出现与厕所相约的电话，一步一步，环环相扣，直把白小燕逼进了对婚姻与丈夫的不安与怀疑中，画地为牢，戚戚忧忧怨怨。一切顺其自然、行云流水，毫不拖沓。（广东　张美霞）

社会是一个矛盾体，究其原因，是活着心思各异的人们。《四十不惑》里白小燕本以为嫁给其貌不扬的肖伟光会过得踏实一些，怎知他命里带官，竟从开始的教师一路升至处长。当然，白小燕也曾为男人的上进高兴过，夫贵妻荣嘛。然而，万事有利有弊。肖伟光官做大了应酬多，白小燕适应不了，行房时他总是草草作罢，白小燕疑心他外边有人。终于，白小燕抓住盯梢肖伟光的机会，结果发现男人并不坏，他干正事。白小燕多此一举，肖伟光要承担一定责任，他放下面子说清生理的问题，就没事了。生活无小事，不加以重视造成误会，导致夫妻失和，从而引发大事故，会给家庭带来灾难，引人深思。正是肖伟光面子这个点的巧妙运用，给作品制造意外的结尾，实现了文本的艺术走高。（广西　曾冠华）

大海的《人到中年》与《四十不惑》交相辉映，是一组通过写夫妻生活常事，折射现实中夫妻从苦衷难言，隔阂，猜测，怀疑，到消疑互信的小小说。两篇对比，作者精心谋篇，巧妙叙述，分别从夫妻的一方写入，娓娓道来。通过细致到位的心理描写，生动地刻画出了肖伟光和白小燕这对夫妇的形象。两篇小小说中利用"明线"与"暗线"的交替叙述，推进情节的深入发展。"明线"是《四十不惑》的肖伟光、《人到中年》的白小燕一系列反常的表现。"暗线"是《四十不惑》的白小燕、《人到中年》的肖伟光对反常表现的一步步貌似合理的猜测到合理的怀疑。就在夫妻一方看似合理的猜测即将要被验证的忐忑之时，作者笔锋一转，通过反转，写出爱人不变，情意犹在。疑心藏于心里，当事实让猜测不攻自破时，既是庆幸未将疑心出口，同时也是对爱人的感动，只是自己的心理在作祟罢。感情经历了一方内心的小风浪，变得更加珍贵了。此时揭示主题，虽意料之外却也在情理之中，给读者带来对比和一定的震撼，使得表达效果更佳。另外我也喜欢这两篇的语言，有时短短一句便把氛围（基调）染出，让格局明朗。大海的这两篇小小说生活气息浓厚。夫妻相处，当苦衷不能适时适当地向爱人倾诉时，就容易造成隐患，继而一方或双方猜测、怀疑，容易使两人的爱情和婚姻纠成死结。当然现实生活中的爱人，纵使如何深爱也难完全推心置腹地实话实说，况且隔阂已生，所以大海的这两篇小小说非常具有可读性和可信性。（广东　陈凤）

洗　面

男人对妻子的厌恶，是从妻子帮他洗面开始的。

男人在一家集团公司任行政总监。四十出头的男人年富力强，苦于业务繁忙，尤其是每天都要处理烦琐的公文。下班回家，还要用手机 OA 处理文件。妻子戏称男人比市政府秘书长还忙。男人揉着肿胀的眼部苦笑："好想做个面部护理。"妻子说："我帮你洗个面吧。"叫男人躺上沙发，拿出洗面奶。男人仰面看着妻子的手背，白皙松弛，青筋隐现。这双手在自己脸上抚摸时即便混合着洗面奶香，男人还是敏感地嗅到一股混合着油烟的菜味，特别难闻。

男人闭着眼问："晚饭在家吃的吗？"妻子有些嗔怪："我哪天不在家吃？"男人心说你手上沾有菜味，口上改道："要不你到外面吃呢！"妻子幽幽地说："孩子上中学寄宿后，我一个人做饭一个人吃，习惯了。"男人时不时屏了呼吸，强忍沾染菜味的双手在脸上揉来按去。等到上床，妻子去摸男人的脸，男人扭头躲开："把手洗干净！"妻子很是惊讶："我刚洗了澡，怎么了？"男人说没事，却在爬上妻子身体时想起她手上的菜味，突然有些力不从心，草草结束。

男人想到妻子沾染菜味的双手就恶心。妻子是应男人要求早早辞职的，他的薪水足够让家人生活无忧。男人表面说怕妻子上班累，实际上是希望有人照顾家庭。妻子也曾漂亮优雅，却在当了全职太太后，操心、吃喝多了，运动少了，肚腩日渐明显，越来越像家庭主妇。

某天，一个丰姿绰约的女下属来办公室呈批文件，男人看得双目生涩，靠在沙发上揉眼。女下属嘻嘻笑："给您来个干洗面？"女下属的手白皙细腻，男人心动了一下，点点头。女下属兔子样蹦到男人后面，纤纤十指按在男人的面部，柔嫩细滑，清香淡淡。男人开始心慌意乱：好香，好嫩。女下属咯咯地笑："手是女人第二张脸呢！"男人很想问她做家务吗，但忍住了。

回到家，男人提醒妻子："一个人做饭麻烦，外面吃吧！"妻子笑："我买了菜谱研究美食，哪天开个餐馆当大厨，到时候你不过来帮衬？"男人避了话题，说眼睛疼。妻子拿出洗面奶又要帮他洗面。男人不好拒绝，躺下，闭眼，妻子的手一触及面部，又闻到菜味。

有了对这双菜味之手的厌恶，就会产生对另一双温润玉手的向往。男人在办公室时，常常渴望女下属来给自己洗面。即便是干洗，香香嫩嫩的感觉触及面部，自己就身心愉悦。

有一次，男人送客户入住酒店后经过旁边的奢侈品店，突然想给女下属送点什么。就去店里买了套法国产的护肤品。男人将护肤品放在车上，次日带去办公室，塞给女下属。开心的女下属再给男人洗面，时不时靠他身上。受到鼓励的男人开始试探："丈夫在哪儿？"女下属幽幽地说："他在外市上班……"男人抓住她的胳膊："多美的手，竟然没人欣赏！"女下属娇羞道："哪天来我家，好好给您洗面！"男人听了，开始心猿意马。

一个周三临下班，公司没应酬，女下属微信邀请男人去她家吃饭为他洗面，她先走一步，还留了地址。男人本来答应妻子回家，妻子学做了道新菜，等他品尝。男人犹豫一下，骗妻子说加班。妻子回微信说为他留菜。男人从未出过轨，即便在风月场所逢场作戏，总能找到不叫小姐的理由。男人做贼一样去到女下属家，心怦怦跳。女下属简单做了两道菜，说自己从不下厨，特意为他做的。男人尝一口就觉得没妻子做得好。男人心不在焉地吃完，说快来洗面吧！女下属说："我有洁癖，先收拾干净才行。"一边刷洗灶台锅碗，一边抱怨家里没手套。一切收拾停当后，男人坐在客厅等女下属双手揉上脸庞，突然嗅到熟悉的菜味，还夹杂着刺鼻的葱味。男人突然想到，每个家庭其实都装满柴米油盐，每个妻子手上都会沾染菜味。男人想到菜味就想到妻子，想到在家等待的妻子，惊心动魄就变成偃旗息鼓。

这当口，男人的手机响了。男人摁开一看，妻子的微信跳出：我托朋友在国外给你买的洗面奶刚到，等你回来，帮你洗洗。男人的心咯噔一下，我怎么没想到给妻子买护肤品呢？就提出要走。女下属一脸惊讶："怎么？"男人说对不起，家里有急事，推门落荒而逃。

匆匆而逃的男人在回家路上经过一个霓虹闪烁的发廊，见到发廊玻璃门上有行红字：洗头 30 元、洗面 40 元。醒目的"洗面"二字针一样扎进男人的心。男人想起和妻子走过的二十年风风雨雨，还有那双等待为他洗面的菜味之手，心里痛了一下。

（原载 2019 年 9 月 3 日《羊城晚报·花地》，2019 年 21 期《微型小说选刊》选载）

赏析：

在日益开放的当下社会生活中，不少人对待情感的态度也呈开放的趋势。尤以人到中年的夫妻，即便曾经相看两不厌，日夜厮守十几二十年，也容易出现"审美"疲劳。这一典型现象，为描写情感困境的作品丰富了素材。但如果题材不新颖，容易陷入千篇一律的窠臼。大海的《洗面》无疑让人耳目一新，以妻子的菜味双手令男人厌恶入题，快速抓住读者好奇的眼球。就当男人对另一双纤纤玉手暗生情愫时，这双同样沾满菜味的玉手让他突然想到：每个家庭其实都装满柴米油盐，每个妻子手上都会沾染菜味。男人在滑向道德边缘时的突然醒悟，不但给小说带来了转折式的审美韵味，也为身处情感乱境的人们带来一丝曙光。除此之外，《洗面》用流畅优美的言语，层层诱导读者深入，尤以结尾，令人动容。（广东 秀华）

跪 乳

儿子是个苦命的孩子，早在五岁时，父亲就因为鼻咽癌去世了。儿子对父亲的依稀记忆，是父亲消瘦得如同乱石岗上营养贫瘠的野竹。命运往往就是这样，将属于你的窗户统统关上，却又为你开启了另一扇门。苦命的儿子，小学，初中，高中，成绩一直名列前茅，最后以保送生身份上了北京一所全国著名的大学。

儿子清楚，自己没有完整的父爱，却有最好的母亲。父亲走后，母亲一边撑持贫困的家，一边当爹当妈，含辛茹苦地把儿子拉扯大。读书不多的母亲，对儿子的教育十分到位，让儿子学会了坚强、奋斗，学会了树立远大理想。当年的母亲，每次下地回来，因为家里吃的不多，只能装作不饿，好让儿子填饱肚子。儿子回想这些往事，泪眼蒙眬。母亲却岔开话题说对不起儿子，因为生他后奶水不够，把儿子饿得天天哭。

儿子的专业是建筑规划，大学毕业进了市规划设计院。因为才华出众，几年之后，儿子被分管国土城建的副市长相中，到市国土资源和房屋管理局任副科长。后来成了公务员的儿子，娶了市长侄女，生了儿子后，业绩出色，又升任实权部门科长。当科长的第一个月，儿子带着乡下母亲去海南旅游，花费一万余元。母亲忐忑地问："花费这么多，钱干净吗？"儿子呵呵一笑："这是党的政策好，谁叫你儿子有出息？"

年轻有为的儿子在 35 岁时成为全市最年轻的副处级干部，坐上局里第三把交椅，手里有了更大的实权。作为副局长的儿子有了将军肚，脸上横肉日渐增多，座驾换成大众帕萨特，生活倒也没有明显腐败。当然，应酬肯定少不了，卡拉 OK 时也会搂抱美丽的三陪小姐，不过仅此而已。可贵的是，儿子更加孝顺。因为母亲不肯来城同住，儿子将乡下旧房建成楼房，请了亲戚照顾母亲，每年都安排她去著名景点旅游。

苦尽甘来的母亲，过得舒适而滋润，在亲戚间尤其有尊严。儿子却在 39 岁时出了大事。早就狂妄起来的儿子想当局长，遭实名举报种种丑行，被纪委带走。儿子供认贪污受贿五百余万，还将一个房地产商逼上绝路。罪恶深重的儿子被移交给检察院，一年后被判决：死刑并没收财产，剥夺政治权利终身！

母亲一开始不相信儿子会犯下如此大罪，直到完全知道真相，才沉默下来。从儿子被收监起，母亲与过去判若两人，神情恍惚，身形暴瘦，一夜之间，满头皆白。儿子行刑前夕，母亲有了惊人举动，跪在法院门口，请求亲自哺乳一下儿子。法院领导请示上级，得到了批允，但要求不能超过五分钟。

在戒备森严的会面室，母亲撩开上衣，呼唤儿子前来吮吸。手镣脚铐的儿子，吸着母亲干瘪的乳房，一抽一动，状如婴儿。母亲抚着儿子的头，喃喃地说："生你时奶水不够，今天给你补上……送你上路。"儿子抱着母亲，一边机械地吮吸，一边放声痛哭。母亲说："第一次你带我出去旅游，是人家请的吧！"儿子哽咽地说："是。"母亲表情顿了一下，轻轻叹了口气。

五分钟转瞬消逝。母亲拍拍儿子后背，一反常态，笑了起来，说："算了，都过去了，你谁都不要怪，吃完娘的奶，放心走吧，你的儿子我一定会照看好，不会让他犯罪的！"儿子听了，如释重负，扑通跪下，冲母亲磕了三个响头。

儿子被押走的瞬间，母亲将布袋样的右乳扳起，突然垂首，一口咬下。母亲的一颗乳头，竟然被她自己生生咬断。

几个干警蜂拥而上，架住母亲。一个女警喝道："你疯了吗？"

泪如雨下的母亲，噙着自己的乳头，带血的嘴唇轻轻嚅动："我没管好儿子第一次犯罪……有罪啊……"

（原载2011年第12期《小说月刊》）

赏析：

这篇小小说写得真切感人，催人泪下。"儿子抱着母亲，一边机械地吮吸，一边放声痛哭"，把醒悟之后却追悔莫及的儿子形象刻画得入木三分。文后写"儿子被押走的瞬间，母亲将布袋样的右乳扳起，突然垂首，一口咬下。母亲的一颗乳头，竟然被她自己生生咬断"，把一个含辛茹苦却悲痛欲绝的母亲形象刻画得淋漓尽致。读者读到这些文字，心中有份痛彻心扉的震撼，在这份震撼之余，心中陡然升起对母亲的敬畏！这些细节，看似残忍，实则深化主题、立意深远，母亲如此是在自责：子不教，母之过啊！事实果真是母亲造就的吗？读者自己评判。古人云：君子爱财，取之有道。在物欲横流的世界里，欲望的魔盒一旦打翻，会有无穷无尽的欲望倾泻而出。《聊斋志异》里三百头羊的故事也一样。当我们的人生拥有三百头羊时，就应该好好珍惜，慢慢享用，即可平安幸福，长命百岁。但当我们随意挥霍人生珍贵的三百头羊时，命运之神给予我们的就是法律制裁，黄泉路上的荼蘼花也只能暗自伤怀。所以，人生需常怀敬畏之心。敬畏天，敬畏地，敬畏生命，敬畏法律，不让生命之花因违法而过早凋谢。（江西　卢文芳）

回　家

　　岁月如同南方小城的河流，淌啊淌，女孩就长成河岸的垂柳，长身细腰，婀娜多姿。成年的女孩去了千里外的北方上大学。

　　大二那年，生活在城市的男孩爱上女孩。女孩摇摇头，说："我是独生女，妈妈去世早，你是独生子，我俩不太现实。"男孩说："真到那一天，你和你爸来北方，或者我和爸妈去南方，都行啊！"女孩耐不住男孩的热烈追求，犹豫着答应了。

　　北方男孩是挺拔的杨树，俊朗的外形秒杀女孩芳心。只是，男孩是大男子主义，而女孩外表柔内里倔，相处期间两人经常吵。女孩没将恋爱的事告诉父亲，与其汇报不确定的情况，不如等到明朗。直到临近毕业，父亲问起就业意向，女孩才说有了男友。父亲没责怪，说带回来看看。女孩觉得也好，毕竟朝夕相处三年，再多小吵闹也非大矛盾，就领了男孩回家。

　　男孩带了许多北方特产。俊朗外形加上豪爽性格，男孩给人的印象良好，只是稍显个性。女孩临走时，父亲欲言又止："你们性格太近……将来你受了欺负，谁管？"女孩突然一改过往的犹豫："将来您可以跟我去北方，或者，他父母跟他来南方呀！"让女孩坚定信心的原因还有，人都公开带回来了，难道还会分手？

　　父亲强忍泪水，问："确定将来能幸福？"女孩肯定地点头："他说会照顾我一辈子！"父亲心里痛了一下，低声说："不幸福就回家吧！"女孩带着父亲不安的嘱咐走了。在北方实习、就业、结婚、生子，变成了女人。憧憬也归于现实，父亲不可能去北方，还有爷爷奶奶要照顾。公公婆婆更不可能跟丈夫来南方，他们的基业在北方。

　　恋爱时的争吵往往成为婚姻的隐患。面对大男子主义的丈夫，女人常常心烦，油盐米醋的争吵越来越多。丈夫有次醉归，女人怒骂。丈夫打了女人一下，女人赌气出门。

连夜搭乘飞机回到南方的女人，钻进父亲一直给自己保留原样的房间，倒床痛哭。父亲喃喃地说："回家就好，回家就好！"女人骂："我再也不去北方那鬼地方了！"父亲颤颤地问："怎么？"女人哭诉："后悔当初不听爸爸话，过不下去了，我要离婚！"

北方的电话随后打来，女人次次挂断。电话就打到父亲那里，女婿焦急地问询。父亲说："人在我这里……你爱她吗，打算怎么办？"女婿忏悔连连，说："我当然爱她，马上飞来接人！"

女人掐断父亲的电话，说："您不是希望女儿回家吗？今后我一直陪着爸爸！"父亲问："不想孩子吗？"女人听到儿子就大哭。父亲拍拍她的肩膀，说："我是希望自己的孩子在身边，但你的孩子和丈夫更需要你在身边，收收性子，学学尊重，回你的家吧！"

南方的暖风吹进房间，吹起父亲斑白的头发。父亲慈爱地看着女儿房间熟悉的一切，眼泪悄悄滑下已然苍老的面庞。

（原载 2019 年 2 月 24 日《金雀坊》网刊、2019 年第 1 期《文艺中山》；入选《2019 中国精短小说年选》）

赏析：

读了大海的《回家》，让我深深体会到了深沉的父爱。这篇小小说透过现实，讲述了一对年轻夫妇，由于地域和性格上的差异，结婚后，在家庭生活中出现的矛盾和对现实的懵懂。女方的父亲当初虽然看出了男方在性格上的强势，但仍然尊重女儿的选择，将幸福的绳索扔给了女儿，自己默默地忍受着女儿离别的孤独。本文很有思想境界，描述了一个父亲的担当和慈爱，用切身隐痛和孤独来书写人世伦理上的大爱与自我牺牲精神。尤其是让那些上了年纪，家有女儿的读者，更是感叹不已！文中的孤老父亲对远嫁独生女儿的依依不舍，令人心酸。他多想把女儿留在身边，安享天伦之乐呀！但当女儿家庭发生矛盾，坐飞机返回他的身边时，他首先想到的不是他自己，而是女儿的幸福、女儿家庭的圆满。他索要女婿的承诺，并嘱咐女儿以家庭为重，妥善处理家庭矛盾，展现了一个老父亲的博大胸怀。这篇小说主题鲜明，结构紧凑，语言轻松流畅，给人一种潸然泪下的感动。但愿孩子们，尤其是远嫁的女儿们，能够理解父母亲思念子女的那份孤独和凄苦。（辽宁　曹永香）

我曾在一个短篇小说里写到儿子后悔远离父母，读罢大海的《回家》，颇多感慨，想起了"父母在，不远游"这句话。大海这篇作品诠释了父爱，也可以说是诠释了"父母在，不远嫁"。我以前不理解父辈，现在自己做了父亲，才理解了这句话。但是，现实中，理解归理解，实现归实现。父亲，注定是女儿一生中最笃定的那座山，他宽容，慈祥，理解，大度，更无私。尽管他对远嫁的女儿多有不舍，心有多痛。但愿天下的儿女成家之后，对老去的父母多一份关心。（广东　彻步者）

试 探

历史，在韩昭侯眼里充满杀机和隐忧。无论春秋和战国，连年战争成为常态，每个诸侯都是一方英雄，也在渴求治国良才。即便如此，韩昭侯也没想过重用申不害。

他算什么？原是郑国区区小吏，韩国灭郑，郑地纳入韩国，申不害也还是级别低下的小官。何况，谁能想到这位"郑之贱臣"有治国良策？但是，申不害仍然快速进入韩昭侯的视野。国君启用小人物，看重其卓越智慧。申不害的智慧，除了抓住契机，更有主动。

一次是昭侯四年之事。魏国出兵伐韩，重兵压境，群臣无策，只有申不害力荐：大王可执圭（臣下朝见天子所执玉器）朝见，主动示弱以博同情。韩昭侯采纳建议执圭觐见，魏王果然撤兵，并与韩国缔结友邦。韩昭侯从此对申不害刮目相看，逐步提拔其为重要谋臣。

另一次是魏国伐赵。魏国起兵围赵，赵人来韩求援，韩昭侯询问如何应对。申不害表面说"容臣细思"，暗中游说他人进言是否出兵；等摸清韩昭侯态度，及时谏言联合齐国伐魏救赵。韩昭侯再次采纳，与齐国联合发兵讨魏，迫使魏军回师自救，解了赵国之围。

连续两次献计都让韩昭侯采纳，树立威望的申不害，开始成为韩国的非等闲之臣。

诸侯争霸无非为了抢夺地盘。拥有地盘的诸侯也想励精图治。彼时的韩国与其他强国相比，无论国土还是国力都不在强国之列，面对各国变法纷起，不变就可能落后被吞。韩昭侯发现，魏国变法成功是因为重用法家人物李悝。求变的韩昭侯也想仿效他国变法，自然想到身边的法家人物代表申不害。只不过，尽管申不害屡获殊荣，毕竟起点过低，官位并不算高。韩昭侯再次力排众议，破格提拔申不害为相。无限感激的申不害立下誓言：效忠大王、无私报国！

申不害随后很快拿出意见，主张以法治国，进一步实行改革，还提出任用、监督、考核臣下的办法，认为君王委任官吏，要考查他们是否名副其实、工作是否称职、言行是否一致、对君主是否忠诚。合理意见切中韩国时弊，韩昭侯赏识申不害之余，内心也很感动。

韩昭侯万没想到，就当自己全力支持变法、具体办法施行前，口口声声宣称大公无私的主持人申不害，竟然趁机提出不合理要求。一次私商国是，申不害提请韩昭侯给他堂兄封官。韩昭侯心想："变法是你提的，你却破坏原则。"当即不允。见申不害面露怨色，韩昭侯颇为不悦："你教寡人按功授官，如今却为无功之兄讨官，寡人是答应你之请求、抛弃你之学说，还是推行你之主张、拒绝你之请求？"申不害慌忙请罪："大王贤明，微臣甘愿受罚！"

变法当前，尤其是主持人又为国作过贡献，自然不会受罚；哪怕有人对申"为兄讨官"颇有微词，批其虚伪投机！那之后，韩昭侯装作相忘，申不害也专心主持变法，力推变革。

申不害主持的变法，其中三招尤为见效。首先向封地要挟的三大势力开刀，收回特权，摧毁城堡，稳固政治局面，增加韩国实力。其次是整顿官吏，见功给赏，因能授官，加强考核监督，提高行政效率，使得官场呈现生机。最后是整肃军队，请命自任上将军，收编贵族私家亲兵，提高国家战斗力。申不害相韩十几载，内修政教，外应诸侯，以法治国，以术治吏，国内政局稳定，贵族特权限制，百姓生活富裕，兵力变得强盛。

臣子尽职，君王无忧。但申不害的明快机智、胜负争心的突出个性，也为其招惹不少的非议。有些辩论落败的大臣心生不满，背后趁机谗言申不害，说他过于狡黠、善弄权术。韩昭侯听得多了，起初也有些生疑，直到暗中考察日久，愈加明白：申不害之伶牙俐齿，无非是法家人物善辩罢了，何况其为人堂堂正正，完全没有权术小人的俗套手法。

疑虑消除，诸事顺畅。变法取得的良好成效，韩昭侯看在眼里、记在心里，大为感动。很多时候，韩昭侯想起以前的事，甚至觉得有些愧对申不害。

某日午间，韩昭侯来到申不害府中，主动问起其兄近况。言下之意，现在时机成熟，你有要求尽可提矣。申不害却说："家兄甚好，没什么要求可提！"韩昭侯大笑，干脆挑明："你曾为令兄操心，如今是不敢再提，还是真忘？"申不害狡黠地笑过之后，如实禀报："那次实为试探大王，微臣从大王对徇私谋官的批判中看到君主贤明，君主贤则天下治，微臣愈加坚定变法革新之志也！"言毕，长揖请罪："微臣欺君有罪，还请大王惩治！"

时值春暖花开，室内温和融洽。恍然大悟的韩昭侯佯装大怒："好个申不害，竟敢试探寡人，定当严惩！"说完，紧牵申不害之手，笑向侍者讨酒设宴，要与申不害一醉方休。

酒菜上来之后，君臣二人一边推杯换盏，一边纵论法治和施政良策，从午间一直喝到太阳下山、鲜花含露。

（原载 2019 年 4 月 1 日《金雀坊》网刊、2019 年 7 期《辽河》、2019 年 8 期《坦洲文艺》；2019 年 10 期《微型小说选刊·金故事》选载）

赏析：

记得大海曾在一个文学群里说过，"不以今人论过往，对待历史要用历史的眼光去看待，不能片面地离开那个时代的背景、伦理"，是以，很少见大海对已经定性的古代文学及人物进行批判。在这篇小说里，大海以"依法治国"为内容，借"试探"的名义，契入古代历史文学题材创作，并且自曰只是"创新手法"。本文写到了郑国微臣申不害归顺韩国后受到韩昭侯重用，以及辅佐韩昭侯治理国家、抵御外侮侵略所采取的系列法治措施，用微小的篇幅充分展示了申不害的性格成长和聪明才干。大海将小说的起点和高潮定位在制定措施后的施行上，用层层推进的方式层层展现情节，解读韩昭侯的用人不疑和申不害协助君王刚直不阿的英雄气概。在此过程中，申不害"试探"韩昭侯是贯穿到尾的重要线索，使得本文立意新颖，情节始终贯穿一线，转合自然，紧凑纯净，使主人公申不害的形象不但立体地矗于纸上，进而烘托出治国理政的崇高主题：依法治国，以德服人，明君与贤臣的完美契合，乃国家治理之大希望。补充说明的是，博学多才的大海对古文史知识也有着深厚的了解，并且有着明晰的法治理念。（辽宁 曹永香）

归 乡

老邓搂着老伴儿坐在家乡的山上，看红了的夕阳。

　　山下繁华处曾是破落的村庄，老邓在这里生活到三十岁。之前的家乡，流淌着难言的悲伤，食不果腹的民众怀着复杂心情逃亡香港。老邓瘦弱的身体也曾有过渴望，但没想过外逃，只想熬过苦日子。直到改革开放决策出台，"逃港"突然重来。老邓记得是1979年春，各地谣传边境开放；到了五月，数万民众扑向深圳。时值插秧农忙，许多农民脚都没洗，拖儿带女跑往香港方向。动摇的老邓拖着妻儿背着干粮，也加入逃港大军。老邓叫邓归正，妻子叫刘乡花，老邓不忍花一样的妻子在家乡凋谢，只想带着妻儿到外面过像人的生活。体弱不堪的父母也希望他们外逃。

　　老邓的目光越过家乡，去到栖居的香港。早老邓到港的乡亲说过：有个伟人早就指出，百姓逃港主要是生活不好、两地差距太大！老邓当然相信，从深圳特区建立，到全面开放、香港回归，逃港自然消停。老邓也曾念叨，要是早点改革开放，自己也许不会逃港。老邓想起在港历尽艰辛，付出比在大陆还多的血汗，一点一滴累积事业，欣慰又痛楚。不少香港富豪的财富路也源自"逃港"，每次回忆当年艰难越过边界，他们和老邓一样凄然泪下。

　　老邓的目光开始迷离，三十离家七十归，在异乡度过四十年啦！与香港同生长的老邓，在九龙半岛盘下两间店面，那里异常繁华，寸土寸金。老邓记得，申领到《港澳居民来往内地通行证》，回到魂牵梦萦的家乡已年过半百。港澳同胞老邓最初回来仿佛衣锦还乡，往后每次回来都感觉家乡日新月异。经济建设高速发展，开辟了工业园区，建起了购物娱乐场所，曾经食不果腹的乡亲不但住进洋楼，还买了汽车。身边嗅到商机的港澳同行，纷纷北上珠三角投资赚大钱。老邓觉得家乡就是翻天覆地的典型，狭窄土路变成宽敞的街道，各类企业超过一百家，上万男女在此打工生活。大陆的处处巨变，常让老邓恍如隔世。

　　一只蚂蚱跳上老邓的膝盖。老邓眺望家乡车水马龙的远景，甜甜地笑了下。

　　老邓记得，头十年回乡时，当地干部忙着招商引资，后十年说着招商选资，再往后只说欢迎回乡置业观光。老邓后悔没回乡投资，不想错过回乡置业的时机，在家乡镇上景色优美的小区买了住房。女儿早已出嫁，老邓把香港的一间店面出租、一间店面交给儿子，在香港和家乡来回居住，享受着熟悉的乡情。老邓祖上在两百公里外的河源，那里有个被称"万绿湖"的新丰江水库，因拥有华南最大的生态旅游和四季皆绿而得名。除了游览祖国各地的大好河山，老邓每年还要带着老伴儿赏玩山清水秀的万绿湖，品尝河源美食萝卜粄和客家酿豆腐。

夕阳慢慢垂落家乡，老邓在山上感到彷徨。不知何时开始，老邓觉得家乡才是叶落归根的地方，尽管这里也曾有过难言的伤痛。当年怀着让妻儿过上好点生活的梦想逃港，如今梦里全是家乡的地方啊！换言之，如果不是生活所迫，谁愿离开生养哺育自己的地方？老邓为此常常追问老伴儿：牵挂家乡吗？老伴儿泪水涟涟地点头。老邓把想法告诉了女儿和儿子。香港出生成长的女儿摊开双手半白半洋："随便你们啦，Just be happy！"儿子很是惊讶："你们不是说百年后葬在香港吗，还带我去公墓看好地方呢！"儿子对年幼逃港刻骨铭心，他反复提醒："别忘了，我们一家可是逃来香港的！"老邓理解儿子，只是希望他抽空多到家乡看看。

历史总被雨打风吹去，谁能料到幸福从头来？老邓想起儿子的话就泄气，但想到在祖国各地看见的繁荣景象，又吊起思乡归老的浓情。老邓不会忘记，2017年辽宁舰航母到港，自己和香港市民冒雨登舰观看，感受到中国海军的强大后，纷纷落泪高喊：祖国好……

黑暗开始降临，家乡傍晚化身霓虹闪烁的城市之夜。老邓牵着老伴儿下山时突然想到：家乡干部常笑请旅外乡亲支持公益，实际上没提过要求，都是有条件的旅外乡亲主动捐赠。就拉住老伴儿，大胆的想法脱口而出："听说家乡政府在规划，准备将这座山建成九龙公园样的休闲公园，我们要不卖个店面作点贡献？"老伴儿立马同意，但说有要求。老邓问是什么？老伴儿羞涩地说："我想在山顶修座凉亭，以我俩名字命名，就叫'归正乡花亭'，既供游客乘凉休息，又纪念我们的爱情呢！"老邓抱紧老伴儿，想起患难与共恩爱相携的过往，眼眶红了。

公园落成时，凉亭也建好，当地领导征求老邓夫妇意见："感谢你们为这座公园捐了两千万港币，我们准备将二位大名刻上凉亭的正楣，好吗？"老邓轻轻拥住老伴儿："太长记不住，就取'归乡'二字，既是我们的名，也是我们的心念呢！"老伴儿轻咬老邓耳朵："听你的啦！"

（原载2019年7月5日《河源日报》）

赏析：

中国有句俗话："亲不亲，家乡水，美不美，故乡人。"人在中年之后，远离生我养我的故土，才能体会家乡在自己心目中有多珍贵。尤其是旅居异国他乡和境域之外的游子，对祖国家乡的眷念更加深刻。有过多年侨务工作经历的大海，可能感受得更为深刻。《归乡》中的老邓，当年因为贫穷饥饿，被迫拖着妻儿加入逃港大军，内心实际上一直惦念家乡，毅然决然地对家乡公益事业捐出自己的血汗钱。像老邓这样的旅外乡亲，当自己在海（境）外生活安稳之后，不求回报地报效祖国和家乡的事例非常之多，但用小说形式表达的不多。大海的《归乡》，无疑为爱国爱乡的旅外乡亲刻画了一座值得铭记的雕像，老邓——微小但荣光的游子典型。本文还值得称道的是，通过旅外游子归乡见闻，反映了中国大陆改革开放后，在经济建设和社会发展方面所取得的巨大成就。（广东　秀华）

○
○
●

曾
经
戎
马

Fish
2016.11.

绘 / 非鱼（著名书画家）

白萝卜·绿玉米

马骏在小镇农贸市场认识了香琴。香琴像根白萝卜，塞满了马骏的心。

今年夏秋，轮到三连驻守弹药库。弹药库建在小镇边上，离团部五十公里。除了主食粮油，三连的日常蔬菜就地采购。马骏是三连炊事班班长，买菜做饭，是他的主业。

香琴父母在农贸市场经营一个菜档，平常交给香琴打理。二十出头的香琴坐在瓜果蔬菜中间，水灵水灵的样子，特别好看。尤其是皮肤，白白嫩嫩的，如同刚刚洗净的新鲜萝卜。

马骏已经当了四年兵。其间，只出过四次团部大院。部队有个凶狠的绰号——猛虎团。猛虎团是作战部队，没有女兵编制。守备森严的团部大院，偶尔来个漂亮女家属，士兵们疯了一样兴奋。之于圈养的虎狼，驻守弹药库是件幸福的事。尽管弹药库围墙不比团部围墙低，至少有人间烟火气。马骏去镇上买菜，三连战士羡慕地说真幸福。马骏没觉得有啥子幸福。每天骑着三轮车从农贸市场来回；为了不影响军容，还要换上便装，像个民工。

香琴家的菜好，价格合适，马骏喜欢在那里买。香琴父母知道马骏是个炊事兵，每次都亲切地叫他"小骏"。只有香琴每次都叫"骏哥"。马骏听到香琴甜甜的叫唤，心就怦怦跳。

一个周末，马骏外出办事，在镇上邂逅香琴。香琴猛然看到一身戎装的马骏，脱口就说好帅。马骏第一次看见香琴穿裙子，露出白嫩的胳膊腿，红着脸说你也漂亮。香琴看着马骏的肩章，问什么衔？马骏说上士。马骏本想告诉她，还有些懂技术的战士是专业军士，就是老百姓说的"志愿兵"；在部队拿工资吃饭，转业回到地方要安排工作。想一想，又算了。

马骏嘴上没说出来，心里自豪。等到弹药库换防，自己就要调到团司令部管理股，去机关食堂当师傅。伯乐是管理股长。一年前发现马骏是匹千里马，炒得一手好菜。机关食堂每有接待，都要抽调马骏过去。几个团首长都对马骏满意，说部队要留下打仗的人才，炒菜的人才也要。三年义务兵役期满时，管理股长和三连连长希望马骏留下超期服役一年，调去管理股机关食堂，团里帮他申报转志愿兵。农家孩子当兵图出息，当不了军官转个志愿兵，也是吃国家粮的人。山里穷苦人家出身的马骏对转志愿兵的愿望，比其他战士更为强烈，因此非常珍惜。

再去买菜时，香琴问马骏怎么当炊事兵？马骏说为啥子不能？香琴指着扒皮的玉米芯说，玉米棒子样的帅气男人当伙夫可惜！又问马骏女朋友也很漂亮吧？马骏说没有。两朵红云烧上脸，香琴说："我也没有。"马骏的心动了下，拿着一根长萝卜，说："你像白萝卜一样好看。"

选菜付款时，两人聊了下各自家里的情况。香琴说有个姐姐去年嫁到外市。马骏说老家有个弟弟刚结婚。香琴咯咯地笑，说："你要是做了上门女婿，父母不担心。"马骏也笑，说："你岂不是不能远嫁？"香琴忧伤地说："爸妈身体不好，我得留在老人身边。"又娇羞地说，"爸妈好几次在我面前夸你，说要是有个骏哥这样的儿子多好。"

高高大大的马骏，突然有了心慌意乱。

去团部拉主食粮油时，马骏问一个熟悉的老志愿兵，志愿兵与普通战士婚恋有啥子区别？老志愿兵说，战士不得在部队内部和驻地找对象，志愿兵原则不行，特殊情况也要经军以上机关审查批准。老志愿兵就在老家结的婚。返回弹药库时，马骏的心突然沉甸甸的。

之后，团里通知三连准备换防，战士们开始收拾行囊。马骏最后一次去买菜，对香琴说："我们要走了。"香琴问："还会来吗？"马骏说："不会。"香琴撕了张纸条，写上地址电话，说："玉米要是有心就写信给萝卜吧！"马骏鼓足勇气问："萝卜喜欢玉米吗？"香琴使劲点头。马骏说："玉米拿过枪，真要下了决心没有退路。"香琴哭了，说："等你。"马骏敬了个军礼，带走了萝卜的心。

回到团部大院，管理股长来三连要人。马骏突然一改过去的态度，说："多谢首长关心，我已经想好了要退伍。"在场的连长和指导员都懵了。连长直言不讳地说："你家世代农民，这是改变命运的大好机会啊！"指导员说："你不是有个弟弟在老家吗，难道出了什么情况？"马骏淡淡地说："没有。"后来，管理股长虽好言相劝，也只能遗憾而去。

马骏知道，玉米的心丢在了萝卜那里。

白雪飘飘时，猛虎团迎来退伍季。

摘了领花军衔的马骏像根硕大的绿玉米，突然伫立在香琴面前，说："不写信了，人直接过来。"这当口，一个送货主将两筐萝卜卸在档口。香琴过去拿货，被马骏挡住。马骏像拎小鸡一样，伸手将两筐萝卜拎进档口。香琴看着一身旧军装的马骏，颤颤地问："想好了？"马骏说："有啥子好想，等我给你做道白萝卜炒玉米，保证好吃。"

香琴说"讨厌"，去拉马骏放在门外的行李。再转身时，眼角湿湿的有了泪。

（原载 2017 年 1 期《诗意人生》、2017 年 4 月 2 日《惠州日报》、2017 年 4 月 3 日《羊城晚报·花地》；2018 年第 1 期《微选小说选刊》、2018 年 7 月上期《小小说月刊》选载）

赏析：

一篇简单的军恋小说，加入了白萝卜、绿玉米这样形象生动的代名词，小说的趣味性、可读性立马就不一样了，让人读来直呼过瘾，为马骏和香琴纯洁的爱情叫好。这些的背后，我们更应该看到的是大海对文字的拿捏恰到好处，"白白嫩嫩的，如同刚刚洗净的新鲜萝卜""玉米棒子样的帅气男人当伙夫可惜"……不论是对话，还是描写，大海用文字把人物风貌和小说的整体气质表现得淋漓尽致，却丝毫不唐突，非常值得大家学习。更让人动容的是，马骏出身穷苦人家，本来有机会留队转志愿兵，但他却为爱放弃，甘愿受苦，并且毫无怨言。（四川　江涛）

站台上的父亲

儿子是新中国最早一代独生子，20世纪80年代间出生，"宠物宝宝"一个。

计划生育非常严格的年代，独生子女就是一家之宝。父亲是佛山某机关的转业干部，母亲在佛山某事业单位，儿子出生时，父亲还在北方军队，母亲也要忙于工作。被爷爷奶奶一手带大的儿子，衣来伸手，饭来张口，贵公子似的，还特别胆小任性。父亲每次回家探亲，看见宠物猫一样的胖儿子，头就疼。儿子不小心碰到桌子，厚实的肉身应该不会太痛，却哇哇大哭，碗筷也扔得老远。奶奶赶紧抱起孩子，一边拍打桌子，一边大骂："该死的桌子，撞坏宝宝了！"老人的教育方式有问题，孝顺的父亲不便指责，转而委婉批评孩子的母亲。母亲委屈地哭："你一年有三百六十天不在家，凭什么说我？"父亲就试着与老师沟通，说小学阶段培养孩子的习惯很重要。老师说："你知道就好，所以家长要对孩子多引导啊！"

儿子小学毕业那年，父亲转业回到佛山。儿子上的初中离家不远，坐公交不过三十分钟。开学前夕，几次去学校踩点的爷爷奶奶召开家庭会议，谁照顾孩子起居，谁接送孩子上下学。父亲却胸有成竹："给孩子办个自行乘车卡，我负责送孩子坐公交上学，爸妈你们负责到公交站接孩子放学。"爷爷奶奶当即反对，说："你早上送孩子到学校，下午我们去学校接孩子一起坐公交！"这一次，父亲拿出军人的果敢，态度坚决："我是孩子的父亲，就这么定了！"爷爷奶奶非常生气，母亲也非常担心。父亲对母亲说："即使你不上班，也不能去接！"父亲严肃宣告："公交站台就在学校和家门口，孩子老被捧在手里怎么成长？他的安全我负责！"

父亲其实颇有人生经验，毕竟带兵多年，并非鲁莽行事。头一个星期，父亲陪同儿子一起乘坐公交，反复叮嘱哪里上车下车、注意事项。第二个星期开始，父亲说自己有事要办，让儿子独自乘车。儿子有些害怕。父亲将儿子的小手捏成拳头，说："你是男子汉呢，有事叫司机叔叔，什么都不用怕！"儿子怯怯地上车时，父亲对儿子竖起大拇指："勇敢的小男子汉，等你长大了当兵去！"儿子独自登上公交，回望站台上目送的父亲，有了自信。

学校早课是7:20，父亲和儿子6:30出门，儿子乘坐6:40的公交，7:10抵达学校，时间从容。等到公交开动，转身离开的父亲并没事情要办，而是抄小路奔向学校。父亲在军队时，每天早操小跑两公里，每个星期还要长跑五公里。公交走走停停到学校门口时，父亲已经提前两分钟到达。目睹儿子下车、进校，父亲悬着的心彻底放下，转身朝家的方向跑回。父亲没将自己的举动告诉家人，怕他们担心儿子安全。

从初一到初三，儿子压根儿不知道父亲一路在"护送"自己，而且风雨无阻。父亲其实从第一次送儿子就有准备，出门前换了运动鞋。初三上学期的一天，父亲感冒了，早上出门时，儿子对父亲说："爸爸日后不要送我了！"父亲呵呵一笑："小感冒而已，再说我也习惯了！"父亲没说假话，除了偶尔出差，每天送儿子确实成了习惯，生病也没耽误。父亲的这个习惯，是目睹儿子从上车到下车的过程。父亲也曾想过不再"护送"，实际上做不到。偶尔几次被公交车甩在后面，父亲看不见儿子进校，心里怅然若失。

坐上公交的儿子，回望站台上生病的父亲，心里有了感动，偷偷哭了。

有了感动才会感恩。感恩的心会转化能量。体谅父母不易且已学会自立自强的儿子，遂发愤读书，考上佛山最好的高中，又考上省内名牌大学。勤奋的儿子还报名应征去了北方军队，退役后完成学业。毕业之后，参加工作、娶妻生子、岗位竞聘……很多时候，如果有了困难，儿子只要想到公交站台上的父亲，浑身就有力量。

父亲退休时，儿子回忆父亲送自己上学的往事，说："我对站台上的父亲记忆特别深刻！"父亲呵呵一笑："我老啦，不记得了。"父亲的笑里藏着秘密：那三年我跑啊跑，其实是在锻炼呢……

（原载 2019 年 2 月 14 日《金雀坊》网刊、2019 年 7 月 27 日《中山日报》，曾获"关爱佛山未成年人"主题征文大赛二等奖；入选《2019 中国精短小说年选》）

赏析：

在小小说《站台上的父亲》里，大海用近乎白描的手法，描绘了一个父亲用特殊的方式关照独生子女成长的过程。新中国成立后的第一代独生子女，是在特殊政策下出生的"宠儿"，涵盖了祖辈们的希望，也承载着父母的厚爱。由于爷爷疼奶奶爱，在这一代子女身上，大部分受到溺爱的孩子有着某种普遍的"缺陷"。《站台上的父亲》这篇文章通过军转父亲对孩子的严格要求，以一种相对远离又安全可控的陪伴方式，培养儿子独立自强的品格。文章写得很好，没有过多的修饰，如雨后的花朵，干净利落，清新靓丽。极为难得的是，大海用细微的笔触揭示了现代独生子女在成长中所面临的共同的"社会难题"。当然，也正因为大海出身军旅，所以，他笔下的父亲才与众不同，有严有爱，同时对自己也是一种高要求。但愿生活中的爷爷奶奶、姥爷姥姥、父亲母亲们，能够正视现实，担负起社会的责任，在教育子女方面有所领悟。（辽宁　曹永香）

丈夫的秘密

三十多年前，建国还不是丈夫，只是毛头小伙。毛头小伙的意识里没有妻子，只有同村儿时伙伴，一个叫保国，一个叫卫国。建国 10 月 1 日出生，保国和卫国 11 月出生，建国父亲给自己儿子取名后，对他们的父母说，国家建起来了，要有人保卫才行呢！没文化的农民为小孩取名头疼，他们的父母觉得也好，一个就叫保国，另一个叫了卫国。

中国习俗里，只有兄弟之间取名才同字。建国和保国、卫国，名字相近、年岁相同、读书同校，在一起的机会比父母还多，常常被误认为是三兄弟。机缘巧合，也让他们的感情比亲兄弟还要深。这其中，尤以建国发挥"大哥"作用，但凡他的提议，保国和卫国都会附和赞同。建国清楚记得，20 世纪 80 年代初，三个人一起去当兵，就是自己最先提议。但也正因这份提议，如同一块巨石，让建国一生都背上沉甸甸的愧疚。

入伍后，三人去了同一个步兵团，建国在一营，保国卫国在二营。对越自卫反击战打响后，又一同奔赴老山前线。开战前夕，建国抱着保国卫国两人提议："我们当中万一有人牺牲，活着的人一定要替死去的人赡养父母！"三人举枪发誓，在已经弥漫的硝烟里许下生死承诺。建国永远记得，一次与敌激战，越方炮弹突然呼啸而下，自己胳膊负伤，保国大腿负伤，卫国则因弹片击中颈动脉，血流如注。建国冒着炮火爬过去，将卫国拖进一处掩体，来不及包扎，卫国已经闭上双眼。卫国躺在自己怀里牺牲的场景，多年以后想起，建国都会泪流满面。

另一幕撕心裂肺的场景，是卫国父母赶到部队与儿子"最后见面"哭晕的场面。等到二老清醒，建国与保国不约而同地跪下发誓：

"从今往后，我们就是你们的儿子！"那之后，除了每年到千里之外看望长眠在烈士陵园的卫国，建国还不定期上门看望卫国父母。卫国有两个姐姐，在卫国当兵前出嫁到了外村。建国不时出现，安抚了老人的丧子之痛。

　　岁月如水流逝。三十多年来，除了兑现生死承诺，建国还兑现自己许下的另一个诺言：每月工资分成十份，两份寄给卫国父母。建国偷偷告诉二老，这是政府给烈士抚恤金外的补助。退役后安排到县直单位，后又上学、转干的建国，常常相比牺牲的战友，觉得自己非常幸运。即便妻子收入不高，父母和岳父母也要赡养，从旱涝保收的工资里挤出一点儿资助他人，建国也觉得应该。这个诺言是一个秘密，建国没有对任何人说过，哪怕同床共枕的妻子。建国觉得自己尽到了丈夫的责任，每月工资如数交给妻子，以前取现钞，后来转账至家庭公共账户。只是妻子从没见到建国的工资条，问到待遇构成，建国就含糊过去。

　　这个秘密持续到银行卡出现、通信发达的时代，建国对卫国父母的资助也见证了金融业发展，经历邮政汇寄、异地汇存、手机转账的过程。遗憾的是，自己一家四口，加上接济六个没有退休金的老人，即便建国官至正处，家里的开销还是捉襟见肘。偶尔，卫国父母生病住院，建国还会向妻子申请款项去资助和购买慰问品。有些走斜道的老板悄悄送上钱物，建国想到为国捐躯的战友和凄冷的烈士墓地，觉得自己足够幸福，遂严词拒绝不义之财。

　　小儿子结婚买房交付首期时请求父母资助，建国拿出仅有的十万块准备给予时，得知卫国父亲住院，立即分出一万转去。儿子不悦。妻子更加不爽，与姐妹们聊天时，说丈夫顶了个虚官帽，家里日子过得紧凑呢！一个姐妹诡谲地笑："查查你老公的卡，工资入卡都有说明呢！"妻子留了个心眼儿，等建国出差时，拿他的银行卡去到银行柜员机。建国的卡密码告诉过妻子。这一查，立刻水落石出：标明工资与补贴的钱，每月都少了五分之一！

　　自己几十年不知丈夫工资数，家人的日子过得如此紧巴，原来是丈夫隐瞒了收入！

建国刚刚回来，怒火中烧的妻子立马严厉盘问。无法隐瞒的建国，如实倒出往昔的秘密后，拉着妻子去到小区外的士多店旁边。店主是个右腿微瘸的汉子，建国常在那里购买家居用品和水果茶叶，还嘱咐家人多去那里买东西。建国指着远处的瘸腿汉子问妻子："知道他是谁吗？他就是和我一起打过仗的同村战友保国，退役后虽然有工作安排，但后来下岗了，是我替他找的这家店面！"妻子突然哭了起来，"你挺有本事啊，既管死去战友的父母，又管活着战友的生计，就是不问自家人过得幸福不幸福"，被建国严厉打断："错啦，这个活着的下岗战友不需要我管，他每月也在给死去战友的父母寄钱！"

收声的妻子将信将疑："又有秘密？"建国却转了话题："保国新进了一批水果，听说有美容效果，去买些给你吃吧！"建国说完，搂住妻子吻了一下："走吧，我发工资了……"

（原载 2019 年 4 月 16 日《金雀坊》网刊、2019 年 9 月 29 日《文化参考报》、2019 年 4 期《岭南文学》）

赏析：

本文用朴实的语言、平缓的叙述，讲述了一个转业干部对战友一辈子的情义、一生的承诺。为了这份情义，建国给死去的卫国的父母几十年地寄钱，还"骗"老人：这是政府给烈士抚恤金外的补助。纯朴又封闭的庄稼人，怎能不相信？但在资金有数、物欲横流的现实社会里，这种默默奉献又用什么来形容呢？难道为了出名吗？不，烈士陵园上新开的花早已覆盖硝烟弥漫的战场！建国默默付出，如果不是妻子查账，也许将被尘世淹没。令人起敬的是，一个人的收入要维持那么多的家庭开销，即使有老板想借机"资助"，却被他坚决拒绝。相比死去的战友，他觉得活着就是幸福！他不需要名，也不需要利，要的是心的付出、灵魂的安宁。今天，之所以有人不能理解主人公的心情，那是因为我们体会不到比山还高、比海还深的生死战友情！本文以建国、保国、卫国作为人物名字，较好地诠释了个人之于祖国的责任，使得小说在展示艺术形象美的同时，有了更高的思想境界。正如大海自己所说，灵感来自一个战友发的自卫反击战视频，视频里的妻子将隐藏秘密的丈夫告上法庭……大海以为，这种事例即便有也奇葩，被妻子告上法庭还不说助人？人物过于高大上、伟光正，反而难以成为小说。而《丈夫的秘密》里的丈夫贴近生活，虽平淡，但典型，也正因这种根植于现实生活、漫长而日久的秘密，才让读者有了感动的信服。（辽宁　曹永香）

牛仔还乡

牛仔的家在小街尽头。傍晚时分，黄色"面的"载着牛仔，缓缓行驶在铺满青石、坑坑洼洼的古老破旧小街上。车屁股徐徐喷出的青烟，打开了平素寂寞的乡亲们的话匣。

"哟——车里坐的不是牛仔吗？！"当街第一户人家老牛伯人老眼尖，率先惊呼起来。老牛伯是牛仔家未出五服的叔戚，牛仔去当兵时，老牛伯还敲锣打鼓地送过他。牛仔从小就听话，对老人也尊重，老牛伯是看着牛仔长大的，特别喜欢这孩子。牛仔去当兵后的几年里，回乡探亲时还看望过他呢！老牛伯逢人就夸："牛仔当兵后变得更乖更有礼了，日后肯定会有大出息呢！"

"对，是牛仔，还戴着镶红边的干部帽子呢！"第二户人家朱叔发现了。朱叔的儿子也在当兵，朱叔去部队看过儿子，知道干部大檐帽与士兵大檐帽的区别，干部帽中间腰身是红的，而士兵帽子从顶到下绿色一片。

继而，曾经当过兵的后生仔小六，从微开的窗户缝隙里也发现了车里的牛仔。小六对当兵的敏感，瞅一眼便能认出来。

"面的"继续在小街缓缓行驶。站在街上或倚在门口的乡亲们，越来越多地发现端坐在车里的牛仔。小小"面的"犹如一道电波，把乡亲们的议论发射在长长的街道上，发射到彼此熟悉的乡亲们家里。没有什么堵住乡亲们的嘴，否则就不会有家长里短这个词。

"牛仔当官了，听说在上次抗洪救灾时立过什么大功呢！"

"啧啧——了不起，当兵才四年就混出模样了！"

"这娃仔有出息……"

"面的"在乡亲们惊叹、艳羡、赞美、嫉妒的目光中徐徐驶到小街尽头，驶到牛仔家门口。人们看见牛仔父母激动地站在门口迎接，就是不见牛仔下来。待牛仔父亲将大门打开，"面的"载着牛仔，像载着古代的高官，把牛仔载进院子。一个远远观看的乡亲突然愤愤不平起来："牛仔这兔崽子好大官架，到了家门口，面对父母迎接竟然都不下车！"

这个乡亲话音未落，另一个乡亲也突然愤怒了："这小子目中无人，一街的乡亲招呼都不打一个！"

一个平常在村里颇具威望的老人，目睹载牛仔的"面的"经过后，更是立在街心大骂："小子安的什么心，当了多大的官，狗眼看人低，认不得人了！"老人一边骂，一边用拐杖敲击青石路面。

当"面的"返回，沿着小街开出去时，愤愤不平的乡亲们不好对着牛仔家里谩骂，对着"面的"渐行渐远的屁股大骂："没心没肺，良心让狗吃了，竟然这么瞧不起乡里乡亲！"

牛仔回乡，犹如给平静湖面投入了一颗石子，荡起圈圈涟漪，满街乡亲无不愤愤然。淳朴憨实的乡亲们，最看不惯他人趾高气扬，显然被牛仔的傲慢无礼激怒了，没了不久前的溢美之词。

"多大的官架，不能下来走吗？"

"肯定是芝麻官，才这么臭美！"

"忘了祖宗德行……"

"面的"驶过当日，牛仔成了小街人最好的佐餐，被乡亲们狠狠地咀嚼，唾骂。一向看好牛仔的老牛伯，不得不叹息着摇头。当过兵的小六更是牛哄哄地说："看他这人模狗样，顶多是个少尉排长，不可能有太大的出息……"

翌日的太阳在乡亲们的谩骂声中出来。当晨曦倾满小街，小街上出现了一个挂着双拐、艰难地蹒跚行走的少尉军官。正是牛仔！他的嘴上挂着微笑，在父亲搀扶下，拿着烟和糖果，向早起的乡亲热烈地招呼。拐杖撞击青石路面，发出"得——得——"之声，像敲在人们心坎儿上。许多人的心都被敲醒了。

老牛伯颤巍巍地走过去问牛仔父亲："牛仔娃儿怎么回事？"

牛仔父亲抹了把眼泪："娃儿在上次抗洪抢险中搬石头堵洪水，被砸断双腿……"

小街空前沉寂。乡亲们的心被拐杖敲得沉甸甸的，所有人，全都缄默无语。

那个大骂牛仔的老人，双手挂着拐杖，驼背弓成虾状，瘦脸惊讶，嘴巴张开。

（原载1997年第12期《热风》）

赏析：

丰富的人生履历赋予了大海创作不竭的灵性。本文把一些人猜忌多疑的丑脸写得淋漓尽致，通过对乡亲们前后态度的变化对比，使情节波澜起伏而又前后呼应，揭示出人们心灵深处的冷漠。作为一名心有良知的作家，大海能在喧嚣浮躁的社会中始终坚持着人性美的观念，并为之呐喊，无疑是难能可贵的。更难能可贵的是，大海笔下的类似作品，并没有对这些人性的丑陋进行恶意的批判，而是借助于小小说独特的转折式结尾美学，巧妙、自然、合乎逻辑地将嘲讽恰到好处地融合于文本，让人尴尬一笑，重回轻松。（广东　黄志伟）

红房子

犹如老虎圈在笼子里，住在一楼的兵们绝对看不见外面，高高的外墙把营院与外面隔成了两个世界。

列兵河子有幸住在四楼，可以大饱眼福，临窗俯瞰或远眺，许许多多在部队大院里看不到的精彩，都收在眼底。晚饭后，带着训练的疲劳倚在窗口小憩，看看外面鳞次栉比的楼群，听听车辆奔流不息的低鸣，河子忘却了军旅的枯燥与孤闷。

河子是十九岁那年进入这个部队，来到部队所驻的这个小城的。河子住的那幢楼靠近营院外墙，外墙傍着一条小街，街对面有一座涂成红颜色的小房子，是家小百货店。河子偶然一次鸟瞰时，发现红房子里坐着一个女孩，十七八岁的样子，清清秀秀，很可爱。这也许是墙外最绚丽的风景了，河子想，心也偷偷地为这道风景所牵动。女孩有时也到屋外走走，杨柳样的身段，黑缎子般的秀发，在河子的眼里晃呀晃，晃得河子的心荡起春风。

红房子与河子近在咫尺，并且靠近营院大门，河子要是星期天请假外出上街，都要经过红房子前。河子很想走到红房子里面去看看，可每次临近时，又打消了念头。士兵不准在驻地谈恋爱，这是部队铁的纪律！尽管河子完全有理由，比如买些日用品或者其他东西啦，就可以走进去了。但河子觉得仅仅走进红房子，去看看那个女孩，其实也是不对的。单纯的河子，只是在心里刮刮春风。

就这样一来二去，当河子由列兵变成中士，由新兵变成老兵，也没涉足红房子半步。老兵河子，已经成为成熟的男子汉。

第三个夏日的某天傍晚，走出红房子的女孩，披一身夕阳破天荒地坐在门前看书。河子是看着女孩长大的，两年多后的女孩出落得更加水灵，还多了些成熟的韵味，像秋天里熟透了的红苹果。柔柔的腰肢在变宽了的臀部的衬托下，显得愈发纤细。女孩无论是站是坐，都宛若带着巨大磁场的诱人雕塑，紧紧地吸引着河子。河子的心开始变得颤颤的。

班里墙上挂着一杆笛子，是去年复员的老兵留下的，因为没人会吹，一直孤寂地悬着。河子一把抓了笛子，倚窗猛吹起来。不会吹笛的河子，弄出刺耳难听的噪声。女孩听见这破丝瓜般的声音，也许对河子脸熟，抬头冲河子笑了笑。那明的眸，皓的齿，河子在楼上看得真真切切，心立时热乎乎的。后来，如果班里没人注意，河子甚至会大胆地冲女孩扬扬手。女孩或许真看见了河子的手势，有时会笑得更加灿烂。河子的心里就像装了蜜一样甜。

这一笑，让整天面对清一色同性脸的河子，变得神采奕奕起来。那之后，每日早早吃完晚饭，只要没事，河子便倚窗吹笛。河子在心底期待着，女孩何时能再来一笑？

静静的岁月像平缓的河水，轻轻地流啊流，当河子的笛声由噪声变得悠扬动听时，河子祈望的微笑却再没重现过。笛声洗去了训练的劳累，洗去了军旅的艰辛。直到小城的树木不再蓊郁青翠，河子的名字也上了退伍名册。

临走前一天，团里组织退伍老兵上街，为驻地做最后贡献——义务扫雪，河子又萌生到红房子那边看看的念头。扫完雪后，已经摘了军衔、领章、帽徽的河子，匆匆跑到连长跟前，说："我想请一个小时的假。"连长没有多问，大手一挥，说："去吧去吧，早去早回。"

河子快速走开，如同一匹马，朝着红房子驰骋而去。但是，这匹热血沸腾的马，只在红房子外面止步。河子曾经给自己找了好多借口，买一包烟啦，买一只火机啦，买一瓶水啦，买一点儿零食啦。每个想法完全可以付诸实施，只需要踏进去一步。河子大胆地设想，如果女孩问他姓甚名谁，就告诉她。河子甚至想告诉女孩：你笑起来真好看。

犹豫了十几个回合之后，河子终究没有到三年里最想去的地方看一看。

飘零的落叶带着悲怆裹着阵阵寒意，一辆接一辆满载着退伍老兵的军用卡车，在寒风中驶出大门。河子在乘坐的那辆车经过红房子边上时，奋力地掀开车上的篷布往外张望。只一刹那间，河子便发现——女孩正趴在柜台上，望着过往的军车甜甜地微笑。

但也只是刹那间，女孩的身影连同她的微笑，像电影胶卷一样，快速往后闪退。河子的脑海倏地浮现出夏日里那个难忘的微笑，企盼已久的他，如释重负地吐了口气。

顷刻沉默之后，河子从怀里掏出那杆笛子，倚着车厢，轻轻地吹了起来。

悠扬的笛声钻进每一个老兵的耳朵。刚刚在营院里经历分别之痛的老兵们，纷纷觉得奇怪。一个精瘦的老兵踢了河子一脚，骂："大家哭还来不及，你哪来的心思吹什么破笛子？"河子没回答，将嘴唇贴在笛眼上，按在笛身上的手指摸索出一个个音符。

幽怨的笛声响彻整个车厢，昭告着战士们对第二故乡的永别。慢慢地，河子的眼角渗出晶莹的泪珠。不知何时，精瘦的老兵哇地哭了起来，满车的退伍老兵也泪光闪闪。

（原载 1997 年 6 月 24 日《安阳法制报》、2008 年 4 月 11 日《中山商报》、2008 年 11 期《小说月刊》）

赏析：

在当下爱情题材居多的小小说中，大海的《红房子》因为是军旅文学，而且是不折不扣写现役军人情感的作品，从而更加别具特色。都说相思是一件痛苦的事，的确不假。军人也是人，也食人间烟火，但为了保家卫国，无数个像河子一样的老兵付出了自己的宝贵青春，因为有家不能顾及，有爱不敢言及，最后只能默默带着眷恋离去。大海的许多情感作品里渗透着"隐忍"与"牺牲"的品格与精神，这种"默默离去"便有"隐忍"和"牺牲"的意思。为什么要隐忍？为什么而牺牲？因为要遵守军队法规、条令条例！在本文里，文静腼腆的河子是无数年轻士兵在部队情感遭遇方面的典型代表，令人感伤，发人深思。（广东　黄志伟）

抓　捕

世事匆忙，人生如晦。我们追踪李永琪已经很久。今天的科技手段给抓捕工作提供了有利条件，只要有监控视频，逃犯进入视野，踪迹就会自动在警方的掌握之中。虽然如此，时隐时现的李永琪还是让警方愤怒。从出事立案、检方批捕到追踪各地，足足过去三个月了。

三个月前，在阳安市胜利区某 KTV，李永琪等与人发生纠纷，并将一个当地青年打成重伤后逃逸，因涉嫌故意伤害被警方网上追逃。据被抓的其他同犯交代，被打青年浑身是血，倒地不醒，李永琪以为他被打死。胜利区是阳安市经济重镇，第三产业发达，在繁华的娱乐场所难免有人打架斗殴。按理说，李永琪事件算不了大案，只因被打青年是当地知名企业家的儿子，从而被列为阳安市重点督查的专案。我是胜利分局刑警队队长，专案顺理成章地落到我头上。另据目击者口供，被打青年是先行挑衅李永琪，才遭到狠狠教训。

不管怎样，李永琪逃了。其间，外地警方数次向阳安警方通报发现李永琪行踪。我们赶去，虽然有当地警方配合，但还是次次空返。

这一次，山唐县警方通报发现李永琪行踪，我们当即准备抓捕。临行，分局领导叮嘱我："你是李永琪专案具体负责人，无论如何要将他缉拿归案！"我默然点头。此前，市政法委书记到分局调研，就李永琪专案作指示。领导头上还有领导，他们也有压力，我懂。

领导关心案子侦破，我们关心自己安危。每次抓捕，我都提醒同行的年轻刑警小王："李永琪曾在机动部队特务连服役，还参加过侦察兵集训，身手了得，侦察和反侦察能力强，五公里奔跑速度达到运动员水准。"小王问我："张队是转业的，听说您以前也在特务连？"我不回答，再次提醒："李永琪退役后在阳安当保安队长，还经常去武馆做兼职散打教练，要当心！"

我们匆忙赶到山唐县。当地警方告知，李永琪家在某街某号，父母妻女住在这里。我心想，这家伙够狡猾，过了三个月才潜回老家看望亲人。小王提议去他家抓捕，被我制止："别打草惊蛇！我们在他家对面旅馆住下，24小时不间断轮流密切监控。"

接到当地视频警察再次通知，是第三天傍晚。穿着风衣的李永琪，带着父母牵着妻女从家里出来。小王骂"啥时候进的家"，掏枪欲冲，被我摁住："他要是跑，你追不上！"

娇俏的小女孩不过十岁，头上的马尾辫飞啊飞。我突然想到我女儿，心里痛了一下。

我们尾随李永琪一家，穿过一条小街，进了一家酒楼，目睹他们入了包房。小王有些兴奋，"房间抓最好，想跑都没出口"，被我按住。小王问为什么？我拉下脸："闭嘴！"我在刑侦线干了十年，是新手小王的师傅，我的话，他得听。

我们在大厅一角点了两道小菜。吃完，我在点餐纸上写了几句话给前台，指着李永琪的包间："他们结账时请转李先生。"之后，我们再次尾随吃完饭的李永琪一家往回走。路上，小王几次拔枪又想前冲，都被我按住。我的无声也是命令，不解释，也要听。

回到家门前，李永琪跟大人耳语几句，蹲下抱着女儿，说："爸爸的战友过来接我了，我要跟他们去上班。"女儿撒着娇闹："您才回来怎么又走？"李永琪亲了女儿，"对不起，那边事急呢"，站在门口，将家人送入屋里，反手关门。我在不远处紧握枪柄，手心冒汗。

黑暗笼罩着小街，李永琪朝着我们大步走来，如同夜行的侠客。小王持枪低喝，"蹲下，举起手"，把铐子啪地卡在李永琪手上。

我脱掉上衣罩住李永琪戴铐的手腕，说，走吧！

我们不费吹灰之力，千里迢迢将李永琪抓捕归案。专案告破后，小王好奇地问我："张队当时给李永琪写了啥，他乖乖就擒？"我找张便笺写下同样的字。小王接过去，轻轻地读：

永琪：你没犯死罪，被打青年不但活着，还有目击者证明是他先肇的事。等你陪家人吃完，跟我回去。

小王读完我的署名"老排长：张桂恩"，大悟：怪不得他听您话，原来张队曾经是他的老排长！我没有回答，掏出香烟点上。烟雾缭绕时，我迷离地看见了李永琪的女儿，她头上的马尾辫在我眼里飞啊飞的，戳得我双目生疼，泪水盈眶。

（原载 2019 年 5 月 20 日《金雀坊》网刊、2019 年 5 月 27 日《羊城晚报·花地》，2019 年第 8 期《故事会》、2019 年第 15 期《小小说选刊》、2019 年第 19 期《微型小说选刊》、2020 年 1 期《小说选刊》选载；入选《2019 中国年度小小说》、超越网语文试题范文分析；曾获 2019"武陵杯"·世界华语微型小说年度奖一等奖）

赏析：

军人出身的大海在军旅、公安、官场题材创作方面，总有与众不同的独特之处。在本文里，尤其讲究首尾呼应，浑然天成，伏笔埋得很好！张队在介绍李永琪的特务连出身时，小王顺带问了一句，"听说您也是特务连出来的"，张队没有回答。但就是这句没有回答的先期铺垫，为全文起到了上下衔接的暗线作用，所以，文末出现的"老排长：张桂恩"原来就是张队，变得顺理成章。再者，张队之所以对逃犯的心理了如指掌，也变得有理有据，才能按住小王不要蛮干、动枪，而是通过递纸条劝导，晓之以理，动之以情，不动声色地完成抓捕。种种细节，合情合理，顺其自然，更是令人信服，让人感动。当然，作者如此匠心独运，离不开他丰富的类似工作经历，使这篇《抓捕》从许多此类题材的作品中脱颖而出。（北京 叶征求）

《故事会》"名师有话说"专栏评点：

"逃亡"与"追捕"似乎成了很多文人笔下妙笔生花的绝好题材。然而此文却一反常态，这逃亡总是乱中有序，这追捕也好似胸有成竹。原来警官与逃犯是"老相识"啊。虽说法不容情，但是这"传递的纸条"，这"盖住手铐的衣服"，这"漫长而温情的等待"，分明就是给浪子回头的机会。执法如山、刚正不阿，当然让人钦佩，但温柔以待、润物无声，更让人动容！（辽宁省实验高中辽东湾分校 语文教师 刘俊余）

归　来

被抓壮丁之前，我还是个小屁孩，在永州某座低矮的山上放牛。牛是地主家的。我是孤儿，替人放牛换个三餐果腹。部队里有个长官问我叫什么名？我挠挠头皮，说："姓戴，没得名，个个叫我细伢崽！"长官捏捏我的脸蛋，说："真有缘，我也姓戴，叫国汉，我帮你取名叫国强吧，日后就给我当小弟啦！""小弟"就是勤务兵。我没有多想，兵荒马乱，温饱就好。

那一年，我 15 岁。家乡的山上，枫叶火一样红飘飘。

长官是武陵人，黄埔军校毕业参加抗日，娶了大户人家女儿龚小慧。长官要我叫她嫂子，说嫂子有文化，可以教我识字、学算术。我觉得自己遇上了好人，卖力地为长官一家服务，洗涮带娃，样样勤力。长官说："抗战胜利后带你们回我家乡过小日子，那里有一处美丽的世外桃源。"可惜桃源梦破，解放战争开始。长官来不及安顿家属，挟裹在溃败的国民政府军中逃往台湾。临登船时，长官单膝跪我，草书一封呈上：

> 国强弟：有劳守护，待吾归来。
>
> 兄：国汉叩首

长官嘱我照顾妻子儿女，说会回来接我们。我跟随长官照顾他的起居12年，长官也让我感受到旧社会少有的温暖。有次打鬼子，炮弹迎面飞来，长官拉我跳入掩体才保了命。命都是长官给的，替恩人守护妻儿天经地义。我搀起长官，哽咽发誓："保证完成任务！"

我扮成平民，带着嫂子牵着孩子去了武陵，和长官父母一起生活。新中国成立后，每次提到长官，我只能小声地说"国汉"。国汉托人从台湾捎来书信，说他驻守在金门，时时眺望大陆，想念家乡亲人。他父母因信受到羞辱批斗，很快离世。因为台湾关系和地主成分，嫂子也少不了挨批斗。我出身贫农，照样不能幸免。批斗者说我死赖在地主家，恶毒的还对我大打出手。我完全可以逃离当时武陵的穷乡僻壤，以贫农身份落户家乡永州，再找个女人生崽。但我宁死不能离开。孩子们还小，我走了，嫂子一个弱女人如何养家？

年复一年，武陵桃花灿烂。变老的嫂子和我，都在执着等待国汉的归来。

再后来，嫂子收到国汉偷偷托人从台湾捎来的信。嫂子回信说国强依然在家照顾她们娘仨，对她从来都是尊敬。我不觉得有什么，只是在等一个人归来罢了。嫂子长得白净饱满，作为常人我也暗生喜欢。但我能够控制。如对嫂子行不轨，那与畜牲有何分别？嫂子说，溃逃过去的国汉在台不受重用，一直盼望能回大陆团聚，希望两岸统一。许多赴台老兵和国汉一样，因为思念大陆的妻儿，苦苦等待踏上家乡的归期，没有再娶。我突然发觉自己上了年纪，经常梦到小时候放牛的地方，还有破落的祖屋、熟悉的乡音。

漂泊之人，最终想叶落归根。国汉若归来，我也要归去。

　　等到台湾解放老兵返乡，赴台老兵期盼一生的梦想实现，国汉的噩耗却传来：癌症晚期，已经入院。我有种不祥的预感，只好将回家的包袱重新放下。不久，一位赴台老兵来到家里，携着国汉的骨灰盒，说国汉临终前托战友带他归来安息；还说他40年前与我有过约定。我颤巍巍地掏出那张纸，"有劳守护，待吾归来"，火一样烧眼。老兵也掏出一封信，说是国汉临终前专门写给我的：

　　国强弟毕生照顾吾家老少，大恩难报！吾请小慧谨致万谢，并嘱子女奉老。愿弟留在武陵颐养天年，待他世相遇你我同游桃源……

　　年过半百的孩子紧拉我手，说："您老有生之年，我们就带您去武陵看桃花。"我如释重负，却又摇头。我想起家乡漫山红遍的枫叶，哞哞呼唤我的老牛。从永州到武陵，几百里路，我离开家乡52年，归去要用整整一生。那之后，很多机构在开展关怀抗战老兵活动。有好心人得知我参加过抗战，在某个傍晚过来看我，问有什么心愿。

　　我望着垂挂天际的夕阳，轻轻地说，国汉已经归来，我也要回家……

　　[原载2018年第6期《华夏》、2018年7月9日《羊城晚报·花地》、2018年第3期《香雪》，2018年第16期《小小说选刊》、2019年第3期《小说选刊》、2019年7月上期《小小说月刊》选载；第十七届中国微型小说年度奖入围作品，获"武陵"杯世界华语微型小说2018年度奖二等奖、第二届广东省小小说学会"双年奖"一等奖；被选作湖北省四校（襄州一中、枣阳一中、宜城一中、曾都一中）2019—2020高二语文试题]

　　赏析：
　　笔耕不辍的大海，总能给我们带来惊喜。继华侨题材的《中国式公仔》让他屡获殊荣之后，熟谙统侨工作领域的大海又为我们端出了泛台题材的《归来》。同样，《归来》也是小切口讲述大故事，千字文里凝结纵深半世纪、横跨两岸的兄弟谊和家国情，小体量展现了大气象，小人物呈现的大义节更让人动容。《归来》值得称道，这里简述四处。

首先，是故事讲述者的巧妙选择。小说中的"我"，是被抓壮丁的小屁孩，因同姓成了部队长官的勤务兵，得以进入后者的家庭，也因此被带入了此后逾半世纪的历史风云。"我"既是旁观者又是亲历者，位置不远又不近，刚好可以作为讲述者，为我们道来一曲入台老兵思乡念家的悲歌，避免了当事人讲述的主观情感笼罩。其次，是多线并进的故事设计。因为讲述者"我"的巧妙选择，让这篇小小说的故事得以三线并行，戴国汉去台思乡一条线，戴国汉妻小在大陆经历政治风雨一条线，"我"的坚守是第三条线，三线并进，增加了小说的厚度和容量。第三，是武陵的桃源寓意。武陵是陶潜桃花源的故事地，也是本文的故事地。桃花源里的人们之所以避世，是因为躲避战乱。戴国汉一家分隔海峡两岸，是因为战争；"我"被抓壮丁，也是因为战乱。戴国汉有家不能回，其妻小独居大陆，是悲剧；"我"守诺侍奉戴国汉妻小52年，孤独一人，也是悲剧。悲剧的根源是战争，背后是反战与向往和平的心声，这与《桃花源记》正好是一脉相承。

除此之外，对小人物"大义节"之下活生生的七情六欲表现得非常到位，"嫂子长得白净饱满，作为常人我也暗生喜欢。但我能够控制。如对嫂子行不轨，那与畜牲有何分别"，简短几笔，既闪现了人性的本来欲望，又道出了隐忍的克制。这也是大海塑造人物的制胜优点，他不写没人性的人物。由此可知，写《归来》，大海是用心的，也是有"野心"的，这个野心表现在以小见大、常人难以用小篇幅表达的家国情怀宏大主题之上。他的用心和"野心"，值得其他写作者学习。（广州　王又锋）

一则普通的故事让人荡气回肠，这里面有兄弟情、官兵情，更有家国情。题目寓意也深，归来，岂止是一人一事的回归，祖国统一也是期盼。叙事的节奏也很好。几十年时光，表述得有张有弛，将故事讲得圆满生动，又不啰唆拖沓，值得学习的地方很多。最后一句，"我望着垂挂天际的夕阳，轻轻地说，国汉已经归来，我也要回家……"，更是击中内心，差点落泪啊。老兵回归的故事看了很多，这篇最打动人，我以为是一种朴素的契约精神，增添了人性的光彩。文中写嫂子白净饱满也很好，如果没有这句表述，则失去很多意味。这等于设了个套，让读者去想象，国强会不会娶嫂子？这是读者的期盼，好人好报嘛，但止于此，更为曲折，国强的人性光辉更彰显了。（广州　刘浪）

乡村短笛

绘 / 非鱼（著名书画家）

求你给我发个大红包

四十岁那年，我在移居的南方某市新晋科长后，回到阔别的家乡探望父母。对照古代的正、从九品官衔，我这个乡科正级相当于古代的"从八品"，连"七品芝麻官"都不是。但老家亲戚朋友不这么认为，他们觉得我是衣锦还乡。尤其是二堂叔来到我家津津乐道："了不起，科局级啊！和县里的局长、镇里的书记镇长平起平坐呢！"

我将一包香烟递给二堂叔，呵呵笑："叔，您有事，先去忙吧！"每次回老家，除了买给父母的礼物，还有两样东西必不可少：书和香烟。亲戚朋友过来串门，要是成年男子，每人敬一包香烟，这是规矩，我也不能免俗。二堂叔将香烟揣进兜里，指着围过来的我的三个侄儿侄女："我走啰，你给他们发红包啊！"发红包是老家新起的规矩，只是我对牵涉金钱的陋习从不上心。我从大行李箱里捧出一叠书籍分发给孩子们。两个孩子抱着各自的书走了，只有二弟的儿子说："大伯，红包呢，给我发个大红包呗！"我说："书比红包珍贵啊！"

吃晚饭的时候，父亲轻轻地说："人家都传你当了大官，你就给孩子们发个红包，一年难得回来一次呢！"我给父亲解释："我只是个普通干部，再说每年回老家都给孩子们带了不少书，这次还特意挑了适合他们看的呢！"母亲一边接了我的话茬，"问题是你每次大老远带回来的书，孩子们压根儿就没看过"，一边往我碗里夹鸡肉。我移居的城市离家乡相距千里，每一次回老家，母亲都会宰杀一只家养的老母鸡煲了给我吃。母亲不知道我具体做什么，只晓得我坐办公室要动脑筋，特意在鸡汤里加了滋补的天麻。

父母的话让我吃惊。吃完晚饭，我去了隔壁的大弟、二弟家里。

大弟去了南方打工，我到他家，大弟媳正忙着洗碗，两个孩子各抱着手机在聚精会神地打游戏，送给他们的四本《儿童版上下五千年》扔在地上。我问他们有没有看大伯送的书？大的男孩头也不抬，说没看！小的女孩怯怯地望我一眼，说没。我怀着失望到二弟家。二弟买了辆货车搞运输，出车刚回的他还在吃饭喝酒，二弟媳在旁边玩手机微信，二弟的儿子正在观看名叫《王尼玛》的电视片。我的孩子也曾迷恋这种低俗的系列恶搞片，气得我和妻子藏起电视遥控器。我问二弟的儿子："大伯送你的科学书籍呢？"二弟的儿子站起来，送他的《少年版百科全书》就压在屁股底下。我说："这书可比你现在看的电视营养多呢！"二弟的儿子学着电视里的"王尼玛"，用比同龄孩子世俗老到的话说："我才不信你的忽悠！"

我正哭笑不得，二弟带着酒气问我："哥啊，你当那什么科长，一个月挣多少钱呢？"我说："不多，几千块。"我没说假话，除去花销、供房，每个月的工资所剩无几。二弟打着酒嗝，说："你读那么多书，图个啥？"二弟的话颇含哲理意味，我没法回答。怀着同样的失望离开时，二弟的儿子冷不防蹦出一句："大伯的见面礼呢，求你给我发个大红包啦！"我说："送你的书，不是见面礼吗？"二弟的儿子说："当了那么大的官，见面也不发个红包！"我有些尴尬，说："大伯当的官不大，也没有准备红包。"二弟的儿子凑过来说："你可以发微信红包给我爸，让他转现金给我。"我为孩子的过于早熟感到面红耳赤，说："你要是上了好初中，大伯奖你一个大红包！"

侄子的话有些硌心，当晚我睡了个不太舒服的觉。次日是星期天，嫁去邻村的姐姐带着两个儿子一大早过来看我。这两个孩子倒是斯文，在老家镇里上中学，一个读初三，一个读初一。我拿出精心挑选的六本《语数英同步学习课程》送给他们，姐姐说："要向舅舅好好学习，考大学，当大官，挣大钱。"我赶紧纠正："好好学习不是为了当大官，也不是为了挣大钱。"姐姐笑："那为了什么？"我对亲姐不客气："好好读书是为了让人活得更有意义。"

姐姐不笑了，说："你姐没文化，不知道什么叫活得更有意义。"姐姐其实有文化，我家姐弟四人，两个弟弟只上了初中，我上过大学，她读了高中。我还要跟姐姐论理，母亲将我拉到一边，悄悄地说："你姐夫身体不好，你姐做点小生意养家，哪像你是国家的人旱涝保收呢！"我很想对母亲说："我也要养家糊口，您儿媳的收入刚好够她养活自己。"但母亲的话还是让我有所触动，姐姐临走时，我让母亲准备两个红包纸，给两个外甥各备了1000块钱，算是舅舅的助学心意。

很多人的一生就是聚少离多的人生，尤其是离开家乡之后。每次回老家，我也是匆匆而来，匆匆而返。但不管如何忙碌，只要父母还在，每年的回乡探望必不可少。要是明年回老家，是给孩子们准备红包，还是继续不辞辛苦地带书回来？我没有其他意思，红包只是小小的物质给予，有用的书籍才能让孩子们获得知识和成长。当我坐在返程高铁上思考这个高深问题时，手机响起哗哗的提示声。我点开专为老家亲人组建的家庭微信群，二弟的儿子通过他母亲的微信发来语音："大伯当了大官，给我们小孩子每人发个大红包呗！"

我陷入无语。只好先让妻子私发我1000块存入微信零钱，再点开微信红包，一次次输入总金额、红包个数，在留言栏里填上针对不同小孩的祝福。发出来的红包像扔出来的红色炸弹，马上被不同孩子的家长点开。一朵又一朵表示感谢的玫瑰表情汹涌澎湃，"我代我家××小子感谢"的话此起彼伏，我的心稍稍舒畅些，向来默不作声的大弟突然发来语音："哥啊，你当了那么大的官，是不是该给我们每个大人发个大红包呢？"

（原载2018年2月25日《中山日报》、2018年第2期《韩江》）

赏析：
在这个信息爆炸的时代，网络、游戏、自媒体等，早已侵占了我们生活中的方方面面，可谓无孔不入。所以，谁还能静得下来，安安心心地读几本书？尤其是孩子们，对游戏更是趋之若鹜。在小小的他们的眼中，读书算得上什么，可以换来物质利益的红包才是他们的价值取向。这样的现实不能不说是残酷，但在残酷的背后，难道不是正确价值观的缺失？而对于孩子，本来属于一张白纸的他们，是谁让他们那颗本该纯洁的心灵染上颜色？难道不是抚养他们的大人吗？"上梁"不正了，或者说是价值观偏离了，那才是值得我们每个人思考隐忧的地方。（安徽　咸佳佳）

寻找爷爷的手机

独居乡下老家的爷爷丢了手机，如同丢了灵魂。

爷爷丢的手机是我送他的七十岁生日礼物。那时候，我大学毕业刚到省城工作，首笔大开销花在爷爷身上。我对爷爷如此舍得，源于我和妹妹 17 岁以前都在老家读书，是爷爷奶奶照顾的。父母长年在南方打工，得到春节才回家几天。我对父母在乡下老家院里新建的楼房不感兴趣，只希望他们多回老家陪伴老人和孩子，尤其是像枯树一样萎缩的老人。

爷爷用大姑的手机给我打电话，"乖孙呃，我手机丢了！"焦急的语气犹如老家院里未熟的柚子味道。我送给爷爷手机时正值柚子花开，奶奶还在人世。爷爷奶奶成长的年代，去相馆照相比较奢侈，许多农民一生都没照过相。我用爷爷的手机给他们拍照时，爷爷换上新衣，奶奶梳好白发，拘谨又愉快地坐到柚子树下。我手把手地教爷爷奶奶摆出各种合体造型，将他们的甜蜜身姿连同柚子花儿拍进手机。爷爷学会查看手机相片后，一边骄傲地解说，一边放大给奶奶看。奶奶眯眼细看照片时，脸上洋溢着娇羞的幸福。

爷爷丢的手机是诺基亚牌，操作简单，电池耐用。奶奶次年突然去世后，陪伴爷爷的只有手机。大姑说，每次回娘家都见爷爷坐在柚子树下看相片，还跟手机里的奶奶说话。大姑嫁到老家另一个村庄，经营着农家乐。我请大姑帮爷爷找找手机。大姑的话里飘着猪油炒野菜的香味："等我有时间给他买台新的啦！"我转达大姑的话时，爷爷在电话里欲言又止。

爷爷又用二姑的手机给我打电话，"乖孙呃，我手机没找到呢。"语气满是不舍的味道。二姑在老家镇上开超市，和二姑夫轮流守着店面。二姑说，每次回娘家时爷爷都打开手机给她看相片，说手机里的奶奶笑起来很像饱满的柚子。我请二姑帮爷爷找找手机。二姑乒乒乓乓地敲着收银键盘，"等我到县城进货时给他买台新的啦。"啪地挂了电话。

妹妹给我打电话说到爷爷的手机时，已到暑期。那年暑假是妹妹的毕业季，读完中专的她也要去南方打工。我和妹妹曾经都是留守儿童，父母给我们各办了一张农行卡，每月往卡里打生活费用。我往妹妹卡里打了三千块钱，请她帮爷爷买台新手机，功能不低于丢的那台。妹妹照着做了，爷爷却说要旧手机。我以为爷爷习惯用旧的，请妹妹又去换回旧型号。妹妹再打电话向我抱怨："爷爷可能老糊涂了，一心想着旧手机呢！"

我在揣摩爷爷想什么时，爷爷用新号码给我打来电话，问可以帮他找回旧手机吗？我要他好好想想丢手机之前去过哪里。爷爷说他没带手机出过家门，平常坐在柚子树下翻看相片。我问他柚子树下找过没？爷爷说找了上百遍。我苦笑起来：那要我怎样找？爷爷怯怯地问：听说相片可以存在网络空间，能在那里找吗？我惊奇爷爷何时懂这些，但也只能告知相片没放网络空间，找到手机才是唯一的希望。爷爷挂电话时，有了怅然若失的味道。

岁月被雨淋湿又被风吹干，手机开始融于生活的年代，更新换代的频率与老家柚子树同步。柚子树每年开花结果，人们也在更换新型手机。像父母一样的农民工，更换手机时也对容量和功能有要求。与柚子树不同步的是，我在省城结婚后两年才回趟老家，虽然经常惦记成了孤独留守老人的爷爷。为了弥补对爷爷的亏欠，每次回老家我都将自己淘汰的手机送他，还教他怎样视频。通常是爷爷主动和我视频，"乖孙呃"，又不知说啥。我将话题转到手机上，爷爷忧伤地说想找回旧手机。我劝爷爷学会用新手机看电影解闷，爷爷长长地叹了口气。

爷爷丢失手机后的十个年头里，久居省城的我逐渐遗忘老家的柚子花开，妹妹也在南方成家。夫家殷实的妹妹买了套二手小房给父母，让他们在打拼几十年的南方定居，顺便帮自己带孩子。有房的父母对异乡有了亲切，开始思考爷爷的赡养问题，劝他去老家镇上的养老院。爷爷坚决不肯。我和爷爷视频时，已经苍老的爷爷满是落寞，颤颤地念叨寻找旧手机。

爷爷如此惦记旧手机是否藏着秘密？我问其他亲戚，没人知道。

秘密在爷爷八十岁生日后得以解开。这时的爷爷开始步履蹒跚，生活自理不便，他同意去住养老院，但要求帮他找回旧手机。父母说爷爷真糊涂了，要我做做工作。我回到老家悄悄问爷爷：为什么一直惦着旧手机？爷爷良久才说："乖孙呃，旧手机里有你奶奶留世的相片，还是你照的啊！"爷爷十年执着寻找旧手机，原来装着心上人。醒悟过来的我赶紧请人来院里四处翻寻，终于在柚子树下的砖堆里找到那台诺基亚。面对锈迹斑斑的旧手机，我哀叹不可能开机时，爷爷却将它抱进怀里老泪纵横："你们一个个走了，留下我孤老头子守家……以前我还能和手机里的你奶奶说说话，手机丢了这么多年，我的心安不下来啊……"

一颗老去的柚子自然垂落，砸疼我的心。我踩着萧条凄凉的老家土地，扫了一眼长满荒草的老院、爬满老藤的房屋、老态龙钟的爷爷，泪如雨下。

（原载2019年6期《新老年》；入选《2019中国小小说年选》）

赏析:

在乡村转向城镇、城市日益都市化的今天，繁华喧嚣的背后还有什么让我们牵挂？肯定莫过于留守在乡村的儿童和老人，尤其是后者。儿童终将成为少年、青年，走向社会，即便成为与父母一样的城市务工人员，也要融入茫茫人世。而老人呢，犹如本文中的爷爷，除了坚守日渐凋敝的乡村家园，老伴儿去世之后，还有什么亲人能够留在身边？儿子媳妇长年在南方打工，大女儿嫁去了另外的村庄，二女儿在镇上忙碌，自己亲手抚养大的孙子孙女长大成人后也离开了。孤独的老人，之所以如此固执地寻找失去的老式手机，只因手机里存了老伴儿留世时的相片。在本文里，手机的遗失与寻找只是一条线索，令读者伤感的是，连与相片上的亲人对话的机会都没有了，那才是时代的疼痛。（广东　秀华）

我们一起种菜吧

父亲是在传闻儿子将要升任局长之后，突然病起来的。

那天是周末，儿子接到母亲电话，说爸病了，很严重呢。儿子当下慌了，请了假，匆匆赶回父母居住的乡下。让儿子虚惊一场的是，年逾六旬的父亲仍如往昔，红光满面、精神抖擞，只是支支吾吾地说胸口很疼。儿子有点莫名其妙，父亲的病突如其来且看不出任何症状，但还是带父亲去了市医院检查身体。结果出来，父亲百般无恙，儿子才长呼一口气。

儿子觉得父亲可能老了来点小意外罢了。在儿子眼里，父亲是铁打的，从来都是一条硬汉。这个"硬"不是指脾性上的硬气，而是指父亲身子骨特别硬朗。

儿子老家在乡下。小时，家中四口人，自己、妹妹、父亲、母亲，四口人二亩半稻田，还有两分菜地。稻田种植用以主粮糊口，菜地种菜活泛家庭经济。那时节，田地里的活儿但凡需要付出繁重体力的，都被父亲一人包了。父亲膀大腰圆、结实如牛，一两百斤的担子压在肩上，身子照样轻盈无物。儿子清楚记得，从田间到家门，从家门到地头，负重的父亲甩开膀子大步流星，即便自己没有负荷，也要一路小跑才能赶上疾步如风的父亲。儿子明白，劳动是最宝贵的，是辛勤劳作给了父亲结实硬朗的身子骨。不过父亲不仅不让母亲、妹妹干繁重农活，即便儿子长成大小伙子，身上有了肌肉，也绝不让儿子干重活。尤其从儿子高中起，哪怕周末或者寒暑假，父亲再也不让儿子插手田间地头事。父亲说："读书娃儿就该好好读书，家里这点农活儿我还嫌不够呢！"

父亲祖上世代务农。儿子理解父亲，父亲疼惜自己不要自己插手农活，是希望自己好好读书出人头地。儿子在被父亲宽慰怜惜的感动之下，以优异的成绩考上一所名牌大学。大学毕业的儿子被分配进了郊区机关，后来和一个城里姑娘结婚，在城里安了家。再之后，妹妹出嫁，儿子的儿子出生，乡下稻田被政府征用开发建设，菜地也将被村里收租用作发展集体农业经济。但父亲坚持留下菜地，说要种点蔬菜自家吃。儿子劝父亲搬来城里同住，说那两分地种下去自家蔬菜吃不完，卖又赚不了几个钱。但父亲不听。慢慢地，儿子便也不管了。

儿子其实顾不了父亲的事儿。随着儿子升至市里某局科长，又调回改为街道办事处的郊区任党工委副书记，三十八岁的儿子官样十足、富态毕呈，一米七二高的身体长到一百七十四斤。儿子每次带娇妻小儿回乡下，硕大的身躯从小车里俯进钻出，都让父亲难受。

儿子的中学老师告诉父亲："听说您儿子过不了两年要升局长，前途无量呢。"但父亲想到越来越出息的儿子和他的富态，却变得忧心忡忡起来。

不久，父亲自上次得了莫名其妙的病后，又犯了相同的"胸口痛"。待儿子匆匆赶回，父亲又光鲜如昔。儿子要带父亲去另一家医院检查，父亲说"不"。再后来，儿子发现父亲的病颇有规律，如果自己一段时间不回乡下，父亲胸口就痛。儿子问母亲怎么回事。母亲说："当爸的老了，想儿孙心口痛呢。"儿子说："那就来城里和我们住吧，天天见。"父亲却摇头："你和媳妇儿子都是城里人，爸妈乡下人，住在一起不方便。"父亲不来城里，儿子怕父亲再犯胸口痛，只得每个周末带着妻儿回乡下。

和儿孙媳妇周末相聚，让父母开心不已。一家五口没有太多娱乐，父亲就拉上儿子上菜地侍弄蔬菜。儿子虽然生在农家，但毕竟离开农活日久，在地头转时有些不太习惯，对蔬菜习性也不了解。随着返乡日子渐多，儿子不自觉地重新习惯了乡下生活。一到周末，想到乡下空气清新，儿子的心情豁然开朗，烦恼杂事抛到九霄云外。儿子想自己十几年来在城里奔波操劳，天天忙于工作，频繁应酬，而乡下的田园生活，是多么难得的清宁安逸啊！

最让儿子难忘的是，有天下午细雨霏霏，儿子和父母妻儿全部赤脚下地，摘了许多瓜果蔬菜，那种风雨无惧、与世无争的感觉让儿子想哭。当晚，母亲择菜，父亲洗菜，妻子在灶旁打下手，大腹便便的儿子亲自下厨。没有应酬时的大鱼大肉，也没有饭局上敬人酒被人敬的强迫性交际，儿子和父亲就着半斤米酒，几碟家常小菜，一家人将晚饭吃成了最开心、最轻松的诗意晚餐。这之后，儿子对乡下的一切重新亲切起来。无论是浑身泥巴的牛、乱窜乱跑的家鸡，还是翘首摇尾的狗，儿子看见它们就想抚摸一下。

上班时衣着光鲜的副书记儿子，回到乡下俨然成了地道的农民。儿子赤脚光膊，和父亲在地头精心侍理蔬菜，与泥巴接触，悠然自得。面对着自己付出汗水打理出来的绿油油的蔬菜瓜果，儿子颇有成就感，并不时将果蔬带回城里送给同事、朋友们，骄傲地宣称这是自己种出来的绿色食品。同事和朋友们的感激羡慕多了起来，人际关系更为融洽，儿子的工作出奇顺利，生活也变得愈为舒畅。

让儿子更为感慨的是，儿子只要一想到乡间地头，想到自己付出汗水辛勤劳作，对人尤其对平民百姓遂也多了份亲切，对困难民众多了份同情，心态也变得更为平和安宁。一次，有人以巨额钞票向儿子行贿，要他另辟蹊径办事。儿子想到农家生活的宁静恬淡，遂严词拒绝。行贿人恼羞成怒，寄去陷害儿子的匿名栽赃信。纪检人员悄悄调查后，发现儿子朴实无华且在群众中口碑良好，遂将"先进事迹"作为调查结果上报。

在乡下种了两年菜的儿子，体重无声无息降到一百四，疾病无影无踪。儿子四十岁生日那年，组织上任命他为某局局长。在人大正式任命会上，作风朴实、一身正气的儿子被热烈的掌声淹没，获得全票通过。与此同时，儿子的几个官场同学，却在那一年因腐败纷纷落马。

儿子身体健康、官运亨通，老了的父亲终于病了。父亲躺在病榻上对匆匆赶回的局长儿子说出一个秘密：自己当年的胸口痛是假的！儿子听了一愣。父亲说："知道为什么吗？"儿子说："父亲不是说想儿孙家人吗？"父亲摇了摇头："想家人团聚是一方面，但我更希望你能回来种菜！"儿子一惊："当年您不是反对我下地干活吗？"

"是的，你读书时我不同意你下地，希望你多学知识能成为有用的人；而你官做大了我要你回乡和我一起种菜，是希望你通过劳动不要忘本，在工作中多体谅老百姓，在官场上问心无愧啊！"父亲说完抓紧儿子的手："我的苦心你体没体会到我不知道，但你做到了也做对了；今天，家里两分菜地我决定退租村里，你今后工作更忙就不要打理它了。"父亲话还没说完，儿子扑通跪下："那两分菜地儿子给您租下，日后哪怕再忙，我也要每星期回来和您一起种菜，直到有一天您下不了地，就在地头看着儿子侍弄那些蔬菜吧……"

儿子一语未了泪流满面。

父亲看着儿子欣慰地笑了。

（原载 2009 年第 3 期《文化中山》、2018 年 2 月 7 日《金雀坊》网刊、2018 年第 11 期《微型小说月报》）

赏析：

《我们一起种菜吧》把为官之道与乡村劳作之行紧密联系起来，诠释日子的哲理，这使文本天然生就饱满的血肉红心体系，着实可贵。当下，小小说作品繁杂无比、猎奇追风、拼凑造假，歪风日盛，且追求数量，无视走心创作出精品的考究。《我们一起种菜吧》深入生活，归依人的生活规律去紧紧把握做人的原则。人物父亲的生活规律像活标本一样，给儿子规范化的参照及引领，其终极目标是达致健康、平安、和谐、前进。儿子行走得谨慎和踏实，方懂得脚下路的方向。父亲和儿子对生存意义的理解与传承，自然而然地在投入的过程中无缝完成，也不难发现作者为了创作所下的功夫。父亲认知的抛出，乃至儿子接受的领会，连通了生命伸展的鲜活和奔流的血脉。好在，儿子的为官之道没有偏走喧嚣，始终能够跟原初生活联结一起，和真实同在。归根到底，儿子踏实前行，得益于父亲以身作则、以人为本的亲躬示范。（广东 华南雨）

母亲的红薯干

母亲会用红薯做成许多好吃的。老家很多农村妇女也会做，只是母亲比她们多花心思。老家农民户户有田有山地，田里春秋两季种稻子，山地主要栽种红薯，乡亲们的基本口粮是大米，红薯只是辅助性食物。改革开放后，老家农村壮年劳动力纷纷流向发达地区务工，山地逐渐荒芜。没有砍伐的树木茁壮成林，根系发达的茅草占满山上的土地。红薯告别了别人家的山地，只有我家地里的红薯在孤独地歌唱。

父亲批评母亲："孩子们都大了走了，现在谁还吃地里的东西，瞎折腾干吗？"父亲说得没错，我们四姐弟全部成家，我在南方工作生活，大弟在南方打工，二弟在老家跑运输，姐姐也已出嫁，我们这一辈往下零食丰富，已经没人拿红薯充饥。母亲顶回父亲："你知道个屁，老大可喜欢吃呢！"母亲说得也没错，我的小学和初中阶段，尤其在五年级之后，总觉得饭堂三两米吃不饱，所以每次去学校时，母亲都会给我准备一袋红薯干作补充。母亲备了个石灰坛子用来储存红薯干，密封又干燥。糖果也会存放其中，红薯干吃起来还略带香甜味。

父母没有文化，也没有工作。我一般在每年国庆期间回乡探望父母，带上南方的手信。母亲回馈给我的特产是她亲自种植、亲手精制的一大袋红薯干食品，有红薯干片、红薯干块，还有红薯粉条。农贸市场也有红薯卖，读书不多的母亲却认为人家种的红薯可能放了化肥，母亲对馈赠儿子的手信要亲力亲为才放心。

我对母亲种植和收获红薯有着铭心的记忆。每年春雨来临，母亲割下作种的薯苗背到山上，剪成半尺来长的尖形小段，插进雨水淋湿的松软泥土。薯苗成长的过程，母亲收集人尿浇灌，再用草木灰拌上大粪撒进地里。母亲用心呵护薯苗成长，犹如呵护子女。白露过后，草木枯黄，绿油油的薯苗没了精神。母亲却精神百倍地爬上山，割除薯藤，挖出红薯，用手扒去裹紧红薯的泥土。老家天气已经寒冷，母亲的手指沾上白色薯浆难以洗净，脏了的手背容易皴裂。如果父亲不愿上山帮忙，等到立秋之后再开挖，母亲的手指沾上红薯浆液，在凛冽寒风作用下还会裂开几道血口。

不缺少零食的时代，父母的孩子，尤其是孙辈们对没有口感的红薯毫无兴趣。母亲将蒸煮的红薯打烂成泥，摊成片片手帕大小的薄块，晒在稻草之上。有些红薯会被母亲磨成粉浆，用带漏洞的木勺滤成根根细线，风干后成了粉条。做法最简单，我小时候吃得最多的，是拇指大小的红薯干块。母亲挑选个头小的红薯切块蒸熟，晒干即成。红薯干块嚼之有劲，又容易存放，母亲每年做得最多。在母亲的温暖记忆里，只有她的大儿子每年收下她用心血制成的红薯干食品。为此，母亲批评姐姐和大弟二弟："知道你们为什么考不上大学吗，就是红薯干吃少了！"

　　遗憾的是，我在南方上大学后也不喜欢吃红薯干。同学们嘲笑这种食品土得掉渣。我工作和生活的脚步定格在南方，二十年过去，我成了南方某市某局的小科长，家乡成了故乡，父母成了思念。母亲在制作红薯干的岁月里逐渐老去，白发多过青丝，步履开始蹒跚。行动不太灵敏的母亲从乡亲那里买来黄心薯种植，对我说："黄心薯甜，你肯定更喜欢吃。"我对母亲的话向来微笑不语。城里出生长大的妻子对红薯干不屑一顾。儿子也不吃这种干瘪硬棒之物，拿出红薯干喂狗。具有日本血统的二哈狗仔竟然吃得津津有味。我打了儿子一巴掌，说："那是奶奶特意做给你吃的！"妻子很不满，说："黑不溜秋的，狗肯吃都不错！"我气得要打妻子，想到母亲叮嘱，"你上辈子修来的福，娶了城里媳妇，可要让着人家"，只好罢了。夫妻床头吵架床尾和，我用母亲教的方法好言相劝，妻子慢慢消火。当晚妻子说："你妈长得跟红薯干似的。"我掐她说："你要是红薯就好喽，光鲜又中用。"

　　妻子没说假话。今年从老家返程时母亲送我一袋红薯干，我悄悄对比，发觉黑面瘦削的母亲真像黑不溜秋的红薯干。母亲看着我，甜蜜地笑："崽啊，娘做的红薯干好吃不？"我使劲点头，说好吃，好吃！红薯干一样的母亲逐渐消失在视野中时，我的眼泪流了出来。我有句话一直压在心里：自从来到南方，母亲每年送的红薯干我很少尝过。但是，每年里，带着母亲情义的红薯干食品即使久放发霉，我也舍不得扔掉。

　　（原载 2017 年秋季号《荷风》、2018 年第 2 期《韩江》、2018 年 3 月 8 日《潮州日报》、2018 年 6 月 23 日《山西日报》，2018 年第 10 期《微型小说选刊》选载）

赏析：

当下，许多文学作品有意识地疏远农村题材，即便是农村出身的城里人也开始遗忘在农村的时候，大海的《母亲的红薯干》却将我们的记忆重新带回到看似遥远的乡村："母亲"固执地坚守山地种植红薯，并且不顾父亲批评"现在谁还吃地里的东西"，每年都要用红薯制成许多食品。春天植下薯苗，在深秋凛冽的寒风中收获红薯，母亲艰辛地操劳，只为记忆中的儿子喜欢吃红薯干，其任劳任怨的朴素形象令人钦佩而心酸。遗憾的是，城里工作生活的儿子在食物丰富的今天，早已对红薯干失去兴趣，只是不忍说出而已。本文还画龙点睛式地写照了劳动力流向发达地区务工致山地荒芜的现实农村场景，并且用散文式笔触还原了农民曾经依仗土地春种秋收的艰辛。（广东　秀华）

乡下的母亲

儿子在他三十八岁那年担任街道办事处副主任，官至副处。按理说，这样的年岁，这样的位置，正是飞黄腾达之时，但儿子却在事业跨上台阶后忧愁起来。

母亲原本不是乡下人，生于城市，长在小知识分子家庭。贤淑的母亲生下儿子十年后，丈夫因病撒手西去，母亲不再改嫁，拉扯大了儿子。好在儿子争气，大学毕业后，历经国企技术员、县委机关办事员、市委办科长，一路升至现职，颇为顺达。如今让儿子忧愁的是，年届六十的母亲，竟然放弃城里三代同堂共享天伦之乐，要去乡下租住农家平房。母亲含辛茹苦抚育自己，儿子永远铭记，所以向来尊重母亲的意愿。只是，母亲这一次执意而为，儿子不知母亲为何如此。久劝无果之后，儿子觉得母亲肯定有她的理由，只能顺了她。只是，儿子放心不下日渐年老的母亲。

母亲晃晃儿子给自己买的手机，拍拍儿子的大众帕萨特轿车，说："我又不住在外市，一个电话什么情况你都知道，再说你开车

过来顶多半个小时。"母亲说完，拉了媳妇、孙子的手，笑："真
要是想我，你们每到周末就来乡下住，保证比在城里舒服。"

母亲说完，特意问道："周末有空了，你们能来住不？"

媳妇和孙子将信将疑，儿子不忍拂母亲的好意，点点头，说好！

母亲搬去了乡下，把租住的乡下平房收拾好，预留了儿子媳妇
和孙子的房间。儿子也兑现诺言，周末只要有空，一家三口就去乡
下，住进母亲收拾好的房间。

乡下的时光，远离了城市的粉尘喧嚣，看鸡飞狗跳，闻蛙声一
片，儿子倒也感觉别有风味，睡得特别香甜。自恃身体健康的母亲，
又租了一片小菜园，种下时蔬瓜果。儿子平常工作很忙，外面的山
珍海味吃多了，即便回到家里也觉食之无味。让儿子奇怪的是，每
次去乡下，吃到母亲种植的不含农药化肥的时蔬，竟觉爽口无比。

一天，儿子携妻儿去乡下，刚好细雨纷飞。儿子被朦胧村景打
动，兴致大发，脱了鞋袜下到地里采摘蔬菜。当惯领导的儿子还亲
自下厨，炒了几盘小菜，和母亲、妻儿吃得尽兴。此前，有件工作
上的麻烦事惹得儿子心烦意乱，但经过乡下田间、灶里这么一折腾，
儿子竟然抛开了烦忧，甚至还在劳作间，用淡然的心态打开了郁闷
的枷锁。

自那以后，儿子渐渐爱上了田园，只要周末没工作，必定携了
妻儿奔向乡下，赤脚下地，侍弄瓜蔬。有时，邻里百姓有困难要解
决，母亲嘱咐儿子尽力伸手。儿子举手化解，也觉欣慰。儿子和媳
妇还经常捎些蔬菜回城分发给同事，并且宣称，是自己亲手劳动所
得。

时间犹如白驹过隙，转瞬即逝。这一年，儿子每个周末基本上
都在乡下，料弄田地，劳作锻炼，呼吸新鲜空气，少了吃请应酬。
儿子惊异地发现，自己原来大腹便便，体重一百六十斤，现在竟然
降到一百四十斤，而且人也精神多了。

两年后，组织上推荐儿子担任某局局长。就有些暗处丛生的小
人，不断写信诬告儿子。

儿子去乡下，显得异常苦恼。母亲没有言语，携了儿子到地里采摘蔬菜。当晚，母亲炒了几盘家常小菜，邀了儿子对酌。母亲说："官位这东西，得之你命，不得也幸，走得正行得端，顺其自然吧！"

母亲几次主动喝酒，一边喝一边洒脱相劝："退一万步，你就是上不了这个局座位置，又有什么关系呢？儿啊，咱比上不足，比下有余，多少人不如你呢！"

儿子听了，心下坦然，就与母亲频频举杯相碰。席间，媳妇几次欲阻，被母亲制止。儿子喝到最后，痛哭一场，倒头酣然入睡。

不久，经过组织排查，证明儿子一身清白。儿子顺利通过人大任命，任职某局局长。

历经风雨终见彩虹，儿子四十出头，一身正气，精力旺盛，母亲六十有余，耳顺目明，身体犹健。儿子走马上任那天，母亲回到城里亲自送行。儿子临出门时，母亲突然问道："知道娘为什么要住到乡下吗？"

儿子扑通跪下，泪如雨下："娘希望儿子不要忘了乡亲，不要忘了劳动，少沾酒色财气，多些朴实平和，是吗？"

母亲目光颤抖，说："自古官员都是一身清正，才能走得更稳，行得更远。"母亲说完，搀起儿子，欣慰地笑，"儿啊，今后哪怕官做得再大，也要常带老婆孩子回乡下看看啊！"

六十开外的母亲依然青丝童颜，尤其是充满智慧的额头十分饱满，如同晶莹的红色陶罐。清风徐来，几缕刘海耷拉在母亲额头摇摇晃晃，使得陶罐样的智慧额头看起来无比锃亮。

（原载2016年《中山日报》、2019年第1期《唐山文学》）

赏析：

大海的小说《乡下的母亲》描述了执意租房住在乡下的母亲，看似简单实则用心良苦。贤淑达理的母亲润物无声，潜移默化地让儿子脚踩泥土健身心，胸装乡亲知为民，明晓事理淡名利，一身正气端品行，其一言一行，饱含了一个母亲对儿子的深知和真爱。有母若此，实之大幸！与那些母以子贵，甚至一人得道鸡犬升天，放纵子女捷径升迁、肆意敛财的母亲比较，本文里"乡下的母亲"愈加可亲可敬。小说选材典型，主题深邃，语言简练，感染力强，足见大海写作功力之深厚。（黑龙江　李运普）

奶奶的燕子

爷爷下葬那天，老家金盆村发生一件怪事。八个彪形大汉抬着漆黑的棺木，踩着吭当吭当的震天锣鼓声乐，杀气腾腾地穿过长满禾穗的田野时，被成百上千只燕子黑压压地围追。不受震扰的燕子护送爷爷至下葬的仙人井山半腰，才悲鸣离散。老泪纵横的奶奶喃喃自语："亲亲的燕子呃，一路飞好咧……"

奶奶成长的岁月里，离不开爷爷和燕子。爷爷出生在金盆村。奶奶出生的地方与金盆村隔着一座大山，叫仙人井山。奶奶六岁时，家乡闹饥荒，奶奶的父亲拖着家人翻过仙人井山，走过一片田野，行至金盆村，骨瘦如柴的奶奶饿得几近昏迷。爷爷的父亲刚好带着八岁的爷爷下田干活。奶奶的父亲哭求爷爷的父亲收留奶奶。爷爷的父亲问爷爷："喜欢这个小妹崽不？"爷爷指着飞翔的燕子说："她比燕子还轻。"便背起奶奶往家走。从此，奶奶成为金盆村唯一的童养媳，成了与爷爷一起长大的媳妇。爷爷有时嘲讽奶奶瘦得轻过燕子，奶奶回骂："你才是燕子……你全屋人都是燕子！"爷爷笑："好好好，我们都是燕子，好不啦？"

奶奶年岁尚幼的年代，裹脚的余烬尚未全熄。爷爷的母亲命令小媳妇也裹脚。奶奶心里怕痛，嘴上不敢言说。爷爷护着奶奶，说："大脚女人我喜欢。"爷爷的母亲威胁："大脚女人可是要下田干活的！"爷爷说："下田就下田呗"，拉着奶奶到田里，却不让奶奶干重活，只叫她数天上的燕子。那时的稻田没有化肥污染，奶奶就在稻田里抓青蛙，准备做给爷爷吃。爷爷阻止奶奶："天上飞的燕子、地上跳的青蛙是农民的好朋友，它们抓害虫，我们吃它们，不是害自己吗？"被爷爷放掉的青蛙咕噜咕噜逃走了。奶奶眨巴着眼睛，觉得爷爷特别伟大。

在爷爷的呵护下，比燕子还瘦弱的奶奶长成丰腴的大姑娘。爷爷也学会了木匠手艺。农民的世界，农活是主业，手艺是副业。每年秋收后，爷爷挑着沉甸甸的木匠担子，与燕子们依依不舍地一道离开家乡，游走外乡做手艺挣钱。次年春暖花开，又与迁徙归来的燕子们一起踏进家门。每年的燕子归去来回，成了奶奶的不舍与期盼。一看见燕子飞翔的身影，奶奶必定飞奔村口去守望爷爷。

恩恩爱爱的爷爷奶奶如同天地和谐，生了两男两女：伯父、大姑、二姑、我父亲。在奶奶辅助下，辛勤的爷爷建起三间砖瓦房。左右两间住人，中间一间做厅堂。不久，一对燕子入屋盘旋。爷爷说，猪来穷，狗来富，燕子来有福，记得早开门晚关门啊！燕子在厅堂中墙衔泥筑巢，生蛋孵卵，增添四个小生命。奶奶看见小燕子伸长黄嘴喳喳抢食，想起自己的四个孩子，既心疼又幸福。有只小燕子出巢坠地摔死，奶奶伤心好久。爷爷安慰完奶奶，架梯在燕窝下面装钉木板，既防小燕子坠地，又接从天而降的鸟屎。燕子夫妇也感知它们成为这个家庭的成员，喂食完毕，就站在木板边缘梳理羽毛、俯看厅堂。那情景，人与燕子和谐融洽。

秋天来临，燕子巢空，爷爷也要去外乡做手艺。奶奶伤感地问："燕子明年还回来吗？"爷爷反问："我明年还回来吗？"奶奶抱着爷爷哭："你一定要回来！"爷爷扑哧笑："有亲亲的燕子在屋里等，我能不回来吗？"悲哀的是，第二年春，爷爷却在乘船抵达家乡时落水身亡。爷爷没有兑现回家的诺言，从此永远不归。

奶奶的世界只剩下燕子，她觉得居住厅堂的燕子就是爷爷的化身。奶奶在厅堂摆了张床，想爷爷厉害时就在厅堂睡觉。燕子入窝一般不叫。奶奶觉得那是燕子在听她说话。等到夜深人静，奶奶仰望燕窝将满腹心事细细诉说。寒来暑往，斗转星移，厅堂的燕子换了一窝又一窝。奶奶努力撑持着家里家外，也将四个孩子拉扯成人。伯父去参军了，转业到外省。大姑、二姑嫁去县城。父亲大学毕业后，在省城安家。孤独住在老家的奶奶，对秋去春回的燕子又多了精神寄托：四个子女也是心头的燕子。奶奶盼啊盼，可惜子女各有家庭，忙工作，忙生计，成了飞翔在天上、不知何时返的燕子。孙子孙女陆续长大后，四个子女开始无法每年返乡，就动员奶奶去城里住。

那时节，老家金盆村有了开发迹象。秋天，奶奶来到省城我家。在高楼大厦里生活到次年开春，奶奶突然失魂落魄，说老家厅堂没人开门，燕子回来怎么办？奶奶不顾父母劝阻，执意要回老家。我只好相送。

奶奶回到老家，马上打开厅堂迎接燕子。可惜村里难觅燕子踪影。奶奶心有疑虑地走向田野，稻田已经流转备种经济作物，拖拉机正在滚滚作业。听说边上的土地也已规划，挖土机正在铲平土地。仙人井山脚也在轰轰烈烈，那里不知何时开了采石场。奶奶觉得换了世界，颤巍巍地对我说："孙崽呃，你们带我看过的观音山森林公园多好，你去告诉村干部，别把这里弄得乌七八糟，乡亲们想要山清水秀咧！"本来我也留恋老家金盆村前依良田、背靠青山，清幽秀丽的自然景象，可惜我已成为城里人。

失望的奶奶步履蹒跚地回到家里，终于见到一对燕子在屋前上空盘旋。老眼昏花的奶奶向天招手：亲亲的燕子呃……飞回来咧！这当口儿，一辆装满碎石的卡车从屋前呼啸而过。尘土卷扬后，燕子无影踪。

老态龙钟的奶奶进去厅堂，仰看毫无声息的燕窝，老泪纵横。

（原载 2018 年 5 月 28 日《羊城晚报·花地》、2018 年 7 月 10 日《北方新报》，曾获首届"观音山杯·人与自然"全国小小说大赛二等奖，被选作 2019 年重庆南开中学高三语文模拟卷、云南曲靖二中 2020 届高三语文模拟卷、吉林松原市扶余一中 2019—2020 高中语文试题、2020 届高三语文文学性阅读亲情回忆主题专练等）

赏析：

"南来小春燕，双双梁上栖"，成双成对的燕子就成了爱情的象征，自始至终贯穿全文的燕子，是爷爷奶奶爱情的见证。文章结构紧凑，故事动人，简单的语言，却交代了几十年的岁月变迁，这种变迁，有爷爷奶奶对爱情的执着、对故土的深情。燕子双飞，更衬托出奶奶"物是人非"的悲凉，失去爷爷的日子，靠的就是燕子给她的精神力量来度日。更为可贵的是，文末还描绘了社会的变革及环境保护等重大社会现实，使得本文有了时代的烙印，更有意义。

（广东　燕燕）

爷爷的烟袋

爷爷是个烟虫。除了在吃东西、喝水或者睡觉，其他看得见爷爷的时候，爷爷的嘴上总是叼着旱烟棍。烟棍的下头被爷爷衔在嘴里，上头时不时闪着火光，丝丝缕缕地冒烟。爷爷说话时，烟棍上下抖动，犹如一个默默跳舞的汉子，在爷爷的嘴上蹦蹦跶跶。爷爷出生于民国 17 年，七老八十的爷爷抽烟的历史老长老长。但爷爷从来不抽一盒一盒的烤烟，爷爷只抽旱烟，并且只抽云南楚雄产的手切旱烟丝，说这种烟丝劲小口感好。嗜烟如命的爷爷用传统的方式，将小小的草纸裹着一撮金黄的烟丝，卷成一根上粗下细的锥筒，再用舌头涂上口水弄湿粘连，然后吧唧吧唧美滋滋地抽。如果碰到也抽旱烟的朋友，爷爷会把卷好的烟棍扔过去：来呢，吃烟！

抽旱烟的人都有一个属于自己的精致烟袋，犹如今天女同胞必备的坤包。爷爷也有一个烟袋。爷爷的烟袋是用苎麻布做的，长十五厘米，宽十厘米，一面绣着一朵向日葵，一面绣着一颗心。许多抽旱烟人的烟袋是买的，用羊皮或者其他耐用材料制成。爷爷的苎麻烟袋也结实耐用，只不过爷爷的烟袋是奶奶送的。

爷爷是个木匠。民国 37 年，已经做了两年木工手艺人的爷爷，跟师傅在镇上一个开布行的大户人家做木工，帮人家的大女儿做嫁妆。这户人家特别有钱，有一间全镇最大的专卖布匹的商铺。息工的间隙，爷爷和师傅吃着点心，抽着旱烟。年轻的爷爷快速地卷烟，细口地抽烟，姿势轻松、娴熟、老套的样子打开了一个女孩儿的心扉。女孩儿是这户人家的二女儿，比爷爷小一岁，每天上午下午的点心就是她送来的。女孩儿第一次看见爷爷抽烟，就被深深迷住了。爷爷当时开了个玩笑，把一根烟卷好后请她吃烟。女孩儿接了，抽了一口呛得直咳嗽。爷爷哈哈大笑之后，把自己的茶缸递过去，不无疼爱地叫她喝口水润润喉咙。就这件事，让情窦初开的女孩儿坚信，这个男人不仅豪爽还会关心体贴人。女孩儿心动了，也行动起来了，拿了铺里一个苎麻线团飞针走线起来。爷爷走时，女孩儿将历时七天织成的苎麻布烟袋拿出来，脸上飞起一片酡红，娇羞地说："抽烟的人没有自己的烟袋怎么行？"爷爷豁然感动，收下她的烟袋也收到了她的心。勇敢的爷爷次日就带着聘礼向女孩儿的父亲提亲。女孩儿的父亲尽管非常佩服爷爷的胆量，但绝不同意水灵灵的女儿下嫁一个乡下木工手艺人。令这位父亲不解，也令爷爷更加感动的是，女孩儿也倔强起来：非爷爷不嫁！

女人铁了心比男人更有力量，和父亲闹翻脸的女孩儿，没拿富庶家里的一针一线，毅然地跟着爷爷去了乡下，成了我的奶奶。走那天，爷爷嘴里叼着烟棍，左手紧紧握着烟袋，右手牵着奶奶的嫩手，目光坚毅，胸有成竹。爷爷觉得自己有能力让奶奶幸福！

犹如奶奶最初认定爷爷时一样，爷爷豪爽而体贴，不仅对奶奶呵护有加，更从没对奶奶发过一次脾气。爷爷还兑现了自己的承诺，不辞辛劳地拼命做事，把挣来的每一分钱都交给奶奶，至少让奶奶感觉衣食无忧、手头宽裕，比大多数乡下妇女活得滋润。奶奶很多次感动得想哭，问爷爷为何对自己这样好？爷爷就笑，将烟袋握在手里细细抚摸。烟袋针脚细密，做工精细，朴实无华，经久不坏。爷爷抚摸着它就像摸着奶奶的手。爷爷心里有杆秤，当初奶奶放弃那么好的家境跟了自己，他有什么理由不对她好？爷爷像对奶奶一样用真情对待烟袋，从衣兜里拿出它时小心翼翼，像掏出价值连城的宝贝，就连伸手进袋掏烟丝的动作也含情脉脉、深意款款。

岁月之河就像爷爷卷起的烟棍，一根一根地烧下去。日子烧一天长一天，人烧一天命短一天。爷爷这根生命之烟快燃完时，刚好过完八十大寿。先奶奶而去的爷爷在弥留之际，尽管神志不清，但鸡皮样包裹的五指仍在不停地抓捞，始终不肯瞑目。父亲兄弟姐妹几人不知何故，直到奶奶将找来的烟袋颤巍巍地塞在爷爷手里时，爷爷的一息最终平静。

爷爷的手紧紧握住一生属于他的烟袋，安心地去了。

（原载 2008 年 7 月 20 日《中山日报》、2018 年 7 月 2 日《金雀坊》网刊）

赏析：

爱情是世间永恒的话题，而对于爷爷奶奶那个年代的爱情，仿佛更神秘美好，令人向往。大海的小小说《爷爷的烟袋》，讲述的就是爷爷奶奶那辈的爱情故事。整篇叙事氛围充盈着朴实而真挚的情感。它犹如一股暖流在读者心中缓缓流淌。大海巧妙利用核心细节推进故事发展——爷爷抽起烟来轻松、娴熟、老套的样子吸引了情窦初开的奶奶，爷爷的体贴和疼爱更是让奶奶动了芳心；奶奶细心为爷爷做了精致的烟袋，从此烟袋在爷爷心里更是有着无比特殊的地位，乃至去世之前都要紧紧握住，最后才安然离去。可以说烟袋是爷爷和奶奶之间的爱情信物，也是文中最为重要的物品细节。大海还善于在冲突中构建故事情节，以此勾勒出鲜活的故事人物特征。一个是爷爷在明晓奶奶的爱意后，于次日便提着聘礼向奶奶的父亲提亲，突出了爷爷对待爱情的勇敢；另一个则是奶奶的父亲绝不同意女儿下嫁一个乡下手工艺人，而奶奶却是心意已决——"非爷爷不嫁"，奶奶对爱情的执着由此可见。

文字功力颇深的大海，通过富有表现力的细节描写使得文中画面感突出："女孩儿毅然地跟着爷爷去了乡下，成了我的奶奶。""走那天，爷爷嘴里叼着烟棍，左手紧紧握着烟袋，右手牵着奶奶的嫩手，目光坚毅，胸有成竹。爷爷觉得自己有能力让奶奶幸福！""直到奶奶将找来的烟袋颤巍巍地塞在爷爷手里时，爷爷的一息最终平静。爷爷的手紧紧握住一生属于他的烟袋，安心地去了。"寥寥数句，深意款款。年轻时的两人因缘际会，在这些平淡的语句里，成就了一生恒久的爱情，正可谓平淡质朴见真情，相惜相爱走一生，读来令人感慨。（广东　陈凤）

小小说中的烟袋，看似平常的物品，在大海的描述中，它已变得不寻常了：烟袋的一面绣着一朵向日葵，一面绣着一颗心，这样就成了美好的定情物。心灵手巧的奶奶，对爷爷坚贞的爱情，都在烟袋里面，烟袋便成了爱情的象征。而爷爷对奶奶的呵护和细心照料，也是烟袋成全了他们幸福的生活。烟袋让爷爷热爱生活，为回报奶奶纯洁的爱，爷爷的一生都在生存中努力向上奋斗。在爷爷即将离世的时候，他带着奶奶给他的定情物烟袋，好像带着他们美好的爱情离世了。大海的这篇小说，语言朴实，行文自然，主题很有意义，让我们看到了传统的美德，也让我们感受到坚贞纯洁的爱情、让人奋发向上的美好。（深圳　李少红）

垂老的父亲

四季常绿的广东没有秋天，粤北除外。

立秋之后，粤北大地的稻子，如同临盆的孕妇，陆续熟透。金灿灿的稻田，包围着散落的村庄。粤北的山上秋意更浓，黄灿灿的银杏叶子迎风飞舞。儿子在秋天回到家乡粤北，探望年迈的父亲。母亲很早就去世了，儿子离开家乡后，孤独的父亲住在韶关乳源的山上。儿子驾车绕看金黄的梯田盘山而上，下车后踩着金黄的杏叶逶迤前行。儿子进入秋天的粤北世界，也看到父亲的秋天。父亲坐在秋日余晖里哗啦啦地烧。

儿子看见身材瘦削的父亲，心痛了一下，父亲老了！儿子指着自己的奔驰 SUV，说："爸，跟我去深圳吧！"父亲指着白墙斑驳的祖屋："儿啊，记得回家呢！"儿子鼻子一酸："生我养我的地方，当然记得！"父亲就笑："好！"父亲习惯地牵着儿子，推开家门，吱呀一声，把儿子的心拎回从前，带到另一个地方。那里，有儿子走出粤北山区的深刻记忆。

……儿子心里的从前，是高考落榜那年。儿子丧气地待在家里，等着跟父亲下地干活。父亲却背着煮熟的玉米，带着儿子逶迤前行，去不远的大峡谷。峡谷全长十五公里，谷深四百多米。儿子上高中时，地理老师骄傲地说，乳源大峡谷是广东地貌的一条美丽伤痕，距今一千万年。平静的大布河流从谷顶腾空冲下，形成气势磅礴的瀑布。父亲招呼儿子，顺着瀑布对面的小道，攀着绝壁上的树枝，小心翼翼地下到谷底。谷底的潭水聚成溪流，父子领着儿子，沿着溪流披荆斩棘，渴了喝溪水，饿了啃玉米。那时的父亲很健壮，瘦削的儿子却体力不支，行走在一线天似的谷底，无心欣赏奇异美景。两个小时蹚水穿行完毕，父亲准备从另一条崎岖小路登上谷顶，儿子已经筋疲力尽。父亲搀扶儿子坐在溪边，为他洗脸，给他洗脚。已经长成小伙子的儿子，被父亲长满老茧的双手抚摸，突然有了力量。返回谷顶的过程更加艰辛，峡谷两岸如刀劈斧削，父亲拉着儿子，贴着陡峭山道一路攀缘。儿子双腿颤抖时，父亲指着刀削石壁上盛开的野花和扎根石壁裂隙的松树，赞美野花靓丽，感叹松树顽强。

艰难地攀上谷顶，儿子骨酸筋软瘫倒在地。父亲扶起儿子，指着水雾迷茫的谷底："世上无难事，只要肯攀登，对吧？"父亲的话让儿子如梦方醒。儿子在那之后努力复读，以优异的成绩考上了一所名牌大学的化学系。儿子学的是高分子材料专业，前景广阔，毕业后在广州国有企业工作，后又去了深圳的外企。有了优厚待遇的儿子，很快在深圳落户成家。儿子常常想，要是父亲当年不带自己行走大峡谷，他就不会懂得人生攀登的意义。儿子后来还悟到父亲另外的意思：希望他不要沉没人生谷底，而是努力走出粤北山区，走向广阔天地！父亲说过，老家穷啊……

成为发达地区居民的儿子，劝父亲也离开粤北，说在深圳给他买了套小房，过去一起生活。父亲环视绵延的群山，指着地里的庄稼，说："家里离不开我啊！"儿子只好等过年，带着妻子女儿回来陪父亲。遗憾的是，大城市出生的妻女，再也不肯来粤北。父亲责备儿子："你是人家的丈夫和父亲，要过好你们的日子，我不孤单呢！"父亲把母亲遗像擦得锃亮，还经常去母亲坟头转悠，儿子心里清楚，父亲还惦记着母亲，怕她在家"孤单"。

粤北大地上的杏叶，一年一年地枯黄，父亲一年一年地衰老。女儿十岁那年秋天，儿子回到粤北，父亲兴奋地请他去游大峡谷，说家乡乳源变样啦，大峡谷也开发得越来越漂亮啦！儿子想起行走大峡谷的经历，担心父亲下不去上不来。父亲呵呵笑：早有缆车了。儿子陪父亲坐缆车下到谷底。秋天的大布河水从谷顶的断崖缺口倾泻而下，没有春夏的壮观，但有脱俗的空灵。儿子搀着父亲坐在细瀑飞流的潭边，如同父亲当年对待自己，准备为他洗脸洗脚，却被父亲阻止："不能像以前啦，我们要爱惜家乡的山山水水！"

谷底新修了道路，增加了景点，奇异美景更加引人注目。父亲拉着儿子，仰望几近垂直的通天梯："1386级石阶，86层楼高，爬下试试？"儿子想说您身体不行，话一出口暴露自己胆怯："不行，我痛风，膝盖不好。"父亲拍拍儿子肩膀："少应酬，别喝酒，你也老大不小呢！"

返回谷顶，父亲请儿子去大布镇上吃饭。恰逢当地赶圩，儿子听着乡音，倍觉亲切。父亲请店家炒了山坑螺和山水豆腐，还要了一瓶韶关米酒。山泉浸润的坑螺清爽美味，山泉磨制的豆腐细腻嫩滑，激起了儿子的乡恋。父亲问："知道为什么叫你再游大峡谷吗？"儿子说："叫我看看家乡变美了呗！"父亲严肃起来："是叫你别忘了家乡！"儿子说："不会，我准备在村里给您建幢新房，再修下妈的坟。"父亲颤颤地问："要花多少钱？"儿子说："我算了下，五十万！"父亲沉默良久，说："我活不了几年，你花几万把祖屋修下就行，余下的钱拿去修村小学吧，我和你妈记得你的孝呢！"儿子目光直直："这怎么能行？"父亲举起酒杯："你在外出息了，帮助下家乡，带头做个榜样，那些有出息的乡亲也要给家乡做贡献，嗯？"儿子点点头，举杯一饮而尽。父亲跟着饮尽杯中酒："才叫你别喝酒，我又和你喝上了……唉，我老啦！"

父亲的白发弥漫儿子双眼，儿子笑着哭了。

（原载 2020 年 4 月 26 日《宝安日报·宝安文学》、2019 年 5—6 月合刊《南叶》）

创作谈：

乳源大峡谷是广东地貌的一条美丽伤痕，大概由于鲜有宣传的原因，其幽深险峻近年才为外界所知。两年前，我带着家人去了一趟大峡谷，在攀登"天梯"和沿"一线天"登顶过程中，有了切身体悟，除了骨酸筋软，还有痛。尤其是家人，回来一个星期，小腿都在疼得打战。但是，唯有这种疼痛的体悟，才有了下笔的顺畅。在本文里，垂老的"父亲"，是我们身边若干个普通父亲中的一员，也是若干个伟大父亲中的一员。父亲的普通，源于他是一个农民，没有高大上的教育手段，通过带着儿子行走大峡谷，让儿子不要沉沦于人生谷底，而是明白人生攀登、苦尽甘来的意义；其后，父亲孤独地居住老家山上，不忍也不愿打扰儿子的家庭，嘱咐儿子过好自己的生活。父亲的伟大之处，则体现在对家乡的间接奉献之上。尽管这份奉献出自儿子身上，但毕竟是父亲教诲的结果。我们经常可以看见，多少有出息的人想着衣锦还乡，不惜耗费巨资回到乡下修建豪华楼房和祖坟，无非为了光宗耀祖。而父亲何其伟大，"你花几万把祖屋修下就行，余下的钱拿去修村小学吧" "你在外出息了，帮助下家乡，带头做个榜样，那些有出息的乡亲也要给家乡做贡献"，短短几句，使得父亲的光辉形象跃然纸上。在本文创作里，"我"还运用了首尾呼应的手法，以"父亲不断苍老"为线索贯穿头尾，既增添了忧伤的韵味，又回应了本文的主题。（大海）

父亲的陀螺

儿子小时候，属于不富裕的年代，小孩子没有什么玩具，女孩玩跳绳，男孩玩陀螺。

儿子有个陀螺，杉木做的。杉树是常见的普通树木，种植容易，价格不贵，就是材质不够坚硬。因为廉价，家具的杉木边角到处都是。因为不硬，拿它做陀螺，菜刀都能砍削成形。杉木陀螺的缺点是轻飘，儿子的杉木陀螺就是这样，鞭子抽下去，经常跑偏，惯性也小，转不了多久就停。儿子在陀螺中间打了钉子加重，平衡效果一般。

儿子渴望有个好陀螺，集市上卖的那种，外腰包了钢皮，闪闪发亮。儿子跟父亲说："小胖有个钢皮陀螺，能转好久。"父亲说："你就和小胖一起玩呗！"儿子又说："黑仔也有一个。"父亲说："你就和黑仔一起玩呗！"儿子怯怯地说："我也想有个。"父亲吸着自制的卷烟，吧嗒，吧嗒，没有说话。

那时的父亲年近半百。四十之后生孩子，人们说是老来得子。为什么老来得子？因为家里穷，父亲四十那年，才有个眼里长萝卜花的女人肯嫁他。一无所长的父亲，只会下田种稻和上山砍柴，全年的家用，靠老婆养些鸡鸭和替人做点手工赚取。父亲问小胖父亲："你儿子的钢皮陀螺多少钱啊？"小胖父亲说，一块。父亲又问黑仔父亲。黑仔的父亲也说一块。父亲吸着卷烟，吧嗒，吧嗒，笑了笑。

不富裕的年代，一分钱买块奶糖，两分钱买支冰棒，三分钱买支铅笔。一块钱能买到什么？两斤肉，十斤大米，五十个鸡蛋……晚来的儿子就是宝，父亲觉得儿子比宝贝还要珍贵，但凡儿子的要求，尽量答应，除了用钱去买。好在儿子懂事，也没什么特别要求。父亲想向老婆开口要一块钱，看到老婆的萝卜花眼，收了声。农忙时节，老婆一样下田干活；农闲时节，自己上山砍柴，老婆从老板家领回塑料做手工。父亲想偷偷拿出一块，次次放弃。父亲其实不用偷，放钱的小木盒在衣柜抽屉里，里面最多时攒了三十块。父亲想起老婆眯眼干活的辛苦样子，于心不忍。

父亲常骂卖钢皮陀螺的老板：卖一块，抢钱啊！卖钢皮陀螺的老板是乡农械厂职工，有钢皮资源，有操作机器，做出来的钢皮陀螺，精致漂亮，沉稳耐用，不仅孩子们喜欢，很多大人也喜欢。父亲骂完之后，想到儿子怯怯的眼光，愧疚又心痛。拿不出一块钱的父亲，很想找块钢皮做包装。就装作赶集，在集市不远的农械厂后转了几个圈，不要说钢皮见不到，连生锈的铁皮都见不到。父亲知道，即使弄到钢皮，自己也做不出精致的陀螺。

父亲突然想到，砍柴时看见山上有种个头矮小的黑木檀树，材质非常坚硬，是做陀螺的上等木材。只可惜，家乡的山丘长不了大树，到处都是裸露的石头。黑木檀树更加不多，平常看到的，顶多只有镰刀把粗细。父亲漫山遍野找，终于发现有棵碗口粗的黑木檀树长在悬崖。窃喜的父亲借着落日黄昏，背着镰刀，攀上悬崖，砍下黑木檀树。

遗憾的是，天色暗黑，父亲爬下悬崖时踩空，摔折了小腿。

单腿蹦回的父亲，没有告诉儿子腿断的原因，只说砍柴跌伤。

村里的老中医为父亲接上伤骨，父亲在养伤期间用黑木檀树取材，一刀又一刀，削成碗口大的陀螺，再用粗砂纸细细打磨。精制而成的陀螺，质地坚硬，油光发亮，拿着沉甸甸的，还散发木头清香。儿子兴奋地尝试。缠鞭，放鞭，陀螺启动，举鞭猛抽，啪——，旋转三分钟。待到速度放缓，又一鞭抽去，啪——，再旋转三分钟。儿子玩着就哭了。父亲问："哭什么？"儿子伤心地说："开……心！"

父亲弄不清，儿子究竟是开心还是伤心？但是，只要看到儿子专心投入地玩陀螺，父亲就觉得欣慰。遗憾的是，父亲的伤好了，却留下后遗症，走起路来，右脚有些瘸。

有了心爱的陀螺，儿子不再提任何要求，并且发愤读书，先是考上重点中学，后又考上名牌大学，还找到好工作。不管上学还是工作，儿子都将那只陀螺带在身边，当作学习工作之余的娱乐健身，杜绝不良习气，还获得一些陀螺参赛类奖。父亲七十岁生日那天，儿子带着妻儿回乡祝寿，还在酒席上表演玩陀螺。父亲搂着孙子笑："你爸这么大还玩陀螺呢！"儿子突然哭了："我玩陀螺是为了永远记得，爸曾经为我摔断过腿！"父亲一怔："你怎么知道？"儿子哽咽地说："那时我已经懂事，我没说实话，是怕您为我伤心啊！"父亲悄悄抹了下眼泪："我没说实话，也是怕你为我伤心啊！"

儿子还要说什么，被父亲嘘声止住。瘸腿父亲拿走儿子手中的陀螺，牵着孙子，说："走喽，爷爷带你玩陀螺去！"

（原载 2018 年 11 月 21 日毛里求斯《华声报》、2018 年 12 月 30 日《金雀坊》网刊、2019 年第 1 期《丹荔》，2019 年第 5 期《微型小说选刊》选载；入选《2019 中国微型小说精选》）

赏析：

在那个物资贫乏的年代，一块钱可以买许多东西，但在本文里，即便是一个小小的陀螺，父亲却怎么也不舍得买，因为不舍得花费宝贵的一元钱。在本文里，老来得子的父亲因为怀着对儿子的宠爱，即便贫穷，也想着让儿子玩上质量上乘的陀螺，不得不铤而走险，却因为获取制作上乘陀螺的材料而摔断了腿。事后，父亲与儿子，一个不想让儿子伤心而随便找了个理由，另一个不想让父亲伤心而假装不知道。一个小小的陀螺，情系着父子二人的心，直到几十年后才显现出来，也许，这就是真爱吧！这种真情的爱，看似平淡渺小，却可以长久承载、慢慢体会，更值得用心永远珍藏！（安徽　戚佳佳）

父亲的扁担

父亲有一根扁担，黑紫檀木做的，长一米四五，细细挑挑，两头溜尖，担上重物，晃晃悠悠，坚韧而有弹性。据父亲讲，年轻时曾用它挑过二百五十斤的东西，扁担压成一张弯弓而丝毫无损。扁担是作为农民的父亲最亲密的伙伴。每年开春时节，父亲用桐油将扁担细细地油了。桐油有防腐、防蚀、加固的作用，被父亲精心护理过的扁担油光可鉴，细腻漂亮，拿来顺手。父亲握着它，一如武士执着自己的利剑。

父亲长得高大结实，挑了重担，在田间地垄照样疾步如飞。男孩在走上社会前，晃晃悠悠的扁担成了他视野里最美丽的风景。男孩从读高中起到上大学，假期里都会随父亲下地干活。不过父亲从不让他摸这根扁担。父亲希望他用功读书，别压坏身子。后来，男孩读完大学去广东打工，连摸到扁担的机会都没有了。直到第三年夏天，因为一件在男孩看起来属于人生第一件悲痛的大事，让男孩和父亲的扁担结下了不解之缘。男孩说的悲痛大事，是指和自己从大学便开始交往、后来一道在广东生活了三年的女友，跟一个有房有车的成熟男人走了。女友走时说得很坦白："和你一直过着清贫的生活太累了，我需要一个稳定安全的家！"女友头也不回地走了，男孩伤心欲绝无力做事，干脆辞了工作回到农村老家。

　　男孩曾经将在城市出生的水灵灵女友带回家一次，轰动了十里八村。今天，男孩孤单而返，垂头丧气，父亲看在眼里，也没安慰儿子。父亲把他的扁担郑重地交给男孩，自己另找了一根弹性差的棒子，然后带着男孩，走向田野，走向山岭，早出晚归。尽管男孩少时干过农活，但别了农村三年，当扁担重又压上，男孩的肩就红肿。每当男孩不堪重负放下担子泪水涟涟时，父亲总是不语。待男孩稍稍歇息后，父亲命令男孩：挑起来！男孩不恨父亲，男孩只恨自己的无能，还有肩上这根冷酷无情的扁担！

　　时间就像田里的禾苗，刷刷蹿出一大截，两个月很快过去。在这段时间里，男孩的肩膀红了肿，肿了退，当男孩逐渐觉得扁担压上肩膀不再疼痛时，心灵的伤痛也渐渐淡了。一天劳作间隙，男孩低低地对父亲说："把你的扁担送给我吧，我不想出去了。"男孩说的是实话，乡村生活虽然劳累，但纯朴安然，不会给自己带来伤痛。父亲虽然背仍不驼，腰仍挺直，但长年繁重的体力劳动已经让父亲显得老了。一脸沧桑的父亲顺了儿子的话，把扁担郑重地交给男孩，一脸凝重地说："扁担我可以交给你，但我不要你留下来一辈子和扁担打交道，我要你带着这根扁担从这里走出去，走向更远的地方！"父亲又说："我希望我的儿子，既然能够体会扁担带来的辛劳生活，就更应该能够承受扁担带来的生活压力。"父亲拍着儿子的肩膀打气，"作为男人，你要像这根扁担一样，努力面对困难，挑起生活重担，哪怕再苦再累，可以弯曲但绝不能折断！"

　　父亲话音未落，男孩豁然醒悟。男孩回到家里，像武士护理它的利剑一样，用桐油再一次将扁担细细涂抹，直到它油光锃亮，焕然如新。次日，男孩用家乡最古老的出行方式，对父亲磕了个响头，带着这根扁担再次来到广东。

　　在南方重新开始的日子里，男孩拼命工作，并且在业余勤奋学习。当身边的同事累了，出去喝酒、唱卡拉 OK 时，男孩回到宿舍摸摸扁担，劳累便烟消云散，甚至于浑身充满力量。男孩不像有些人，多付出半个小时的加班也要跟老板争取利益。男孩只知埋头苦干，用心总结。功夫不负有心人，凭着勤奋上进，男孩刚到而立之年，已经升任副总经理。犹如当年女友跟着的那个成熟男人，如今的男孩也已变为成熟男人，在这片异乡土地上拥有属于自己的房子和汽车，并且收获了爱情。

结婚那天，男人专门请人做了个钢架，然后用一块红布将扁担包了，供在架上。新婚妻子对男人的奇怪举动不解，问男孩为什么。男孩没有解释，将如前女友一样美丽的妻子搂在怀里，淡淡地笑。

（原载 2008 年 7 月 13 日《中山日报》、2018 年 11 月 28 日毛里求斯《华声报》）

赏析：

读大海的小小说《父亲的扁担》，有种似曾相识之感。小小的一根扁担最后成了支撑着儿子克服困境、战胜自己的信仰，"在这段时间里，男孩的肩膀红了肿，肿了退"，也成为父亲教育儿子发愤图强的无声手段。多少父亲曾经如此教育少不懂事的儿子，尤其是出身贫穷落后农村的父母，谁都希望子女不要步己后尘，摆脱穷困，创造人生辉煌。本文写出了父母的殷切期望，我想这也是大海人生追求的境界吧。这篇小小说语言精巧，叙述轻缓而紧凑，初看形似散文，实际是一篇很有励志意义的虚构力作，只不过真实得让读者过分相信。我陆续读过大海的小小说，感觉他写作的真诚，相信他是一个具有社会责任感的作家。能有幸读到大海的小小说，对我来说是一种享受。（深圳　李小红）

城里人张三

张三 22 岁以前，是个地地道道的乡下仔。张三出生的村庄名叫浣纱涌，名字文艺，景致美丽，树木苍翠，白鹭飞翔，一条小河像发情少女，围着村庄咿咿呀呀地唱。村庄再美，终究是山野。读过几本古书的爷爷，常常告诫少年张三："万般皆下品，唯有读书高，好好读书，别像你父亲一样窝在村里修地球哟！"爷爷像只絮絮叨叨的老鼠，把父亲羞得无地自容，却把张三激得雄心万丈。张三躲进稻草堆，苦思冥想也想不出爷爷为什么志存高远，但爷爷的话犹如田间的谷子、地头的红薯，虽然朴素却充实张三的理想。张三发奋读书，努力向上，考中了县城的重点高中，考上了省城的师范大学，分到省城国营机械厂当了办公室秘书，还娶上白白胖胖的城市女，成了真正的城里人。

张三每次回到浣纱涌，爷爷都会谦虚地宣称："我孙子没干啥大事，不过在城里吃国家粮坐办公室哟！"张三行动上谦虚，嘴巴上却有了城里味，给乡亲们敬烟时，说"请抽烟"，不说"来吃烟"和乡亲们坐下聊天时，要将凳面轻轻吹下；与乡亲们吃饭时，得备一双公筷来夹菜。虽然如此，但村里乡亲还是羡慕得要死。男人们希望能像张三那样夏天皮鞋套袜子，女人们渴望能像张三的老婆那样冬天裙子露大腿。

城里人张三过着平平淡淡的城里生活，偶尔回乡享受一下城里没有的荣耀。遗憾的是，城里岁月像块油腻的抹布，擦净了张三从农村带来的满身灰尘，却留下斑斑驳驳的城市伤痕。好好的国营机械厂，在改革开放大潮的冲击下，毫无征兆地扑倒在地。厂子倒闭，张三下岗。张三向来安逸惯了，这么一下就慌了神。年过半百的张三，找出几近腐烂的专科文凭，偷偷摸摸地去了几个私企应聘，无奈人家总有理由拒绝。城里人有他的荣耀，也有他的无奈。越来越多的国有企业，像浣纱涌大水浸后的稻子，一茬一茬，拦腰栽倒。吃国家粮的国企职工，滋润的日子说没就没。这时节，张三的老婆提前内退，张三的儿子考上大学正需要花钱。迫不得已的张三，用下岗补助开了间食杂店，在熟悉的城市开始另一种陌生的生活。

城市无暇理会民生疾苦，照样马不停蹄地日益繁华，任高楼大厦如雨后春笋般疯长。大学毕业的儿子每次带女朋友回家，都向张三开炮："家里总共六七十平方米，连个说话的地儿都没有。"张三说："不是有你的房吗？"儿子愤怒地说："屁大个地方，除了床，椅子都安不下。"张三说："那……明儿换大房。"儿子气咻咻地出去，张三立马后悔，自己的低保金加老婆不高的退休金，在寸土寸金的城里，搭个浣纱涌那样的猪圈都不够！

儿子在外租房，与女友过起二人世界。没有儿子的炮火，家里清静多了，张三开始自我安慰：龟儿子有本事自己换房，没本事缩回家里来，老子好歹有个窝给你。张三还悟出一套城市普通人的安乐思想：莫说比上不足，也莫说比下有余，日子能过就好哟！夹在城市缝隙里的张三，迅速调整心理状态，在食杂店生意好时，还会光顾下遍地开花的足浴按摩馆。按摩师们在收到张三的小费之后兴奋不已，总能让他收获久违的荣耀。

爷爷去天国志存高远，父亲也走了。张三停留在浣纱涌的目光渐行渐远，浣纱涌却在发生翻天覆地的变化。一个说话像打铁的香港老板投下巨资，将原本山清水秀的浣纱涌打造成梦幻般的世外桃源，引得城里人蜂儿采蜜样飞来度假。热闹的浣纱涌，人人有分红，个个有工作，家家户户盖起漂亮小洋楼。一次，儿时伙伴狗生来省城办事，张三请吃饭，狗生抢着买单："你挣那点钱还不够我抽烟哟！"张三问："村里人挣钱比城里人多？"狗生用戴着金表的手拍着张三："老子是农民，但老子现在瞧不起你们有些城里人！"

怯怯的张三，对熟悉的城市虽爱但痛，对陌生的家乡开始敬爱和向往。甚至在梦里，张三常常梦见自己做回浣纱涌人，荷锄躬耕，其乐无穷。但越是这样，张三越不敢靠近家乡半步，只能在报刊、电视或者网上，寻觅关于家乡欣欣向荣的消息。

几年之后，张三下决心回家乡祭祖时，被一座高大的门楼堵在村口。一个涂脂抹粉的小姑娘坐在写着"购票入村"的小窗里高叫："成人票，八十！"张三说："我是浣纱涌出去的哟！"小姑娘说："只要现在不是本村人，谁都要买票！"张三再要争辩，被两个威武的保安请到一边。第一次被生养他的村庄挡在外面，张三茫然不知所措。小河还是过去那条小河，记忆里的光景却荡然无存。靠村的堤岸，已经变得花红柳绿，烂漫无比。

张三目光迷离中，一辆旅游大巴驶入村里，又一辆面包车在村口停下，拉出几个膀大腰圆的领导。一个身穿白裤、脚穿黑鞋的男子从村口疾步而出，将圆滚滚的领导迎入。男子就是狗生！张三很想叫住狗生，请他带自己免费入村。话到嘴边，又吞下了。

（原载2013年6月16日《中山日报》）

赏析：

大海的《城里人张三》巧妙布局，内涵丰富，使精巧的篇幅展现出一幅城乡社会变迁的恢宏画卷。由于社会的发展，难免一部分人、事、物会遭到无情淘汰，而张三就是被筛箩筛下来的那粒糠。大海采用"斜升反转"写出：从"乡下人"荣升"城里人"的张三，于城市而言，他微小、普通，如同一棵树、一棵草那般不起眼，而在乡亲们眼里，却自带城市光环，有着无限荣耀，这强烈的对比，使张三获得了极大的心理满足，但这是在乡村落后闭塞的前提下。三十年河东，三十年河西。城里人张三下了岗，一家窝在六七十平方米的家里，而浣纱涌却今非昔比，暴发起来的狗生甚至瞧不上城里人了！荣光不再的张三对陌生的家乡开始向往，而当下决心回生养他的村庄祭祖时，却被一张门票无情地挡在村外。可以说核心人物张三命运的反转是融入了社会变迁的这个大熔炉，正应了当下的一句话"融不入的城市，回不去的乡村"。张三的命运无疑是带有悲情色彩的。有多少从乡村来到城市苦苦挣扎奋斗的人，从张三身上看到自己的影子！自然，大海的这篇小小说也极易引起感叹或共鸣。（广东　陈凤）

篾匠的端午

那年间在乡下，会手工活的人被尊称为"艺人"。那时的艺人不是我们今天所说的文艺界的人，而是专指手艺人，比如做木工的、剪窗纸的，只要手艺精，便是艺人了。艺人手中的活大都是祖传，外人很难入他们的行。即便入了，没个三五年也学不到艺活的精髓。

篾匠就是拥有非凡绝技的艺人。一把竹刀，左劈右劈、上下翻飞，毛发一样精细的竹丝、纸张一样薄薄的竹片也做出得来。只要篾匠想得到的，竹床竹桌，竹篓竹席……粗的细的，大的小的，从容不迫的篾匠会在最短时间内做好。但篾匠不是那种从小师承祖传的艺人。

篾匠记得老家闹水灾那年是民国19年，父母在洪水中双双走了，十岁的自己为了有口饭吃，跟着村里那个没有儿子的老篾匠"师傅"远走他乡。由最初帮老篾匠劈竹条打下手，再到自己也能做出漂亮物件成为技术精湛的艺人时，二十岁的篾匠陡然觉得心里空荡荡的。这些年，篾匠和师傅走过了山山水水，踏过了坎坎坷坷，随着年龄一天天积累，小篾匠只要看到人家屋里点点灯火，心就隐隐发痛，哪里才是我的家啊！

年轻的篾匠像一只没有彼岸的小船，在动荡的岁月之河里飘啊飘，飘到湘中北部那个小镇时是民国34年。小镇依山傍水，气候温润，盛产各种各样的竹子。小镇人们吃竹笋、用竹碗、坐竹凳、睡竹床……生活中无处没有竹子。竹子是篾活艺人的故知，篾匠和师

173

傅在镇上忙活了大半年。半年里，二十五岁的篾匠虽然忙忙碌碌却常常心潮起伏。篾匠心里非常清楚，让自己心潮不定的是房东的女儿。水灵灵的女孩只有十九岁，没事时就趴在篾匠身边，眼睛眨巴眨巴地看他忙活。看得多了聊得多了，篾匠和女孩的心，就像风浪上的船，摇摇摆摆起来。

师傅和篾匠要走的那天是农历五月初五。那天女孩对篾匠说："你们师徒在外没个家，不如在我家吃点粽子过个节吧。"篾匠和师傅去了，女孩将一只粽子褪去包裹苇叶蘸了白糖递给篾匠，说："这是我第一次包，你尝尝好吃不？"篾匠吃着带有苇叶清香的粽子，连连点头："好吃好吃！"女孩娇羞地低了头："那你留下来，年年端午我做给你吃！"篾匠一愣，心就动了。

次日大早，篾匠和师傅背着行李走时，看见女孩躲在街角怯怯地目送自己，篾匠心里一阵绞痛。默默无语的篾匠一步三回头离开时，老觉得女孩就在身后。当行出小镇来到河埠边，就要踏上远行的渡船时，篾匠突然冲师傅扑通跪下："对不起师傅，我不想走了！"饱经沧桑的师傅什么也没说，扶起篾匠点点头："看得出来她也是真心留你，去吧，好好待她！"篾匠将师傅扶上船，在岸上对着师傅深深磕了三个响头。船渐行渐远，篾匠泪眼迷蒙地起身，才发现女孩原来也跟到了河边。

篾匠留在了镇上，成了女孩的丈夫。那一年，为了躲避国民政府兵役机关抓壮丁，也为了不离开成为自己女人的女孩，篾匠自残右手食指。食指没了，照样可以拿竹刀，就是扣不了枪机，篾匠被气愤的国军官兵狠揍了一回，也避免了充当炮灰。

新中国成立后的篾匠，由镇属的篾器厂技术员、厂长，再到退休后担任篾器厂技术顾问、镇政府竹业文化与发展委员会顾问，不遗余力地推动了竹业文明，使小镇成为闻名全国的竹器之乡，也使得成千上万的优秀篾器艺人寻找到了施展才华的舞台。一个经济新闻记者惊奇他当年背井离乡来到这里扎根发展的眼光，问："是什么让几十年前的你看到了今天的辉煌？"

　　当年的篾匠、如今的竹器艺术大师，牵着当年的水灵女孩、如今鹤发鸡皮的老伴，淡淡地说："我没有那么大的本事，用几十年前的眼光能看到今天，那时的我只是为了每年能在这里过端午节。"记者满腹狐疑："这和端午节有什么关系？"老竹器艺术大师什么也没回答，用没有食指的手紧紧攥住老伴早已不再柔嫩的手，一脸幸福地笑。

　　（原载 2008 年 2 期《小小说出版》、2008 年 6 月 7 日《中山日报》，2018 年 5 月 29 日《金雀坊》网刊、2019 年 6 月 7 日"啄木鸟"公众号、2016 年 10 期《小小说月刊》选载，入选《2018 中国年度作品·小小说》）

　　赏析：
　　随着传统艺人的逐渐消失，许多民俗产品也快消失在人们的视线里。只有在城乡集散之地才能看到这些东西。小东西，大生活，这与人们息息相关。而作为艺术作品而言，小人物，也应有大情怀。一段故事，一段尘烟，因为年少时常看他们劳作。写这类人物，除了技艺传承，还要有内心的追求，如爱情向往、生命抉择等，需要用简朴的内心，去映射出人物思想的光芒，事儿可大可小，并不会影响作品主题意义的发挥。比如此篇，把端午时节的特定人物安给了篾匠，就有了另一种艺人生活故事，需要用更多细节优化人物，作品于是也有更强的可读性了。（福建　天井）

一生的粽子

　　男人是有故事的。他的故事其实与粽子并无多大的联系，更多的是"知识青年"与"归侨姑娘"的密不可分。就像系在扁担两头用来挑重物的麻绳，绳子中间打了死结，担子挑得越久，死结成了疙瘩，除非你用刀子将它割断，否则就是永远解不开的结。

如果不是因为那场运动，男人本该属于大城市的。男人依稀记得，1968年12月22日，一代伟人毛泽东发表了"知识青年到农村去"的最高指示，之后不久，他就和一帮天不怕地不怕的热血青年，乘坐两天两夜的火车，来到这片荒蛮之地。男人认为那时的自己根本算不上"知识青年"，六九届的初中生，小屁孩一个，能有多少文化？知青们当年的基本待遇只有口粮40斤、工资28元，房屋要自己盖，菜要自己种，工作除了开垦种植，还是开垦种植。小屁孩男人就像一头在城市喝自来水长大的牛，既来之则安之，闷头闷脑，耕耕种种，和一帮任劳任怨、从不说苦的知青，成了所在兵团连、排、班的一线骨干。当后来许多研究"知青"的学者专家包括老知青们费尽脑筋去思索"为什么要让那么多知识青年上山下乡、农民究竟能给青年什么样的再教育"时，他直到现在都没为这个问题思考一分钟。他想，中国当时多的是农民而缺乏知识分子，但为什么让那些"准知识分子"加入农民行列？这些一般人都能懂的浅显道理，伟人不可能不懂！

岁月沧桑，时间一晃就让当年热血沸腾、意气风发的年轻人，在这片土地上刀耕火种了十年，小屁孩男人也变成了青年男人。这期间，许多知青在"两招一征"（复课开学的大中院校在下乡知青中招生，城市机关企事业单位招工在下乡知青中招收，军队征兵按比例招收下乡知青）上费尽努力，陆陆续续离开这片洒下热血和汗水的土地。青年男人也想走，但心里隐隐牵挂着兵团附近村庄里的姑娘。她是个体态婀娜、神情柔媚的姑娘，是到兵团看电影时，和青年男人认识的。流香溢芬的姑娘让许多男知青神魂颠倒，但更多的男知青因为这片让自己痛苦不堪的土地，而放弃和姑娘走近。青年男人不管，一来二去就和姑娘熟了。姑娘是个归侨，出生在东南亚某个国度的华人家庭。当年，东南亚某个国度发生排华事件，姑娘的父母历经千辛万苦，带着年幼的她漂洋过海回到祖国。姑娘怯怯地告诉青年男人，因为有过在国外的动荡经历，加上父亲患有重病，所以她对安稳家庭的渴望比任何人都要强烈。青年男人的内心突然荡漾了一下，但一想到远在城市的父母，又止住了。

青年男人的父母，如同全国各地焦急等待子女返城的父母一样，盼望着孩子早日回城。1979年端午前夕，父母千里迢迢来到兵团，给他带来了招工的好消息，也做通了一切关系。拿到兵团介绍信的当天，父母怕夜长梦多带着青年男人要走。青年男人拔腿跑去村庄，告诉姑娘说："我要走了，可能永远不回来了。"姑娘当时一愣，想说什么，又止住了。

端午那天，青年男人一步三回头地准备离开这片让自己洒了十一年汗水的土地，刚刚坐上长途汽车要出发时，一个快速奔跑而来的身影挡在已经发动的车前。青年男人透过车窗一看，是那个姑娘！此刻的她喘着粗气，将一个花布包袱隔着车窗递给青年男人，说："我没什么送给你，昨晚包了些粽子，你拿着路上吃吧！"青年男人接过热乎乎的粽子包袱，泪眼迷蒙。姑娘仰起满是汗水的脸，怯怯地问："你，能留下来吗？"青年男人想起姑娘曾经说过的话，她是那样渴望拥有安稳的家庭，心里开始激起一股热流。青年男人听见自己的内心在呼唤，觉得自己就是一座山，有责任去给内心还在飘浮的姑娘提供坚实的保护。

这时，长途汽车喇叭不耐烦地响了，父母也催着叫他说再见算了。青年男人犹豫一下，突然大叫司机打开车门，跳了下去。他在踏下车子的瞬间，紧紧拥住姑娘，姑娘也紧紧拥住他。很快，青年男人擦干眼泪对父母说："你们走吧，儿子谢谢你们的好意……"

许多年以后，早已变成农民的男人，和老伴儿坐在家里，接受儿子的"采访"。在儿子的记忆里，父亲和母亲总是那么恩爱，连嘴都没有吵过一次，儿子一直想借机问个明白。

儿子是个长身挺立的小伙子，因为母亲是归侨，自己属于侨眷，他考上父亲出生城市的华侨大学。他不解地问自己的父亲："当年是什么让您毅然放弃大城市生活，决定要留在这里啊？"脸上印满沟壑的农民男人，轻轻搂过当年漂洋过海回国的归侨姑娘、如今相伴二十多年的老伴儿，淡淡地说："是你母亲的粽子改变我的一生！"儿子觉得奇怪，目光投向父亲和母亲："是不是父亲家当年很穷，没有吃的，母亲用粽子救过父亲？"农民男人呵呵一笑："反正是你母亲的粽子留住了我！"农民男人说完，狡黠地问老伴儿："是不是，嗯？！"

老伴儿一如当年，抬起头怯怯地问："留下来觉得苦吗？"农民男人当着儿子的面，在老伴儿沧桑的脸上吻了下，笑着对儿子说："很多人都有改变自己一生的粽子，幸福不幸福，看你觉得自己的选择值不值；其他人的粽子我不知道，你母亲的粽子，我是选对了！"

（原载 2008 年 7 月 20 日《中山日报》、2018 年 6 月 19 日《河源乡情报》、2018 年 11 月 22 日毛里求斯《华声报》、2018 年 5 月 29 日《金雀坊》网刊，2019 年 6 月 7 日《啄木鸟》公众号选载）

赏析：

红尘恋情，无非是饮食男女，一蔬一饭里，自然有的真情。就像这个"粽子"，系着男女主角一生的爱。这种看似浪漫的爱，却接地气、耐寻味，在烟火俗世里舍弃可能的荣华与富贵，坚守清贫一生也心甘情愿。在本文里，"男人"与"女人"的一生，就这样如粽子层层包裹，捆紧扎实，密不可分，来自情、结于缘、归于爱，让人感动垂泪。（广东　燕燕）

娘的树

爹走的时候，天塌了。爹本身有病，积劳再成疾后暴毙。送葬者敲着乐器吭当吭当地将爹送到村后的山上。刚刚入土安葬完毕，暴雨如注。娘趴在爹的坟头，哭得肝肠寸断、天昏地暗。爹是娘的天。娘所有的悲切汇成一句话："天塌了，谁来照顾咱娘俩呀？"

儿子没有哭。从坟旁拔下一棵小小的苦楝树，栽在屋前。儿子和树比着高，坚毅地说："娘别担心，等苦楝树长到我这么高，我也长大，可以保护娘了。"娘看看儿子又看看苦楝树，眼里充满希望。那一年，儿子十岁。娘的世界开始没有天，从此有了一棵茁壮成长的树。

苦楝树是南方常见的乔木，旷野、路旁、房前、屋后，随处可见。花开时，满树花簇红红白白，特别养眼。由于对土壤要求不高，极宜种植，长得也飞快。花、叶、果、根，还有药用价值。根皮煎服可驱蛔虫，碾粉调醋可治疥癣；用果实做油膏还能治头癣。娘知道，儿子把他自己比作苦楝树是有用意的。苦楝树在什么环境都能成长，没有爹的儿子不用娇生惯养。

懂事的儿子，初中和高中都寄宿在学校刻苦读书，假期回家想帮娘干些农活，娘说："不用，你好好读书有了出息，娘就知足。"儿子高三时，种下的苦楝树长到三米高，枝叶伸到房檐，娘也到了四十岁。娘本来白皙清秀，到了不惑之年就是苦楝花。虽然不再是娇艳欲滴、朴实饱满的模样，倒也别有一番韵美。村里有个单身汉，长得周正，人也勤劳，看上了娘，偶尔帮忙干些重活。苦楝花开的某个夜晚，单身汉偷偷过来敲门，说要给娘俩遮风挡雨。孤身多年的娘，对单身汉也觉得满意，并且早就看出对方真诚，心就怦怦跳，身子也发烫。干柴烈火快要燃烧时，娘突然想起儿子，遂将来者推出门外。

娘掂着炖好的鸡汤送给备战高考的儿子时，欲言又止地提到单身汉。儿子喝着鸡汤，公鸭嗓里话中有话："娘啥也别想，儿子会努力考个好大学找个好工作，一定让娘好好享福！"娘看着信心满满的儿子，不说话，也不多想。

娘拒绝到来的爱情，去了广东打工。由于没有文凭、技术，只能干又累又脏的清洁活。儿子考上重点大学本科后，娘将辛苦攒下的钱给儿子交了第一笔学费，省吃俭用，拼命加班。娘知道，此时的自己就是儿子的天，儿子往后的学费和生活开销，只能靠自己。娘俩都远离家乡。通电话时，娘告诉儿子："听村里乡亲说，我们家的苦楝树长得可大可好了，满树花开，好漂亮呢！"儿子忘了当初种下的苦楝树。他在大三时谈了漂亮的城里女友，忙着恋爱。

儿子大学毕业考上省直机关的公务员，留在省城。过年时，有心衣锦回乡。女友嘴一撇，说："我家就我一个独生女，你忍心他们二老独自过年？"儿子就问娘。娘说"没关系"，独自回到老家，望着已经长大的苦楝树，失落之中有种知足。遗憾的是，单身汉已经另娶他人。

儿子女友成了儿媳后的几年里，跟着儿子回来过一次，还是苦楝花开时。水灵灵的儿媳在苦楝花下摆出各种姿势，拍了许多相片。娘看着儿子，笑眯眯地对儿媳说："闺女喜欢这花，往后多回家看看。"儿媳口头说好，行动上再也没有兑现。这期间，镇上有个条件不错的离婚男看上娘，托人上门求婚。娘打电话征求儿子意见。儿子说："娘别多想，我会让你好好享福！"

孙女出生后，娘想去城里带孩子。孩子外公外婆都是知识分子，委婉拒绝了奶奶好意。后来，儿子读在职研究生，说学习忙没空回家。等当了科长、处长，又说工作忙没空回家。十几年间，苦楝树逐渐高过房屋，儿子只回过三次老家。乡亲们却夸奖儿子既有出息又有孝心。因为儿子让娘在家歇着，他每月寄钱回家。先是邮政汇款，镇上开了村镇银行后，又给娘办了储蓄卡，打钱进卡。每月如期收到儿子的钱，娘却非常落寞。每当想儿子时，娘就去苦楝树下除草松土，和树对话。半夜睡不着，娘就打开窗户，闻苦楝树散发的气味，觉得那是儿子的味道。儿子的味道让娘心安。娘闭上眼睛，梦见儿子带着媳妇孩子回来看望自己。

见雨疯长的苦楝树，长到枝丫繁茂、遮盖房顶，花开时粉色落英铺满一地。娘数着日子，秋天到来时，到了七十岁。满头白发的娘，天天去苦楝树下转悠，抬头看细细碎碎的叶子，低头听鸟儿在树上歌唱。娘想起儿子当初种树时瘦小的胳膊举起锄头都费力，仍有些心疼。娘摸着粗壮的树干，说："儿在城里打拼也辛苦，千万别惦记娘，娘在老家享着福呢！"

几粒被鸟啄食的苦楝果子垂落，砸得娘心疼。娘看着满地枯黄的果子，呜呜地哭。

（原载 2017 年 2 月 8 日《梅州日报》，曾获"梅县客家村镇银行杯"全国小小说大赛三等奖）

赏析：

大海的《娘的树》是一篇感人至深的佳作，运用象征和拟人写法，道出母亲对儿子的浓浓爱意和牵挂。大海巧妙地将母爱凝聚在事物（苦楝树）细节上。看树不是树，在母亲眼中，儿子栽下的苦楝树已然不是普通的树，它象征着儿子。苦楝树长大尚能为母亲遮阳挡雨，而儿子在城里成了家却再难陪母亲，多少句"一定让娘好好享福"的话语在耳畔响起，母亲需要的陪伴，却像现实中苦楝树下满地枯黄的果子。"树欲静而风不止，子欲养而亲不待"，不知远在省城的儿子能否感知到乡下母亲那呜呜的哭声。这哭声，直击读者内心深处最柔软的地方。苦楝树这个事物细节的构思和表达，构成了大海这篇作品最为感人的"核心细节"。尤其值得称道的是，富有文采的大海对语言文字娴熟的驾驭能力，为他的小小说主题和内涵的表达锦上添花。（广东 陈凤）

族　谱

1992 年的某一天，洞寨村曹老太爷突然提议新修族谱，洞寨行政村下辖十几个自然村，曹姓村民立马一呼百应，再穷再苦的家庭即便倾囊掏钱，也要慷慨争先。德高望重的曹老太爷说什么都能让乡亲信服，连放个屁都被人们说香。按曹老太爷的提议，以曹姓为主的几百户人家人均三十块钱，五万元集资款不费吹灰之力筹齐。

按理说，在贫瘠的洞寨村张罗筹款大事，支书老曹和村长大曹要过问的，但两位领导为这事嘴皮都没动下。民心所向，族人乡亲都听了曹老太爷的，你问了也白问！曹老太爷提议修族谱时，只有一人唱过反调，而且是曹老太爷的重孙子小曹仔。小曹仔是洞寨村为数不多的大学生之一，也是唯一敢和曹老太爷对抗的年轻人。小曹仔刚好在休暑假，知道老太爷要干什么事，就对村民说，乡亲一年到头刚好糊了个嘴，现在急着修族谱有什么意义，不如修修村头那条破烂山路实在！小曹仔的话传到曹老太爷耳朵里，曹老太爷大为不悦，说："修订家谱统计宗系，团结族人功在千秋，你一个鸟后生懂个屁！"

愤怒的曹老太爷甚至挥着拐杖去教训小曹仔。

曹老太爷问责不避亲，其他族老们跟着附和训斥："鸟后生们自以为读了几天新学堂就翘尾巴，老子们吃的盐比你们吃的饭还多呢！"骂过之后，曹老太爷开始写修谱致谢书。据传，曹老太爷少时熟读《四书》《五经》，成人后颇具鸿儒风范，还写得一手好毛笔字。同样，又只有小曹仔嘲笑曹老太爷，说："老太爷对中学《语文》里的文言文一窍不通，撰写的半古半今文虽然'之乎者也'众多，但读起来像吃带沙子的饭！"小曹仔甚至想给曹老太爷上古代汉语常识课，被曹老太爷喝骂："鸟后生读死书不识礼，老子用得着小屁孩来教吗？"如此一来二去，不管新修族谱还是其他，小曹仔再不敢吭声了。

经曹老太爷及一帮传闻也读过古书的老人们合力而为，记载着洞寨村曹姓几代人名的《谱书》终于在半年后出版。按曹老太爷嘱咐，五本线装《谱书》一出县印刷厂就被红绸包裹，放在专门制作的精致木匣内，被两个壮汉从印刷厂抬回洞寨村。曹老太爷则率领浩浩荡荡的曹姓村民，走出村头三里路外叩首恭迎。

《谱书》被摆放在曹氏祠堂，洞寨村过节似的，族人乡亲笑颜逐开。五万元的集资款除出版印刷花费外，余钱被曹老太爷安排：请县里花鼓戏班唱三天三夜的戏庆贺；另摆宴席八十桌，杀鸡宰羊，举族同庆。当然，宴席不是白吃的，出席者每人还要另交三十块钱。

唱戏开宴那天，村两委班子及乡政府领导被邀至上席，奉为嘉宾。戏班演员在台上呜呜哇哇地唱，族人乡亲在台下吆喝划拳开怀畅饮。一曲戏终了，曹老太爷手捧《谱书》，威风凛凛地站在高悬"曹氏族谱兴修志庆"横幅的戏台上，以平仄之调朗朗宣读："我曹氏家族人丁兴旺，历朝更世，代代昌盛……"

歌舞升平第二天，有人向曹老太爷报告，说这事轰动县上，电视台来人采访呢！曹老太爷急召族里元老商议对策。众人面面相觑，都没办法。曹老太爷略一沉吟，吩咐人备好笔墨纸砚，即席龙飞凤舞起来。待记者翻越道道山梁赶到，酒席已撤，戏班依旧大唱，横幅字已变成曹老太爷手书的：洞寨村兴修山田水利动员大会。

记者先是诧异，继而大为感动。可敬可敬，如此声势浩大的兴修山田水利场面是难得的好新闻素材啊！人们告知是曹老太爷的功德，记者便赶去曹老太爷家。曹老太爷颇有鸿儒风范，面对记者的摄像机，捻须兴叹：

农乃国之本，兴农能富国；民不忘农，兴修山田，改造水利，利国利民，功在千秋，利在万代，实乃吾辈分内之事也……

当晚，县电视新闻播放一条洞寨村兴修山田水利的短消息，第二天晚上又播放人物专访节目，说洞寨村有个德高望重的古稀长者以德感众，倡议村民兴修山田水利。这个长者就是曹老太爷，电视里还出现了村民们扛着锄头铁锹干活的资料性镜头。

这之后不久，在上级政府和村里安排下，洞寨村果真到了兴修山田水利那天，却发生曹姓族人和村民抗交集资款的事。虽然只是人均二十块，抗交者却振振有词："修什么山田水利，纯粹加重农民负担，实际上作用不大！"据说，发起抗交活动者就是曹老太爷。

村长大曹无奈，当天晚上去了村委会，在广播里声嘶力竭地呼吁村民们支持兴修山田水利。正和几个族老细研《谱书》的曹老太爷听了广播大怒，匆匆小跑到村委会，一脚踹开广播室门，提着大曹说："你播个鸟啊，这种事要乡亲们掏什么钱？你当村长要有真本事，去乡里、县里要钱去！"曹老太爷说这话时，右手高举卷成筒状的《谱书》，仿佛《红灯记》里高举信号灯的李玉和，只不过被气得嘴巴大张。

大曹平常广播时，喜欢一边啜着自家酿的高粱酒一边吃点花生米。曹老太爷怒气冲冲的骇人言行，吓得大曹弄翻了酒碗，弄倒了盘子。滚落到地上的花生米，颗颗硕大圆润，像染了颜色的巨型老鼠屎。

（原载1997年8月19日《安阳法制报》）

赏析：

《族谱》是一篇意味深长的小小说。大海在冲突中构建多个细节单元。水有源，树有根，族谱，一族之根本，曹老太爷耗人力、财力修族谱意在团结族人，佑家族昌盛，这却与洞寨村贫穷的现状形成强烈对比：重孙子小曹仔建议修族谱还不如修路，遭来曹老太爷等族老的训斥；面对曹老太爷半古半今文的无奈，大学生小曹仔想教曹老太爷却反被呵斥；洞寨村迎来兴修水利之时，曹老太爷却牵头抗交集资款；村长大曹广播室呼吁村民，却被怒气冲冲赶来的曹老太爷斥骂得无言以对。每次的冲突，曹老太爷占尽上风。我们深知，曹老太爷等族老在农村拥有真正的话事权，要改变他们根深蒂固的观念着实不易。然而，农村的发展必须要破除守旧（无为）思想。这些冲突的细节单元，使大海塑造的曹老太爷等人物形象更加立体，增强了小小说的戏剧性，从而加深思想主题的表达。（广东　陈凤）